A menina que não sabia ler

VOLUME 2

A MENINA QUE NÃO SABIA LER

VOLUME 2

John Harding

Tradução
Elvira Serapicos

LeYa

Diretor editorial: Pascoal Soto
Editora executiva: Tainã Bispo
Produtoras editoriais: Pamela Oliveira, Renata Alves e Maitê Zickuhr

Preparação de texto: Marcia Maria Men
Revisão: Iraci Miyuki Kishi
Diagramação: Vivian Oliveira e Lira Editorial
Capa: Christiano Menezes/Retina 78
Diretor de produção gráfica: Eduardo dos Santos
Gerente de produção gráfica: Fábio Menezes

Dados Internacionais de Catalogação na Publicação (CIP)
Angélica Ilacqua CRB-8/7057

Harding, John
A menina que não sabia ler – volume 2/John Harding; tradução de Elvira Serapicos. – São Paulo: LeYa, 2014.
288 p.

ISBN 978-85-441-0019-6
Título original: *The girl who couldn't read*

1. Ficção inglesa I. Título II. Serapicos, Elvira

14-0151 CDD–823

Índices para catálogo sistemático:
1. Literatura inglesa – ficção

2014
Texto Editores Ltda.
[Uma editora do Grupo LeYa]
Rua Desembargador Paulo Passaláqua, 86
01248-010 – Pacaembu – São Paulo - SP
www.leya.com.br

1

– O Dr. Morgan o receberá em sua sala daqui a dez minutos. Voltarei para acompanhá-lo, senhor.

Agradeci, mas ela continuou junto à porta, segurando a maçaneta, olhando como se esperasse algo mais.

– Dez minutos. O Dr. Morgan não gosta que o façam esperar. Ele é muito exigente quanto à pontualidade.

– Não se preocupe. Estarei pronto.

Ela me dirigiu um último olhar desconfiado, perscrutando-me da cabeça aos pés, e não pude deixar de pensar no que viu. Talvez o terno não me caísse tão bem quanto eu havia imaginado; virei os dedos sobre as mangas do paletó, puxando-as para baixo, consciente de que talvez fossem muito curtas, até perceber que ela estava observando e desisti.

– Obrigado – disse eu, introduzindo o que esperava ser um ponto-final. Eu já havia bancado o patrão o suficiente para saber como funcionam as coisas, mas também já fora o criado mais de uma vez. Ela se virou, mas com o nariz empinado, sem nenhum vestígio da humildade de um lacaio que acaba de ser dispensado, e saiu, fechando a porta com um clique peremptório.

Examinei o cômodo superficialmente. Uma cama, uma mesinha de cabeceira, um guarda-roupa, uma poltrona surrada que parecia já ter enfrentado muitas batalhas, uma escrivaninha e uma cadeira bem gastas, e uma cômoda sobre a qual havia uma bacia e um jarro de água, com um espelho pendurado na parede acima. Tudo parecia já ter visto dias melhores. Ainda assim, era um luxo comparado com o que eu estava habituado ultimamente. Caminhei até a única janela, levantei a persiana e olhei para fora. Um belo gramado e uma vista do rio mais ao longe. Olhei para baixo. Dois andares e uma descida em linha reta. Nenhuma saída, caso a pessoa precisasse deixar o local apressadamente.

Tirei o paletó, satisfeito por livrar-me dele por alguns instantes, e então percebi que estava um pouco apertado sob os braços, onde a camisa estava encharcada de suor. Senti o cheiro e decidi que deveria trocá-la antes de encontrar Morgan. Peguei e li novamente a carta com a oferta de emprego. Apanhei a valise no chão, onde a criada a deixara, e coloquei-a sobre a cama; tentei abrir a fechadura de novo, mas ela não se mexeu. Olhei em volta, à procura de algo que pudesse usar – uma tesoura ou um canivete, talvez –, apesar de não saber dizer por que imaginei que poderia encontrar uma coisa dessas em um quarto, principalmente naquele lugar, onde certamente devia haver uma política para que coisas desse tipo não fossem deixadas ao acaso. Como não encontrei nada, decidi que não tinha jeito: teria de continuar com a camisa.

Fui até a cômoda, despejei um pouco de água na bacia e molhei o rosto. A água estava gelada; mantive os punhos na bacia para esfriar o sangue. Olhei para mim mesmo no espelho e entendi imediatamente a atitude da mulher em relação a mim. O homem que me olhava tinha uma expressão assombrada, selvagem, certo ar de desespero. Tentei arrumar o cabelo sobre a testa com os dedos e desejei que estivesse mais comprido, pois não ficou como eu queria.

Ouvi uma batida na porta.

– Um momento – disse. Olhei para mim outra vez, balancei a cabeça para a inutilidade de tudo aquilo e desejei sinceramente jamais ter posto os pés ali. É claro que eu poderia simplesmente fugir, mas nem isso seria fácil. Pelo amor de Deus, aquilo era uma ilha, no que é que eu estava pensando? Um santuário, imagino, em um lugar distante e seguro, mas também – eu percebia agora – um lugar do qual seria difícil bater em retirada com rapidez.

Outra batida na porta, desta vez rápida e impaciente.

– Estou indo! – gritei, com um tom que pretendia ser leve. Abri a porta e encontrei a mesma mulher de antes. Ela me encarou com um olhar que sugeria surpresa com o fato de eu ter demorado tanto para tão pouco.

Encontrei Morgan em seu escritório, sentado à mesa, diante uma grande janela que dava para os espaçosos gramados da frente do hospital. Eu podia entender que alguém gostasse de ter uma paisagem como aquela ao erguer os olhos do trabalho, mas pareceu-me estranho que um homem que devia receber muitas visitas preferisse dar-lhes as costas ao entrarem.

Fiquei junto à porta, olhando para suas costas, pouco à vontade. Ele ouvira a criada me anunciar; sabia que eu estava ali. Ocorreu-me que aquele talvez fosse o propósito da posição da mesa, criar uma sensação de superioridade em relação a quem entrasse; afinal, o homem era um psiquiatra.

Passou-se um bom minuto e cheguei a pensar em limpar a garganta para lembrá-lo de minha presença, apesar de reconhecer uma pausa dramática ao me deparar com uma e de saber esperar pelo momento certo para não falar fora de hora. Por isso fiquei onde estava, consciente do suor que escorria de minhas axilas e preocupado com a possibilidade de que penetrasse no paletó. Eu não sabia se tinha outro. O silêncio era total, exceto pelo eco ocasional de uma porta distante batendo negligentemente e pelo lento rabiscar da pena do doutor, que continuava a escrever. Decidi que contaria até cem e então, se ele não dissesse nada, eu mesmo quebraria o silêncio.

Tinha chegado a oitenta e quatro quando, depois de colocar a caneta de lado, ele girou a cadeira e saltou quase ao mesmo tempo.

– Ah, Dr. Shepherd, imagino!

Ele caminhou na minha direção, pegou minha mão direita e sacudiu-a com um vigor surpreendente para um homem tão garboso, pequeno e meticulosamente arrumado; tinha um bigodinho pequeno, quase ornamental, como o de um dândi francês; cada fio do cabelo grisalho parecia ter sido penteado individualmente com grande cuidado. Ele havia passado muito mais tempo fazendo sua toalete e me senti constrangido com o contraste.

– Sim, senhor.

Sorri, apesar do nervosismo, das axilas encharcadas e do estado do meu rosto. Era inevitável ante aquele sorriso largo. Sua jovialidade deixou-me mais animado; destoava enormemente da melancolia do prédio.

Fiquei feliz quando ele afinal soltou minha mão, pois o aperto firme me fez perceber o quanto ela devia ter ficado ferida no acidente; ele estendeu os braços, em um gesto amplo.

– Então, o que acha?

Imaginei que estivesse falando da vista, por isso, dirigindo um olhar avaliador na direção da janela, eu disse:

– Certamente é uma vista muito agradável, senhor.

– Vista? – Ele deixou cair os braços e, pela maneira como ficaram pendurados ao lado do corpo, pareciam expressar decepção. O doutor seguiu meu olhar como se tivesse acabado de perceber que havia ali uma janela e voltou-se para mim. – Vista? Não é nada comparada com as vistas que tínhamos em Connecticut, e jamais demos alguma atenção a elas.

Eu não sabia o que pensar, a não ser que havia ido até um hospício e que, se a loucura dos internos pudesse em alguma medida ser avaliada pela dos médicos, ou pelo menos do médico-chefe, então seriam loucos de fato.

– Eu não estava falando da vista, homem – ele continuou. – Você não está aqui para olhar a vista. Estou me referindo a este lugar. Não é magnífico?

Estremeci com minha própria estupidez e comecei a murmurar algo que serviu apenas para confirmar minha falta de inteligência.

– Bem, para ser honesto, senhor, acabei de chegar e ainda não tive a oportunidade de conhecer o lugar.

Ele não prestou atenção ao que eu disse; em vez disso, tirou um relógio do bolso do colete e balançou a cabeça, impacientemente. Depois guardou o relógio e voltou a olhar para mim.

– Como assim? Ainda não deu uma olhada por aí? Pois eu lhe digo que irá considerá-lo de primeira classe. Perfeitamente adaptado ao objetivo, senhor: instalações modernas que qualquer médico gostaria de ter para tratar aqueles que estão mentalmente doentes. Não poderia haver lugar melhor para sua formação prática, senhor. A faculdade de medicina é importante, mas é na prática que se aprende o ofício. E, acredite em mim, é um bom ofício para um jovem começar uma carreira. A Psiquiatria é o negócio do futuro, é como... – Ele parou de falar subitamente. – Caramba, homem, o que aconteceu com sua cabeça?

Levei a mão à testa instintivamente, tentando cobri-la. Já tinha preparado a minha história. Sempre acreditei que a mentira mais extraordinária é aquela com maior probabilidade de convencimento.

– Foi um acidente na cidade, senhor, a caminho daqui. Tive um encontro infeliz com uma carruagem.

Ele continuou olhando para o ferimento e não consegui deixar de tentar cobri-lo com o cabelo. Percebendo meu incômodo, ele desviou o olhar.

– Bem, sorte sua ter escapado com uma contusão leve. Poderia ter fraturado o crânio. – Ele riu. – Vamos torcer para que não tenha causado nenhum prejuízo, já temos muitos cérebros danificados por aqui.

Ele voltou até a mesa e pegou um papel.

– Em todo caso, examinando sua ficha de inscrição, vejo que obteve notas excepcionais na faculdade de medicina de Columbus. E este é o melhor lugar para ter a experiência clínica mais apropriada. Humm... – Ele tirou os olhos do papel e olhou-me com ar zombeteiro. – Vinte e três anos. Eu diria que parece mais velho.

Senti um medo repentino. Por que não pensei na minha idade? Que estupidez! Mas pelo menos vinte e três estava no terreno das possibilidades. E se eu tivesse colocado quarenta e três? Ou sessenta e três? Teria acabado antes de começar. Improvisei uma risada tênue. Era conveniente saber rir quando necessário, mesmo sem a menor vontade.

– Bem, minha mãe costumava dizer que já nasci parecendo um velho, e acho que nunca consegui parecer jovem. Com meu falecido pai acontecia a mesma coisa. Todo o mundo sempre lhe dava dez anos a mais.

Ele ergueu uma das sobrancelhas e examinou o papel novamente.

– Também vejo que tem... humm... ideias interessantes a respeito do tratamento de doenças mentais. – Ele olhou para mim, com alguma expectativa, um esboço de sorriso nos lábios.

Senti o rosto corar. O machucado da testa começou a latejar e imaginei que devia estar horrível, como um pedaço de carne crua. Comecei a murmurar alguma coisa, mas as palavras não saíram da minha boca. Idiota! Por que não previ que haveria algum tipo de interrogatório?

– Então?

Endireitei-me e enchi o peito.

– Fico feliz que tenha gostado, senhor – respondi.

– Eu estava sendo irônico. Não tive a intenção de fazer um elogio, homem! – Ele atirou o papel na mesa. – Mas isso não quer dizer nada. Desculpe por dizer isso, mas suas ideias são muito antiquadas. Logo estarão esquecidas. Fazemos as coisas de um jeito moderno por aqui, científico.

– Eu lhe garanto que estou pronto para aprender – respondi, e nossos olhares se encontraram por um momento; então, como se tivesse se lembrado de algo repentinamente, ele pegou o relógio de novo.

– Valha-me Deus! Este relógio está certo? Vamos, homem, não podemos ficar tagarelando como duas velhas; precisam de nós na área de tratamento.

Dizendo isso, passou por mim, abriu a porta e saiu da sala antes que eu pudesse perceber o que estava acontecendo. Ele caminhava rápido para um homem tão pequeno, e disparou pelo corredor como um terrier perseguindo um rato.

– Vamos, homem, mexa-se! – soltou ele por cima do ombro. – Não temos tempo a perder!

Saí atrás dele, com dificuldade para acompanhá-lo sem correr.

– Posso perguntar para onde estamos indo, senhor?

Ele parou e virou para mim.

– Eu não lhe disse? Não? Hidroterapia, homem, hidroterapia!

A palavra não significava nada para mim. Eu só consegui pensar em hidrofobia, sem dúvida fazendo associação entre as duas palavras por causa do lugar em que estávamos. Eu o segui por um verdadeiro labirinto de passagens e corredores, todos escuros e deprimentes, as paredes de uma cor marrom-avermelhada, cor de sangue quando seca na roupa; descemos por uma escada, o que significava que estávamos abaixo do andar térreo, e depois continuamos por uma passagem mal iluminada que finalmente terminou diante de uma porta de metal, na qual ele bateu com força, os dedos fazendo tinir o aço.

– O'Reilly! – gritou ele. – Venha abrir a porta, não temos o dia todo.

Enquanto esperávamos, fui surpreendido por um gemido surdo, como o de um animal ferido. Parecia vir de muito longe.

Ouvimos o barulho de um ferrolho sendo puxado e adentramos uma brancura intensa que me ofuscou depois de toda aquela escuridão. Pisquei os olhos e percebi que estávamos em um banheiro imenso. As paredes, todas cobertas de azulejos brancos, refletiam e multiplicavam as luzes das lâmpadas brancas. Ao longo de uma parede, uma dúzia de banheiras, enfileiradas como as camas de um dormitório. A mulher de uniforme listrado que havia aberto a porta para nós, certamente uma atendente, fechou a porta usando uma chave presa a um cinto. Percebi que o gemido que eu ouvira vinha do outro extremo, onde mais duas atendentes, vestidas como a primeira, estavam junto de uma mulher encolhida no chão.

O Dr. Morgan caminhou rapidamente até a parede do lado oposto, onde havia uma fileira de ganchos, tirou o paletó e o pendurou.

– Vamos lá, homem. Tire o paletó. Você não vai querer que fique encharcado, não é?

Lembrei imediatamente que minhas axilas já estavam encharcadas, mas não podia fazer outra coisa senão tirar o paletó. Felizmente, Morgan não olhou para mim; mas fez uma careta ao sentir o ar quando se virou para as três figuras paradas do outro lado. Senti meu rosto corar, mas logo percebi que ele provavelmente deduzira que o mau cheiro vinha de outro lugar.

Dobrando as mangas da camisa, ele caminhou na direção das atendentes e da paciente, os passinhos rápidos estalando no piso azulejado. Eu o segui. As atendentes lutavam para fazer com que a mulher se levantasse, cada uma segurando um braço. A princípio, não consegui ver o rosto da mulher. Tinha o queixo caído sobre o peito, o cabelo loiro comprido encobrindo completamente suas feições.

– Vamos, vamos! – Morgan repreendeu-as. – Acham que temos o dia todo? Este é o Dr. Shepherd, meu novo assistente. Está aqui para uma demonstração da hidroterapia. Levantem-na e vamos começar.

O som de sua voz pareceu ter um efeito mágico sobre a criatura, que parou de resistir e permitiu que a colocassem de pé. Ela jogou a cabeça para trás, tirando o cabelo do rosto. Pude ver que era de meia

-idade e tinha o rosto marcado por uma varíola que ela teve em algum estágio da vida. Era grande, tinha os ossos largos, e era muito mais alta do que Morgan. Com o rosto encovado e as órbitas afundadas como sepulcros escuros, ela olhou para Morgan por um instante; havia uma sugestão de medo em sua expressão, mas talvez de respeito também. Depois ergueu os olhos na minha direção. Senti certo desconforto diante daquela avaliação desinibida. Não parecia o olhar de um ser humano, mas de uma criatura, uma espécie de animal selvagem enjaulado. Tinha algo desafiador e ameaçador, porém ao mesmo tempo algo que partiu meu coração, um pedido de ajuda ou misericórdia talvez. Eu sabia muito bem o que era precisar de ambas e tê-las negadas.

Encarei-a longamente. Estremeci e não consegui sustentar seu olhar. Quando desviei os olhos, ela disse:

– Você não parece um médico. Acho que não vai me ajudar em nada.

E então surpreendeu a todos. Conseguiu se libertar e atirou-se contra mim, lançando as unhas contra meu rosto. Foi uma sorte para minha aparência já maltratada que O'Reilly, a mulher que abrira a porta e que viera nos ajudar, tenha reagido rapidamente. Suas mãos agarraram imediatamente os punhos da mulher. Houve uma luta breve, mas as outras atendentes juntaram-se a ela, e a paciente – o que aquele ser miserável certamente era – logo foi controlada. E nesse ponto voltou a choramingar, produzindo o som lamentoso que eu tinha ouvido do lado de fora, contorcendo o corpo, puxando os braços e tentando soltar-se, inutilmente, pois as duas atendentes que a seguravam, cada uma por um braço, tinham uma boa constituição e sem dúvida eram bem fortes. Sem conseguir libertar-se, a mulher começou a chutá-las; diante disso, elas se distanciaram, esticando seus braços, de forma que a mulher parecia estar presa a uma cruz.

– Pare com isso, senhorita – disse O'Reilly. Sua voz era tão fria quanto os azulejos e era óbvio que aquela mulher de cabelos de fogo era dura como uma rocha; as palavras foram cuspidas com um sotaque irlandês tão ríspido que poderia quebrar o vidro. – Pare com isso ou levará outra bofetada pelos problemas que está causando.

Morgan franziu a testa, olhou para mim e ergueu a sobrancelha; entendi imediatamente o quanto devia ser difícil reunir uma equipe para aquele tipo de trabalho, e que era preciso tirar o melhor proveito possível do que havia disponível. Ele olhou para a atendente.

– Nada disso, por favor, O'Reilly. Ela já está cerceada; não há necessidade de ameaçar a pobre criatura. – Então ele se voltou para mim. – Firmeza, mas sem crueldade, este é o nosso lema.

Depois, virando-se para as atendentes, ele disse:

– Podem colocá-la na banheira.

Imaginei que a mulher resistiria, mas ao ouvir aquela palavra ela parou de lutar e permitiu que a levassem até a banheira mais próxima.

– Levante os braços – disse O'Reilly, e a mulher obedeceu docilmente. As outras mulheres ergueram a barra de seu vestido, feito de um algodão grosseiro, tão desbotado que mal se via a estampa, e o tiraram pela cabeça; enquanto isso, O'Reilly sussurrava – assim, boa menina – como se estivesse falando com um cavalo recém-domado ou com um cachorro, tentando convencê-lo a voltar para sua casinha. Usando apenas uma combinação fina que ia até a altura dos joelhos, a mulher começou a tremer, pois o lugar não era aquecido, como eu podia sentir pela camisa úmida grudando nas minhas costas.

O'Reilly colocou a mão no braço da mulher e lhe disse para entrar na banheira. A mulher olhou para Morgan, que sorriu e assentiu com a cabeça; então ela se voltou para a banheira e até se permitiu uma expressão de ansiedade.

– Ela está querendo o banho – sussurrou Morgan com o canto da boca. – Está aqui há pouco tempo. Nunca fez o tratamento e não tem ideia do que irá acontecer.

Vi que a banheira estava cheia de água. A mulher levantou uma das pernas sobre a borda e colocou o pé, mas sobressaltou-se e tentou tirá-lo; as atendentes, no entanto, agarraram-na imediatamente e a empurraram para dentro da banheira, onde ela escorregou e, enquanto lutava para recuperar o equilíbrio, as atendentes levantaram o resto de seu corpo e a jogaram de novo, com o rosto praticamente virado para baixo, espirrando água para todos os lados e respingando em Morgan e em mim. Os gritos da mulher ecoaram nos azulejos das paredes ao nosso redor.

Morgan virou-se para mim com um sorriso, as sobrancelhas levantadas, como se quisesse me lembrar da razão para tirar o paletó.

A mulher virou-se na banheira e tirou a cabeça da água. Tentou levantar-se, mas O'Reilly conteve-a colocando uma das mãos em seu peito.

– Peguem a cobertura! – disse ela para as outras.

As mulheres tiraram um pedaço de lona que estava enrolada embaixo da banheira. A paciente tentou gritar de novo, mas só conseguiu emitir um gemido de animal ferido que partiu meu coração.

– Me deixem levantar, pelo amor de Deus – implorou ela. – A água está gelada. Não posso tomar banho assim!

O'Reilly agarrou o punho da mulher com a mão que estava livre e prendeu-o com uma tira de couro fixada na lateral da banheira. Uma das mulheres soltou a lona e fez o mesmo com o outro punho de forma que a paciente agora estava firmemente presa à banheira, sentada. Então a atendente pegou a lona de novo, enquanto sua colega segurava do outro lado. Vi uma série de buracos com argolas de bronze ao logo de cada borda. A mulher parou de gritar e observou com os olhos arregalados enquanto as atendentes estendiam a lona por cima da banheira, começando pela ponta onde estavam seus pés, fixando as argolas em ganchos nas laterais da banheira. A mulher se agitava freneticamente, tentando se levantar, mas é claro que não conseguia, já que seus pulsos estavam presos; quando percebeu que não conseguiria levantar-se daquele jeito, começou a se debater com as pernas, que estavam sob a lona, apenas chutando-a inutilmente. O'Reilly afastou-se, de braços cruzados, com o sorriso satisfeito de sádica experiente. Em menos de meio minuto a lona estava bem esticada sobre a banheira, as bordas presas com tanta firmeza que seria impossível para a mulher colocar as mãos para fora, mesmo que não estivessem atadas. Na ponta da lona, havia um pequeno círculo por onde saía a cabeça da paciente, mas a abertura era tão justa que ela não conseguiria puxar a cabeça de volta e afogar-se.

Enquanto isso tudo acontecia, o barulho era infernal; os gritos e xingamentos da mulher se alternavam com momentos de calma, quando ela soluçava e suplicava, primeiro para O'Reilly, depois para as outras mulheres e finalmente para Morgan.

– Por favor, doutor, me deixe sair. Eu lhe suplico. Me deixe sair e prometo que serei uma boa garota.

Ela falava aos soquinhos, pois estava batendo os dentes, dando-me a certeza de que a água devia estar realmente muito fria. Quando seus apelos encontraram ouvidos moucos, ela recomeçou a gritar, chutando com os joelhos a lona que, de tão esticada, mal se mexia.

Uma das mulheres pegou uma toalha em um armário e entregou-a a Morgan. Ele enxugou o rosto e depois me passou a toalha para que eu fizesse o mesmo.

– Podemos ir agora – disse ele, dando de ombros. – Não há mais nada a fazer aqui.

Ele caminhou até onde deixara o paletó pendurado e vestiu-o; eu o segui e fiz o mesmo. Ele percebeu minha perplexidade e disse algo que não consegui compreender por causa dos gritos da mulher ecoando no ambiente. Ele revirou os olhos e apontou na direção da porta. O'Reilly aproximou-se rapidamente e destrancou a porta para que pudéssemos sair. A porta se fechou atrás de nós com um barulho que me fez estremecer e agradecer por não estar do lado errado. Os gritos da mulher logo foram abafados e Morgan disse:

– Ela vai se acalmar logo. A água está gelada e acalmará o sangue quente que provoca essas explosões.

– Ela me pareceu bem calma até ser colocada na banheira – disse eu sem querer, percebendo depois que poderia ter soado como uma nota de protesto.

Ele começou a andar muito depressa e voltei a ter dificuldade para acompanhá-lo.

– Momentaneamente, sim, mas ela tem tido acessos de violência, como o que você presenciou, desde que chegou aqui, há uma semana. A hidroterapia tem um efeito maravilhosamente tranquilizador. Três horas ali e...

– *Três horas*?

Não consegui evitar. Parecia-me inconcebível colocar alguém na água gelada no outono e deixá-la submersa por três horas.

Ele parou e olhou para mim, surpreso com o tom da minha voz. Antes de ter tempo para pensar a respeito, levantei a mão para cobrir a ferida e de repente me dei conta de como devia estar minha aparência, com meu paletó pequeno demais e o rosto contundido.

– Sei que pode parecer duro para o espectador inexperiente – disse ele. – Mas acredite em mim, funciona em noventa e nove por cento dos casos. Ela ficará dócil como um carneirinho recém-nascido, eu lhe garanto. E digo mais, sou capaz de apostar que depois de mais três ou quatro sessões desse tratamento ela não terá mais ataques violentos. Nós a teremos sob controle.

– Quer dizer que ela estará curada?

Ele franziu os lábios e balançou a cabeça, pesando bem sua resposta.

– Bem, não exatamente. Não como você provavelmente imagina. – Ele voltou a caminhar, mas desta vez lentamente, como se a necessidade de escolher as palavras com cuidado o obrigasse a diminuir o ritmo. – Precisamos estar muito certos dos termos usados aqui, Shepherd. Ela não estará curada no sentido de que poderá ser liberada e viver uma vida produtiva e normal. A imersão em água fria não vai consertar um cérebro danificado. Por isso, desse ponto de vista, não, ela não estará curada. Mas pense em tudo o que a loucura envolve. Quem é mais afetado pela aflição mental?

– Bem, a pessoa que está sofrendo, é claro.

– Não, não é bem assim, ou melhor, não é necessariamente assim. Em geral, o paciente se encontra em um mundo só seu, vivendo uma existência fantasiosa, completamente nebulosa, e não sabe sequer onde se encontra ou que a confusão mental que sente não é um estado normal. Não, em muitos casos –, eu diria até que na maioria, as pessoas que cercam o paciente são as que mais sofrem. A família que tem a vida interrompida. As crianças, forçadas a lidar com acessos de violência e abuso. O pobre marido, cuja esposa tenta feri-lo ou transforma o lar em um lugar temerário. Os pais, velhos demais para controlar uma filha que tem um acesso de violência. E, não menos importante, nós, os médicos e atendentes, cujo dever é cuidar desses seres infelizes. Por isso, trata-se não de uma cura para o paciente, mas de uma cura para todos, cujas vidas melhoram porque a doença está sendo administrada.

Continuamos a caminhar em silêncio por alguns minutos.

– Então o paciente jamais consegue retomar seu lugar na sociedade? – perguntei finalmente.

– Eu não diria nunca, não. Após um período de contenção, vendo que não vai ganhar nada tornando-se um incômodo, o paciente será subjugado. É o mesmo processo de treinamento de um animal. O medo de mais tratamentos leva à conformidade. Nos melhores casos, torna-se o hábito normal. Ah, eu sei que muitos podem não gostar de admitir, mas é um método testado e experimentado. Funcionou com o rei George III da Inglaterra, sabia? Ele ficou louco, mas, depois de algum tempo com este tratamento, a mera sugestão da contenção era capaz de esfriar sua intemperança e ele conseguiu retomar as rédeas do governo por mais vinte anos.

2

Depois da visita à sala de hidroterapia, Morgan guiou-me por um giro rápido pela instituição. Começamos no segundo andar, onde ficavam os dormitórios, dispostos ao longo de um corredor muito comprido que devia ocupar quase toda a extensão do edifício. A maioria das mulheres dormia em quartos grandes capazes de acomodar cerca de vinte camas, apesar de algumas estarem em quartos menores e outras, isoladas.

– Às vezes, elas são violentas ou têm alguma coisa, algum hábito ou mania que pode perturbar as outras e torná-las vítimas da violência, ou simplesmente fazem algum barulho que impede as demais de dormir – explicou Morgan. – Tentamos manter as coisas tão calmas quanto possível.

Perto de cada quarto havia uma área onde duas atendentes se revezavam, dormindo e vigiando.

– Isso é para impedir que as pacientes fujam? – perguntei.

– Fujam? Fujam? – indagou ele, olhando-me de soslaio. – Por Deus, homem, elas não podem fugir. Para isso precisariam primeiro ser *prisioneiras*. Coisa que não são; são pacientes. Elas não fogem; elas evadem; ou o fariam, se permitíssemos. De qualquer modo, os quartos são trancados à noite, assim não podem ficar perambulando.

Examinei atentamente a extensão do corredor e as muitas portas.

– E se houver um incêndio? É evidente que em caso de incêndio não haveria tempo para destrancar todas essas portas.

Ele suspirou.

– Você talvez tenha razão. Tenho minhas dúvidas em relação a algumas das mulheres que somos obrigados a empregar e receio que em uma situação como essa elas pensariam apenas em si mesmas em vez de colocar a vida em risco para salvar as pacientes.

– Vi um sistema em que as portas de um corredor são interligadas e presas a um mecanismo que fecha e abre todas elas ao mesmo tempo.

Ele parou e olhou para mim.

– Só ouvi falar de uma instituição com esse tipo de sistema. A prisão de Sing Sing. Como chegou a vê-lo?

Torci para que ele não tivesse reparado em minha hesitação momentânea antes de responder.

– Não disse que vi, senhor. Eu quis dizer que soube da existência desse sistema. Acho que li no *Clarion* ou em algum outro jornal.

Ele voltou a caminhar.

– Estou certo de que não podemos ter esses luxos. O Estado financia essas coisas para os infratores, mas não para os loucos, infelizmente.

Não pude deixar de cerrar os punhos ante a ideia de que medidas para evitar que pessoas morressem queimadas em um quarto trancado fossem consideradas um luxo, mas fiquei calado. Afinal de contas, não estava ali para assumir a causa dos loucos.

No piso térreo visitamos uma sala sombria e comprida, com bancos de madeira chumbados às paredes, todos ocupados pelas internas; no centro havia uma mesa coberta por um pano branco, e em torno da mesa estava sentada meia dúzia de atendentes. A sala era tão impecável como a toalha, e pensei no ótimo trabalho que as atendentes realizavam para manter toda aquela limpeza. Depois eu zombaria da minha própria estupidez por esse pensamento. Em cada ponta da mesa havia dois aquecedores a lenha, cujo calor só podia ser sentido a poucos passos de distância; porém, mesmo que não soubesse que eram inadequados para aquecer uma sala tão grande, teria percebido rapidamente porque as mulheres sentadas nos bancos estavam tremendo e se abraçando em busca de calor. O encosto dos bancos era reto, e podia-se ver o quanto eram desconfortáveis pela postura das internas; o assento era tão estreito que a pessoa sentada poderia cair caso relaxasse. Cada banco tinha espaço para cinco pessoas, algo que deduzi pelo fato de cada um deles ter seis pessoas que pareciam desagradavelmente amontoadas. Essas internas usavam o mesmo tipo de vestido de algodão grosseiro que eu havia visto na mulher da sala de hidroterapia. Em um dos lados da sala havia três janelas com barras a quase dois metros de altura de forma que, mesmo em pé, seria impossível para qualquer uma delas alcançar ou até mesmo olhar para fora, ainda que fossem excepcionalmente altas.

Quando toquei nesse assunto com Morgan, pensando, mas não dizendo, que era um projeto muito ruim, ele disse:

– Essa é a ideia. Não queremos que olhem para fora; seria uma distração.

Mordi a língua para não perguntar distração de quê, uma vez que aquelas mulheres não tinham nada que as ocupasse. Não emitiam um som sequer e pareciam subjugadas, olhando fixamente para o vazio à sua frente, ou para o chão, ou ainda de olhos fechados, talvez cochilando, até perceberem a nossa presença, quando então senti imediatamente uma onda de desassossego percorrendo a sala.

Uma das mulheres se levantou e aproximou-se de Morgan. Ela estendeu a mão e puxou-o pela manga.

– Doutor, doutor, o senhor veio assinar minha liberação? – perguntou ela. Era velha, devia ter uns sessenta anos; tinha as costas curvadas e o rosto moreno e enrugado como uma noz.

Ele tirou a mão cuidadosamente, como se fosse um delicado objeto inanimado, e deixou-a cair delicadamente ao lado do corpo da mulher.

– Hoje não, Sarah, hoje não – respondeu ele. – Agora seja uma boa menina e vá se sentar, pois você entende que precisamos ter certeza de que sabe se comportar antes de podermos conversar sobre uma liberação.

Fiquei impressionado com o fato de ele a conhecer pelo nome – ele havia dito que o hospital tinha cerca de quatrocentos pacientes.

– Ela está aqui há trinta anos, chegou muito antes de eu vir para cá – comentou ele, sorrindo com minha expressão de surpresa. – Faz sempre a mesma pergunta todas as vezes que me vê; não percebe que jamais voltará para casa.

Enquanto isso, outras pacientes haviam seguido o exemplo de Sarah, levantando-se e fazendo um grande burburinho. Em resposta a essa perturbação da ordem, as atendentes se levantaram e começaram a trazer de volta a seus lugares nos bancos aquelas que estavam perambulando, empurrando-as quando necessário.

– Comporte-se! – ouvi uma das atendentes dizer a uma jovem. – Ou você vai ver o que acontece mais tarde.

A mulher empalideceu e voltou humildemente para seu lugar.

Por fim, todas as pacientes voltaram aos seus lugares e depois de mais algumas palavras duras das atendentes as conversas foram diminuindo e o silêncio voltou a reinar. Algumas continuaram olhando para nós, com um ar que continha grande interesse, mas a maioria adotou a posição anterior, o olhar vazio, sem reparar nas mulheres sentadas à sua frente no outro lado da parede.

– O que elas estão fazendo aqui? – sussurrei para Morgan.

– Fazendo? Fazendo? Ora, veja por si mesmo, homem, elas não estão fazendo nada. Esta é a sala do dia, onde passam a maior parte do tempo. Ficam sentadas assim até a hora da refeição.

– E quando é isso?

– Às seis horas.

Eram quatro horas da tarde. Não pude deixar de pensar que, se me obrigassem a ficar sentado em silêncio sem nada para fazer, mesmo que não estivesse louco, logo ficaria.

Morgan olhou para mim; parecia irritado e por um momento me perguntei se havia deixado escapar algum pensamento. Mas tendo certeza de que isso não acontecera, deduzi que o irritara com o tom das minhas perguntas. Percebi que para ele soavam como críticas ao sistema, o que de fato eram, pois eu estava tão chocado com o que via que não consegui esconder certo tom de descrédito na voz.

– Como eu disse – suspirou, exasperado –, é uma questão de administração. Se estivessem fazendo alguma coisa, seria mais difícil administrá-las. Qualquer atividade envolveria algo a ser feito. Se permitíssemos livros, por exemplo, algumas poderiam estragá-los, atirá-los contra as atendentes ou usá-los como armas contra suas vizinhas. E mesmo que ficassem apenas lendo, não seria bom, pois isso poderia lhes dar ideias. Elas já têm muitas ideias. O mesmo aconteceria se bordassem ou costurassem. Consegue imaginar o que poderia acontecer caso lhes déssemos agulhas? Por isso, a remoção de objetos potencialmente perigosos e a manutenção de uma atmosfera calma é essencial para o controle. É também terapêutica: por meio da prática, elas adquirem a capacidade de sentar e não fazer nada. Aprendem a ficar calmas. Se conseguirem fazer isso, suas vidas e as nossas serão muito mais fáceis.

Então ele me levou para fora por uma saída nos fundos. Senti um grande alívio por estar ao ar livre. Os gramados eram amplos; além do belo lago ornamental, havia um pequeno bosque. Olhei para o hospital atrás de nós. Não pude deixar de pensar quão assustadora devia ser a primeira impressão para uma nova paciente. Com seu estilo gótico, uma falsa torre medieval em uma das extremidades e uma pequena torre redonda na outra, estava quase todo coberto por hera. As janelas eram pequenas, o que explicava o interior sombrio; muitas não passavam de pequenas fendas, imitando as seteiras dos antigos castelos.

Mais uma vez, tive a impressão de que Morgan havia lido meus pensamentos.

– A aparência é sombria, não é?

Desviei o olhar.

– Receio que ninguém poderia dizer o contrário. Parece assombrado.

Ele começou a andar e pude ouvi-lo murmurando algo como: "E é, meu rapaz, acredite, é sim". Tive a sensação de que estava falando consigo mesmo e não imaginava que eu pudesse ouvi-lo.

Alcancei-o no momento em que um grupo de loucas saía para sua caminhada diária. Trajando o mesmo vestido de algodão vagabundo, cada uma delas tinha seu cachecol de lã e, curiosamente, um chapéu de palha, o que lhes dava um ar estranhamente cômico. As mulheres estavam alinhadas em duplas, vigiadas pelas atendentes.

Quando passaram por nós, senti um arrepio. Meus olhos encontraram olhares vazios e rostos inexpressivos, apesar de várias estarem tagarelando, aparentemente conversando consigo mesmas, ou inclinando-se na direção de suas parceiras e falando de um jeito animado – embora muitas vezes a outra não parecesse estar ouvindo, perdida em uma conversa consigo mesma. Também reparei que aquelas mulheres não estavam soltas. Usavam um cinto de couro largo na cintura, preso a uma corda comprida, de forma que estavam todas presas umas às outras, imagem que me lembrou de antigas ilustrações de escravos africanos sendo conduzidos de suas aldeias até os navios negreiros. Contei rapidamente e calculei que havia cerca de vinte mulheres amarradas dessa forma.

Ficamos de lado, para lhes dar passagem, e pude ver que muitas tinham o nariz sujo, os cabelos despenteados e a pele encardida. Minhas narinas confirmaram que não estavam limpas, apesar de não ter percebido nenhum odor desagradável entre as outras mulheres que estavam na sala do dia; fiquei surpreso com o fato de sentir um odor desagradável justamente agora que estávamos ao ar livre.

– Quem são essas mulheres?

– São as mais violentas da ilha – respondeu Morgan. – Ficam no terceiro andar, separadas das outras. São extremamente perturbadas e sua presença não seria compatível com o tratamento das demais.

Como que para comprovar o que ele dissera, uma das mulheres começou a gritar, provocando uma reação em outra, que começou a cantar, com uma voz bela e triste, e por um instante pareceu que a tristeza da canção era um reflexo de seu estado de espírito; mas de repente as outras irromperam em gemidos dissonantes, estridentes, e uma das mulheres ampliou a cacofonia murmurando orações, enquanto outras começaram a xingar, fazendo juras desafiadoras a esmo, aparentemente contra nada ou ninguém em particular, mas contra o mundo em geral e o que este lhes fizera.

As mulheres eram forçadas a seguir por uma trilha e imaginei o quanto deviam sentir vontade de arrancar os sapatos e sair correndo pela grama macia. De vez em quando uma delas se inclinava e pegava alguma coisa, uma folha ou um galho qualquer, mas uma das atendentes logo se aproximava e a obrigava a descartar o que quer que fosse.

– Elas não estão autorizadas a ter pertences – comentou Morgan.

Pertences! Que tipo de inferno era aquele em que uma folha caída era considerada um pertence? Não pude deixar de pensar na peça *Rei Lear*, na qual interpretei Edmundo – quem mais? E em uma fala o velho rei dizia: "Ora, não faleis de necessidade, até mesmo nossos mendigos mais humildes têm coisas supérfluas".

Seguindo na esteira desse miserável espetáculo de humanidade, passamos por um pequeno pavilhão, sem dúvida um vestígio da época em que o hospital era uma residência particular. Na parede, com letras elegantes, havia uma inscrição: *Enquanto viver, tenho esperança*. Balancei a cabeça diante da ironia da frase; bastava olhar para aquelas pobres mulheres se arrastando para ver que não havia nenhuma verdade naquelas palavras.

ꙮ

Ficamos vagando pela propriedade por quase uma hora, passando por momentos em que me senti bastante incomodado com as tentativas de Morgan para saber o que eu pensava a respeito do tratamento das alienadas ao mesmo tempo que ridicularizava minhas ideias sem conseguir entendê-las. Comecei a me sentir ofendido com sua condescendência e frustrado com o fato de não conseguir contra-argumentar, e percebi que estava perdendo o controle, o que teria estragado tudo. Consegui controlar a língua com muita dificuldade.

Morgan tirou o relógio.

– Jantar em seis minutos. É bom que você observe o salão onde é servido o jantar.

Ao voltarmos para o interior do hospital, vimos quando as internas mais violentas, ainda em duplas, entraram marchando como em uma paródia claudicante de manobra militar. Estavam sendo levadas para outra sala de jantar, Morgan me disse, pois precisavam ser vigiadas atentamente enquanto comiam. Depois que elas se foram, eu o segui até a sala comprida e estreita onde as outras pacientes aguardavam em pé, atrás de bancos estreitos sem encosto, em ambos os lados de mesas simples que ocupavam o centro de quase toda a extensão da sala. A uma palavra de uma das atendentes, as internas ocuparam seus lugares de maneira tão desordenada que não pude deixar de pensar em porcos tentando alcançar a comida no chiqueiro.

Em todas as mesas havia tigelas com um líquido escuro que Morgan garantiu ser um chá. Ao lado de cada tigela, uma grande fatia de pão com manteiga e um pires com ameixas secas. Olhando mais atentamente, contei cinco ameixas em cada pires, nem mais nem menos. Uma das mulheres pegou vários pires, um depois do outro, e colocou as ameixas em seu pires. Depois, segurando sua tigela de chá com firmeza, roubou a tigela da mulher que estava ao seu lado e engoliu todo o chá de uma vez.

Morgan ficou observando e, quando olhei para ele, ergueu uma sobrancelha e disse:

– Sobrevivência dos mais aptos. – E sorriu.

Olhei ao redor e vi mulheres roubando o pão de outras, que ficavam sem nada. Morgan observava tudo isso com tamanha indiferença que comecei a perder a fé na humanidade, até reparar em uma interna, uma jovem, quase menina, com cabelos escuros compridos caídos sobre o rosto, praticamente encobrindo-o, dividindo seu pedaço de pão com a mulher sentada a seu lado, cuja porção havia sido roubada. A mulher aceitou a oferta nervosamente e retribuiu com um sorriso, o primeiro que eu via naquele lugar. Nesse momento, como se sentisse o peso do meu olhar, a garota ergueu a cabeça e me encarou de um modo que me fez sentir um frio na espinha. Havia sabedoria naquele olhar, como se visse através de mim e reconhecesse o que eu era, enxergando algo que lhe permitia reivindicar uma semelhança. Não suportei por muito tempo e tive de virar o rosto. Um minuto depois voltei a olhar para ela e, vendo que mantinha os olhos grudados em mim, tive de me afastar até a outra ponta da sala.

Enquanto transcorria a luta pela comida, as atendentes rondavam por trás das mulheres, sem se preocupar em coibir os furtos, mas atirando mais fatias de pão aqui e ali quando viam alguém sem nada.

Quando o pão e as ameixas haviam sido consumidos – o que não demorou, pois não havia muito e as mulheres estavam famintas –, as atendentes trouxeram grandes vasilhas de metal e colocaram em cada pires vazio um pouco de uma carne cinza, gordurosa e pouco apetitosa com uma única batata cozida. Imaginei que até um cachorro recusaria aquilo, e na verdade jamais havia visto alguém oferecer comida tão ruim para um cachorro, mas as mulheres se atiraram sobre a comida como se fosse um baquete suntuoso. Algumas fizeram caretas ao experimentar a carne, comprovando que estava tão rançosa quanto parecia, mas mesmo assim conseguiram engolir. A maioria devorou a carne com a rapidez que conseguiam mastigá-la – algo não muito fácil, pois era evidente que estava muito dura – e, quando acabaram de comer a carne e a batata, olharam com raiva para os pratos vazios, como se não conseguissem acreditar que a parca refeição tivesse acabado.

Depois, Morgan e eu jantamos na sala de jantar dos médicos. Embora a mesa fosse grande o bastante para acomodar seis pessoas, estávamos apenas nós dois. Perguntei quantos médicos trabalhavam no hospital, e Morgan deu de ombros.

– Nossos recursos são limitados. O Estado não dá grande importância ao tratamento dos doentes mentais. Não podemos contratar mais gente ou alguém mais experiente do que você. Para a sua sorte. Normalmente, alguém que está iniciando a carreira de médico psiquiatra é obrigado a esperar durante anos por uma oportunidade como a que você tem aqui.

Decidi que um pouco de humildade como aperitivo não faria mal.

– Realmente, sou muito grato por isso, senhor.

– Principalmente se levarmos em consideração suas ideias antiquadas – acrescentou ele.

Felizmente não precisei dar mais explicações, pois a comida foi servida, atraindo a atenção de Morgan. Comemos um linguado grelhado bastante decente, seguido de filé e legumes cozidos. Uma refeição mais do que razoável. Eu tivera refeições piores em muitos hotéis, e aquilo certamente era muito melhor do que a comida que eu vinha consumindo nos últimos tempos. A garrafa de vinho que dividimos foi um luxo que eu não saboreava havia um tempo considerável.

Depois foi servido um delicioso pudim de leite, seguido por uma tábua de queijos. Quando terminamos e nos levantamos da mesa, aproveitei enquanto Morgan consultava o relógio, algo que ele parecia fazer com intervalos de alguns minutos, para esconder a faca de queijos na manga.

– Muito bem – disse ele –, você certamente deve estar cansado após a longa viagem, para não falar do acidente com o transporte público, e eu tenho de cuidar da correspondência, portanto acho melhor lhe dar boa-noite.

Fiquei horrorizado quando ele estendeu a mão para me cumprimentar, coisa que eu não podia fazer porque estava com a faca na manga, segurando o cabo com minha mão direita. Criou-se uma situação estranha, com sua mão suspensa no ar, desenhando uma espécie de limbo entre nós.

Ele pigarreou e, tão discretamente quanto um ator experiente encobrindo a deixa não entendida pelo colega de cena, transformou o cumprimento de mão em um gesto na direção da porta, como se essa fosse sua intenção inicial.

– Temos uma pequena biblioteca para a equipe, perto do meu escritório, caso queira ler antes de se retirar. Contém principalmente literatura médica. – Ele inclinou a cabeça e me dirigiu um olhar zombeteiro. – Poderá encontrar informações a respeito, digamos, de tratamentos modernos, mas há também romances e livros de poesia, se quiser apenas um pouco de distração.

Agradeci e disse que o acompanharia naquela direção para ver se encontrava algo para dar uma olhada antes de deitar. Deixei que fosse na frente e coloquei a faca no bolso do paletó.

Seguimos em silêncio pelo corredor que levava até a entrada principal. A noite caíra, as luzes do corredor estavam mais fracas. De algum lugar acima de nós vinha um gemido fraco, que poderiam ser os gritos dolorosos das pacientes ou apenas o barulho do vento. Estremeci ao pensar naquelas almas perdidas que não conseguiam descansar e seguiam vagando pela noite, lamentando sua sorte.

Parando junto da porta de seu escritório, Morgan apontou para o longo corredor.

– A biblioteca fica no fim deste corredor, última porta à esquerda. Você vai precisar de uma luz.

O corredor estava completamente escuro. Ele entrou em seu escritório e reapareceu com uma vela acesa em um castiçal de latão. Entregou-me a vela e uma caixa de fósforos.

– Não há lâmpadas a gás por toda a propriedade.

Dissemos boa noite e dessa vez estendi a mão para dissipar qualquer suspeita que eu pudesse ter despertado por hesitar em apertar sua mão pouco antes. Mais uma vez, o aperto firme em meus ossos doloridos provocou uma careta involuntária, que fiz o possível para disfarçar com um sorriso. Ele entrou em seu escritório e fechou a porta, deixando-me na penumbra.

As sombras ganharam vida com a luz débil da vela tremulando nas paredes, e eu não conseguia enxergar muito à frente. "Que a escuridão seja minha amiga", disse eu; embora a frase não se encaixasse ali, pois pela primeira vez eu não precisava de sua capa para me esconder. Contudo, por algum motivo essas palavras fizeram-me sentir menos medo, pois confesso que estava sentindo, apesar de não saber exatamente o porquê. Havia algo tão estranho e misterioso naquele lugar, somando-se aquele gemido constante e o sofrimento de tantos fantasmas desamparados, que senti uma depressão tomar conta de mim e se infiltrar em minhas entranhas. Um livro me faria bem, distraindo meus pensamentos com algo mais leve, e eu continuei pelo corredor mal iluminado, apesar de não me sentir tão confiante. Eu estava quase rastejando, pisando devagar, pois o som dos meus próprios passos me incomodava como se pudessem ser de outra pessoa, ou talvez por causa do medo de acordar algum inimigo adormecido que ainda estivesse escondido. Quando finalmente cheguei ao fim do corredor, encontrei a porta da biblioteca. Ao abri-la, ouvi um rangido que me lembrou dos efeitos sonoros daqueles velhos melodramas nos quais muitas vezes tive a infelicidade de estar envolvido.

Não era uma sala grande, parecia mais uma salinha de estar, o que me fez pensar que leitura e literatura não fossem prioridade para quem quer que tivesse construído a residência. As quatro paredes estavam cobertas por prateleiras cheias de livros, desde o piso até o teto. Examinei as lombadas dos livros com a luz da minha vela. À primeira vista, todas pareciam antigas, manchadas e emboloradas, os títulos apagados. O lugar rescendia ao cheiro sepulcral de mofo e abandono, e imaginei que a sala e seu conteúdo tivessem caído no esquecimento quando o lugar foi transformado em hospital. Quem aqui leria livros agora? Os pacientes não tinham permissão para isso, segundo dissera Morgan; as atendentes me pareciam ignorantes e iletradas demais; restavam os médicos, e evidentemente não muitos deles se interessavam por literatura, pois o pó das estantes mostrava que os volumes não tinham saído do lugar por um tempo considerável. Mas havia um canto com livros que pareciam relativamente novos e onde a madeira das prateleiras estava mais limpa, indicando que os livros dali tinham sido retirados e colocados de volta. Olhando mais atentamente, percebi que eram livros de medicina, a maioria deles relacionada com doenças mentais. Passei os olhos pelos títulos, tão inescrutáveis que, para mim, pareciam escritos em japonês; por isso nenhum deles despertou minha curiosidade para um exame mais atento. Estava cansado e, apesar de saber que teria sido uma atitude sensata começar imediatamente minha formação em minha nova profissão, eu me conhecia bem o bastante para saber que não leria nada naquela noite.

Passei para outra seção, formada por obras antigas, e ali encontrei algo valioso em um único volume, grande e gasto: *As obras completas de William Shakespeare*. Coloquei a vela em uma mesinha e tirei o livro da estante, que se abriu na peça escocesa. Estremeci. Seria um mau presságio? Com certeza não era o que eu escolheria para ler num lugar como aquele e estava prestes a procurar alguma coisa mais leve, uma das comédias, quando a luz da vela tremulou. Senti um arrepio na nuca ao ouvir o rangido da porta. Percebi o caminhar de pés descalços nas tábuas do piso e me virei a tempo de ver um pedaço de tecido branco da barra de um vestido ou camisola de uma mulher, que, ao notar minha presença, saíra correndo e fechara a porta com tanta rapidez que acabou apagando a vela.

A sala ficou escura como breu. Tentei encontrar a vela, mas bati com a canela em algum móvel e soltei uma imprecação. Assustei-me com o som da minha própria voz, como se, ao manter o silêncio, o intruso fosse me ignorar, o que era uma estupidez. Recriminando-me pela covardia, perguntei a mim mesmo por que, tendo enfrentado recentemente situação muito pior, estava com tanto medo. Só podia creditar esse temor ao fato de estar naquele lugar, naquele hospício, onde não deveria estar, apesar de ter todo o direito de estar, até onde todos sabiam.

Comecei a tatear o ambiente com as mãos estendidas à frente, como um cego, tentando me recordar de onde havia deixado a vela, mas estava assustado demais para conseguir lembrar da disposição do cômodo. Respirei profundamente, dizendo a mim mesmo que precisava me acalmar e pensar com clareza, e acabei colocando a mão na vela e nos fósforos que Morgan havia deixado comigo. Tive grande dificuldade para acender o pavio da vela, pois minha mão tremia muito, mas consegui realizar meu intento na segunda tentativa. Quando consegui enxergar os contornos da sala, o pavor se dissipou. Era como se eu tivesse visto um fantasma e, na verdade, essa não era uma hipótese de todo fantasiosa. Aquela visão fugaz de um vestido branco, os passos descalços – eram coisas tiradas de histórias de assombração.

Foi com alguma apreensão que abri a porta, receoso do ranger das dobradiças enferrujadas. Isso apenas prolongou o barulho, que lembrou o som produzido por um animal ferido ou, quem sabe, uma criança sendo torturada. Assim que a abertura permitiu, passei lentamente e caminhei pelo corredor, receoso de que a qualquer momento um espectro pudesse surgir atrás de mim e... e... e o quê? Esse é o problema do medo: não saber o que vai acontecer e as coisas que sua mente inventa para preencher esse vácuo. Fiquei parado por um instante, respirei profundamente e tentei racionalizar o que havia acontecido. Eu tinha visto um pedaço do que parecia uma roupa feminina. Era uma mulher, e eu era um homem jovem e forte; por que deveria sentir medo? Mas então comecei a pensar que mulher poderia ser aquela. O mais provável era que fosse uma das atendentes, é claro, porque àquela hora todas as internas estavam trancadas em seus dormitórios (em segurança, desde que não houvesse um incêndio!). Mas, e se uma delas tivesse conseguido escapar? O que aconteceria? E se fosse violenta? Estremeci só de imaginar que uma louca poderia surgir das sombras para me atacar e senti arrepios a cada tremular da chama da vela, a cada sombra mutante nas paredes do corredor.

Tive a impressão de demorar um século para conseguir chegar ao fim do corredor. As lâmpadas a gás do corredor principal estavam apagadas e não havia sinal de luz sob a porta do quarto de Morgan, por isso deduzi que ele já devia estar dormindo. Senti-me completamente envolvido pelo silêncio, esperando que fosse quebrado a qualquer momento pela presença que eu havia sentido pouco antes. Subi a escada principal, caminhando da maneira mais suave possível para não fazer barulho, pois o piso era tão antigo quanto a porta enferrujada da biblioteca e poderia ranger a cada passo. No segundo andar, tudo me parecia desconhecido sob a fraca luz da vela e tomei a direção errada várias vezes antes de conseguir encontrar o corredor que finalmente me levaria para a segurança do meu quarto.

3

Com um suspiro de alívio, fechei a porta e respirei várias vezes em busca de ar; só então reparei que estava prendendo a respiração havia muito tempo. Coloquei a mão no rosto e percebi que minha testa estava fria e úmida. O ferimento parecia latejar no ritmo do meu coração sobrecarregado. Passaram-se vários minutos até que eu conseguisse me recompor e colocar a vela na escrivaninha, apesar de minhas mãos ainda estarem tremendo. Levei mais alguns minutos para ter certeza de que não iria me machucar ao mexer com a faca; tirei-a do bolso e tentei abrir a fechadura da valise. A faca era muito fina e a curva da ponta tornava-a ideal para a tarefa; a valise e a fechadura eram vagabundas. Bastaram algumas tentativas e consegui abri-la. Respirei fundo novamente para reunir coragem. E se o conteúdo da valise não fosse suficiente para minhas necessidades básicas? E se não houvesse mais nenhuma camisa ou roupa de baixo? Era perfeitamente possível. Podiam estar em algum baú no vagão de bagagens. Abri a tampa e, para meu alívio, vi uma pilha de camisas perfeitamente dobradas, roupa de baixo, meias, umas calças e uma bolsa com pasta de dentes, pente, um vidro de óleo para cabelo, uma navalha etc. Embaixo de tudo havia um livro, a capa muito gasta, a lombada meio torta. Lembrei-me do livro de Shakespeare que havia encontrado na biblioteca e que, por causa do medo, esquecera completamente; senti certo prazer ao ver que teria algo para me distrair das minhas fantasias sombrias. Tirei o livro da valise e dei uma olhada no título impresso na lombada: *Tratamento moral,* do reverendo Andrew Abrahams.

Contrariado, atirei-o na escrivaninha. Parecia uma dessas obras cristãs edificantes. Quanta sorte a minha! Era preferível ter encontrado a própria Bíblia, pelo menos o texto é memorável e relata uma ou duas histórias divertidas, para não falar de alguns casos de adultério. Mas Deus me livre dos escritos religiosos hipócritas do nosso tempo, quando os homens deveriam ser mais inteligentes. Ainda assim, pude pelo menos perceber o tipo de tolo piedoso em que havia me transformado.

Sem ter com que me distrair, comecei a arrumar as roupas no armário e a guardar os apetrechos de toalete na gaveta da cômoda. Coloquei a valise debaixo da cama, despi-me e vesti a camisola, que era exatamente o tipo de roupa grosseira que um carola usaria, mais parecida com um saco, mas pouco depois isso já não tinha importância alguma, pois minha cabeça encontrou o travesseiro e caí num sono profundo.

Não tive uma noite tranquila; fui assombrado por uma sucessão de sonhos sombrios. Na maioria deles, eu vagava por corredores mal iluminados, assustado com sombras das quais, sem nenhum aviso e com gritos que faziam meu sangue gelar, saíam mulheres que se atiravam contra mim, os rostos terrivelmente deformados, os olhos transtornados pela loucura, os dentes expostos como presas de lobo, as bocas vermelhas como sangue salivando de fome, as unhas grandes arranhando meu rosto, arrancando meus olhos. Finalmente acordei desses pesadelos ouvindo o canto de pássaros; frestas de luz penetravam no quarto pelas bordas da persiana e, apesar de normalmente não ter tempo para Ele, agradeci a Deus por mais um amanhecer.

Minha camisola e os lençóis estavam empapados de suor. Imaginei que devia ter sentido muito medo, mas depois fiquei preocupado com a possibilidade de o suor não ter nada que ver com os sonhos e sim com o ferimento que havia sofrido no acidente, talvez mais grave do que eu pensava, a ponto de causar muita febre.

Ouvi passos no corredor, portas abrindo e fechando, o eco surdo de gritos distantes, todo o barulho de uma grande instituição preparando-se para começar um novo dia; terrivelmente familiar nos últimos meses, mas de certa maneira diferente. Joguei os cobertores de lado e saí da cama. Não havia aquecimento e estava frio, apesar de não tão frio quanto o lugar de onde eu tinha acabado de sair. Tirei a camisola, peguei uma toalha e um sabonete e despejei água na bacia. Depois de me recuperar do choque da temperatura revigorante, lavei todo o corpo. Examinei o ferimento na testa e fiquei feliz ao ver que parecia menos lívido. Essa pequena melhora foi suficiente para despertar em mim um pouco de otimismo e me fazer acreditar que eu poderia sobreviver ali por algum tempo, que tudo ficaria bem. Vesti roupas limpas e farejei as axilas do único paletó que possuía; o odor forte de suor pareceu-me repugnante. Abri o vidro de óleo para cabelo e senti o perfume; jamais usaria aquilo na minha cabeça, mas coloquei um pouco no paletó e esfreguei. Imaginei que devia estar parecendo um cafetão francês, mas até isso era preferível a exalar suor antigo.

Estava sem relógio. Tinha jogado fora o que havia encontrado no paletó, pois ficara danificado no acidente. Não tinha ideia da hora, mas me parecia haver barulho suficiente lá fora para deduzir que devia sair do quarto.

Desci as escadas e, ao encontrar a criada que havia me mostrado o quarto assim que cheguei, reparei que era muito bonita, com um pescoço longo e magro, elegante como o de um cisne, algo surpreendente em uma pessoa tão grosseira. Perguntei pelo doutor Morgan, e ela me indicou a sala de jantar.

– Ah, Shepherd – disse ele, ao me ver entrar. – Venha abastecer seu organismo, teremos mais um dia atarefado.

O café da manhã mostrou-se uma refeição farta, com ovos, bacon, torradas, geleias, aveia e rins, além de um grande bule de café, do qual Morgan consumiu uma quantidade generosa; suas pupilas foram se dilatando, os olhos ficando arregalados e ele parecia cada vez mais animado.

Apesar de ter comido muito bem no jantar, percebi que ainda estava faminto, o que creditei aos muitos meses de privação, e então me pus a comer o máximo que podia. A incerteza da minha carreira e em especial as experiências infelizes que vivera recentemente haviam me ensinado a jamais contar com a refeição seguinte e aproveitar cada oportunidade para encher o estômago para me prevenir contra o dia terrível que poderia muito bem ser amanhã. Ao mesmo tempo, porém, não pude deixar de pensar na refeição miserável que as pobres infelizes ali confinadas haviam tido na noite anterior e senti um pouco de compaixão por elas. Fiquei tão preocupado com isso que devo ter desviado a atenção do que Morgan estava dizendo, apesar de ele não ter percebido; estimulado pela cafeína, ele continuou a falar animadamente até que algo acendeu uma luz no meu cérebro.

– ... o mais testado e experimentado dos tratamentos modernos, a cadeira de contenção, utilizada com tanto sucesso no caso de George III, só que este é um modelo bem modificado, moderno, que eu mesmo criei. Em pouco tempo você esquecerá essas ideias tolas de Tratamento Moral, assim que vir a aplicação prática dos métodos atuais. Não adianta ficar remoendo o passado...

Endireitei-me na cadeira.

– Desculpe, mas acho que não entendi. O que foi mesmo que o senhor disse?

– Disse que não adianta ficar remoendo o passado.

– Não, antes disso.

– Eu estava dizendo que você logo esquecerá essas suas ideias antiquadas de *Tratamento Moral*. – Ele olhou para mim. – O que é isso, homem?

– Ah, nada – disse eu, tentando parecer descontraído. – Não tinha ouvido direito, só isso.

– Quer dizer que não vai discutir comigo? Vamos lá, defenda suas ideias para que eu possa derrubá-las.

Balancei a cabeça.

– Não, não agora, durante o café da manhã – murmurei. – Não consigo pensar direito antes de despertar completamente.

Então eu não era um tolo piedoso! O livro que havia encontrado na valise não era um tratado religioso; estava relacionado com o tratamento de doentes mentais. Se ao menos eu tivesse me dado ao trabalho de abri-lo na noite anterior! Agora teria de evitar tocar no assunto com Morgan até conseguir dar uma olhada no livro. Eu não poderia evitar discutir minhas ideias indefinidamente; precisava descobrir quais eram exatamente essas ideias o mais rápido possível.

Terminei o café da manhã em um ritmo capaz de provocar uma indigestão, pois Morgan havia começado bem antes e depois de terminar ficou consultando o relógio e tamborilando na mesa, mostrando sem muita sutileza que eu deveria me apressar. Eu não tinha a menor intenção de sair antes de estar com o estômago bem cheio e enfiei na boca tudo o que havia no prato, engolindo tudo com a maior rapidez possível, quase sem dar trabalho aos meus dentes e sem qualquer preocupação com o sabor.

Mal engolira o último pedaço de bacon e Morgan já estava em pé, relógio na mão, saindo na direção da porta. Limpei a boca com o guardanapo e empurrei a cadeira, tomei um último gole de café e saí correndo atrás dele. Quando o alcancei, ele parou de repente, e quase demos um encontrão. Ele ergueu a cabeça e aspirou o ar, como um cão de caça.

– Está sentindo esse cheiro? – perguntou ele.

Aspirei o ar e balancei a cabeça.

– Não, senhor.

Ele deu de ombros.

– Engraçado, podia jurar que senti cheiro de flores. Pétalas de rosas, se não estou enganado.

Ele me examinou por um instante com um ar desconfiado, que retribuí com um olhar sem expressão. Ele sacudiu os ombros novamente, virou-se e saiu andando rapidamente. Aparentemente, eu havia exagerado no perfume. Fiquei imaginando o que meu novo chefe estaria pensando a meu respeito naquele momento. Apressei-me a segui-lo novamente, fazendo o possível para controlar o que ameaçava se transformar em um grande arroto.

Passamos a manhã examinando várias pacientes "difíceis". Em um dos quartos encontramos O'Reilly e outra atendente ao lado de uma mulher magra, pálida, de cabelos claros, sentada em um banco. Assim que entramos, o nariz de Morgan já estava perscrutando o ar novamente e, mesmo protegido pelas axilas perfumadas, pude sentir um odor desagradável.

Morgan tirou uma prancheta das mãos de O'Reilly e examinou as anotações rapidamente. Devolveu a prancheta sem fazer nenhum comentário e nem olhar para ela, e aproximou-se da mulher.

– Muito bem, Lizzie, então é verdade? Você andou brincando com seus excrementos novamente?

Ela olhou para ele com um sorriso lívido.

– Sim, senhor – disse ela –, e eu me diverti muito.

Morgan virou-se para O'Reilly.

– Completamente impertinente!

– Sim, senhor – respondeu ela. – Impertinente. Foi muito difícil deixá-la limpa de novo. Ela não ajudou em nada.

Morgan suspirou e olhou para a mulher com a tristeza fingida dos adultos ao lidar com uma criança malcriada.

– Muito bem, então, não temos outra alternativa além da cadeira. Desta vez por mais tempo. Eu realmente pensei que não precisaríamos mais disso neste caso, mas acho que da última vez apressamos as coisas e não demos ao tratamento tempo suficiente para que funcionasse.

Ao ouvir a palavra "cadeira" a paciente empalideceu, algo difícil de imaginar em um rosto tão pálido.

– Não, senhor, a cadeira não – protestou ela, enquanto as atendentes seguravam seus braços com firmeza, tirando-a do banco. A mulher resistiu e tentou se libertar, mas as atendentes eram fortes e certamente mais bem alimentadas e conseguiram arrastá-la até uma porta lateral. Morgan adiantou-se para abrir a porta. Diante disso, a paciente se rendeu e tornou-se um peso morto, o que obrigou as atendentes a arrastá-la; mas a infeliz continuou a gritar, como se estivesse sendo conduzida ao cadafalso.

Morgan seguiu-as, fazendo sinal com a mão para que eu fizesse o mesmo. A sala estava vazia, exceto por uma cadeira de madeira pesada, pregada no chão. Nos braços e pernas da cadeira havia tiras de couro, e mais uma no espaldar alto e reto da cadeira. Ao ver a cadeira a mulher voltou a lutar. Mas as atendentes a empurraram com calma apesar da feroz resistência, amarraram suas mãos nos braços da cadeira e depois puseram-se a prender seus tornozelos, apesar dos chutes. Por fim, passaram a última tira de couro em torno de seu pescoço. Aquilo poderia estrangular a mulher, eu pensei.

Durante toda a operação a mulher gritou e mostrou resistência com a pouca força de que dispunha. Eu realmente não gosto de ver uma mulher lutar. Não tenho nenhuma simpatia pela tortura.

– Se me deixarem aqui, vou me mijar inteira, juro que vou – gritou a mulher.

O'Reilly virou-se para Morgan, erguendo uma sobrancelha.

– Mordaça?

Ele assentiu com a cabeça e ela tirou um pedaço de pano do bolso, evidentemente feito para isso; assim que viu o pano, a mulher parou de gritar e fechou a boca com firmeza, virando os lábios para dentro. Estava visivelmente apavorada, revirando os olhos para cá e para lá, procurando desesperadamente uma saída, como um animal encurralado. A assistente de O'Reilly deu a volta e segurou a cabeça da mulher por trás, para evitar que a infeliz sacudisse a cabeça, e com a outra mão apertou o nariz da pobre coitada. Logo ela foi obrigada a abrir a boca para respirar e O'Reilly enfiou o pano entre seus dentes, enquanto a outra o amarrava atrás da cabeça da mulher.

Depois disso, sem poder fazer nenhum movimento, a pobre infeliz desistiu de lutar e relaxou o corpo. Não lhe restava dignidade alguma e, privada de qualquer possibilidade de resistência, ela cumpriu a ameaça e a urina começou a pingar da cadeira, formando uma poça no piso.

Atônito, fiquei horrorizado diante da cena, mas Morgan parecia completamente indiferente ao sofrimento da mulher, assim como O'Reilly e a outra atendente. Os três pareciam encarar aquilo com tanta naturalidade que não tive dúvidas de que devia ser algo rotineiro. Morgan voltou para a outra sala e trouxe a prancheta que O'Reilly lhe mostrara antes. Examinou-a mais uma vez antes de falar.

– Estou vendo que ela ficou apenas três horas da última vez.

– Isso mesmo, senhor – disse O'Reilly.

– Acho que desta vez podemos tentar seis. Isso deve resolver o problema.

A mulher arregalou os olhos, aterrorizada. Eram seu único meio de expressão. Morgan aproximou-se dela e falou, com uma voz suave:

– Agora, Lizzie, é melhor você se acalmar, pois vai ficar aqui por um bom tempo. Quero que reflita sobre o comportamento insensato que a levou a esta situação e considere modificá-lo para que nunca mais precise voltar. Espero que depois disto você nunca mais volte a se sujar.

Ele continuou parado a seu lado, com um sorriso benevolente, como se estivesse lhe fazendo um grande favor e esperasse algum tipo de resposta, mas era evidente que a infeliz não podia fazer outra coisa além de piscar. Então, com aquele seu jeito brusco de fazer as coisas, ele se virou para O'Reilly, atirou a prancheta em suas mãos e sem dizer palavra saiu da sala. Eu o alcancei no corredor.

– Seis horas sem poder se mexer é muito tempo – arrisquei.

– Você acha? – Ele parou e olhou para mim com uma expressão de surpresa. – De forma alguma, homem. Às vezes são necessárias dez ou doze horas.

– Parece tão... tão duro. Não existe mesmo outra forma?

Ele pareceu exasperado.

– Lá vamos nós de novo. Você e suas ideias antiquadas. Ideias, devo dizer, formuladas por pessoas bem-intencionadas, porém mal informadas, sem qualquer base científica. Vamos lá, homem, vamos resolver isso agora, por que não? Você não pode trabalhar aqui se pretende questionar tudo o que fazemos.

Não entendi por que ficou tão nervoso. Sua ira parecia desproporcional considerando-se o comentário que eu havia feito. Seu rosto ficou vermelho de indignação, as maçãs do rosto infladas, como um sapo nervoso. Pensei que sua cabeça fosse explodir. Não sabia o que dizer. Não é como se eu tivesse um "branco" em cima do palco, pois não havia texto algum a ser decorado. Na verdade, eu não sabia sequer qual era meu papel ali. Tentei improvisar, mas só consegui gaguejar. Aos poucos, a expressão de seu rosto ficou mais suave e ele recuperou a calma.

– Então? O gato comeu sua língua?

– Terei o maior prazer em enfrentá-lo nesse ringue, senhor. Mas gostaria de ter a oportunidade de refletir sobre o que vi aqui e elaborar minha resposta cuidadosamente antes de apresentá-la.

– Muito bem. Leve o tempo que considerar necessário; isso não fará nenhuma diferença. Conversaremos amanhã.

Respirei aliviado. Poderia ler o *Tratamento moral* após o jantar e reunir os argumentos de que precisava para usar como munição. Mas enquanto o seguia pelo corredor, comecei a pensar: por que discutir com ele? Por que deveria me preocupar com o tratamento dispensado àquelas loucas, justamente eu, que até vinte e quatro horas antes ignorava completamente tudo aquilo? Por que me arriscar a agitar as águas desse porto seguro, considerando as possíveis consequências? Essas considerações, no entanto, não tinham importância alguma. Eu sabia que seguiria esse curso mesmo que não tivesse lógica alguma. Que criatura estranha é o ser humano! Tão cheio de contradições. Jamais imaginei que encontraria esse tipo de compaixão em mim mesmo. Incomodava-me descobrir que me conhecia tão pouco.

Ao nos aproximarmos de seu escritório, Morgan se desculpou, pois precisava ditar uma carta à sua secretária; tive a sensação de que ele inventara essa desculpa porque ainda estava muito irritado comigo e precisava de um tempo para se recuperar e retomar sua faceta mais cordial e familiar. Era evidente que ele queria manter tudo sob seu controle. Eu lhe disse que iria até a biblioteca, já que não tinha ido na noite anterior.

Era estranho como em plena luz do dia, sem as sombras sinistras e cantos escuros, o corredor que eu havia percorrido na noite anterior parecia extremamente comum. A biblioteca também havia perdido seu aspecto sinistro. Não havia nada estranho no ar, nem mesmo um pouco do encantamento que se encontra nos livros, apenas o cheiro de mofo de um lugar abandonado. Examinei as prateleiras empoeiradas e encontrei alguns bons romances e vários livros de histórias de um dos meus autores favoritos, Edgar Allan Poe. Naquele momento, porém, decidi me conter, pois já havia horror suficiente naquele lugar. Preferi ficar com Shakespeare. Se algum dia me encontrasse em uma ilha deserta, só precisaria ter aquele livro, o único sem o qual não saberia o que fazer.

Voltei para o escritório de Morgan levando o livro, mas esperei do lado de fora até que ele aparecesse. Ao sair, ele estendeu a mão e eu lhe entreguei o livro. Morgan leu o título na lombada antes de abri-lo e examinar o conteúdo; depois fechou o livro abruptamente, criando uma nuvem de pó, e devolveu-o.

– Shakespeare, hein? Nunca consegui entender toda essa comoção.

Bem, eu pensei, não é de surpreender. Alguém que amasse o bardo não seria capaz de mostrar tão pouca compaixão pelos outros. Ainda assim, eu não tinha a menor intenção de discutir esse assunto com ele, não depois do último desentendimento. Sempre foi meu lema poupar energia para as batalhas que mereciam ser travadas, por isso limitei-me a sorrir, como se apreciasse a confissão de uma fraqueza venial de um ser superior. Morgan pareceu satisfeito com minha reação, e percebi que ele não gostava que o desafiassem. Essa era uma atitude típica daqueles que se sentem absolutamente seguros de tudo o que fazem. É como se a exposição de uma pequena rachadura no edifício de suas certezas pudesse comprometer toda a construção.

Morgan pegou o relógio.

– O barco está chegando e precisamos examinar as recém-chegadas. Elas serão levadas diretamente para a sala de exames.

No caminho, passamos pela sala do dia e Morgan abriu a porta; ao contrário do silêncio do dia anterior, havia muito barulho na sala. As internas não estavam sentadas comportadamente como na tarde do dia anterior, mas sim de joelhos, esfregando o piso da sala. Tinha sido muito ingenuidade da minha parte imaginar que o lugar era tão limpo graças às atendentes.

– As pacientes é que limpam a casa?

– Sim, elas realizam algumas tarefas, principalmente a limpeza na parte da manhã. Com o exercício físico elas ficam cansadas, tornando-se menos violentas e mais obedientes. À tarde, por causa do cansaço físico, estão mais propensas a sentarem em silêncio. Assim matamos dois coelhos com uma cajadada. Este lugar não seria viável se além de tudo precisássemos pagar funcionários para fazer a limpeza.

Ele voltou a andar, mas eu fiquei olhando para aquelas mulheres, imaginando o quanto aquele tipo de trabalho seria exaustivo tendo comido tão pouco, quando notei que uma delas havia parado de esfregar, sentando-se no chão, e estava olhando para mim. Era a jovem que dividira seu pão na noite anterior. Nossos olhares se cruzaram novamente e voltei a sentir o mesmo desconforto, mas decidi que desta vez eu devia quebrar o encanto; seus lábios tremeram em uma sugestão de sorriso e não pude deixar de retribuir. Foi a primeira vez que me comuniquei com uma das lunáticas.

Percebi que Morgan já estava quase do outro lado da sala e corri para alcançá-lo, mas aqueles olhos negros e a suspeita de um sorriso não saíram da minha cabeça durante todo o dia.

4

O barco diário havia trazido três novas internas, consideradas loucas por médicos do hospital da cidade. Uma delas era uma senhora idosa, o cabelo grisalho desgrenhado, que ficou sentada em uma cadeira murmurando para si mesma e caçando pulgas imaginárias em suas roupas – imaginárias, pois haviam lhe dado banho e trocado suas roupas no hospital. Era o tipo de mulher que se via perambulando pelas ruas das cidades, pedindo esmolas e dormindo nas calçadas. Eu disse isso a Morgan.

– Sim – respondeu ele –, mas isso não significa que não seja louca. Uma boa porcentagem, senão todas essas criaturas, jamais passariam em um teste de sanidade. A loucura é que as levou a essa situação lamentável. Mas o Estado não tem condições de tratar de todas elas.

Ele perguntou à mulher qual era seu nome, e ela respondeu: "Ana, Ana Banana" e desatou a rir, uma risada horrorosa que revelou a falta de alguns dentes; a maioria dos que restavam eram tocos enegrecidos. Ela ficou olhando para nós por alguns instantes e depois retomou a caça às pulgas, com tamanha concentração que parecia não notar nossa presença. Morgan perguntou à atendente qual era a história da mulher.

A atendente abriu uma pequena pasta.

– Vagabunda contumaz, conhecida da polícia. Vem dando mostras de perturbação mental há algum tempo e chegou ao ponto de representar um perigo para os outros e para si mesma. Tentou tirar a bolsa de uma senhora, e estava convencida de que lhe pertencia. A polícia considerou que não se tratava de um simples caso de roubo, pois a própria mulher achava que estava pegando de volta algo que era seu de direito.

– Um diagnóstico de demência senil – disse Morgan, examinando as anotações. – Com o qual concordo. E esta?

A segunda mulher era muito nova, devia ter uns vinte anos e estava em estado catatônico. Seus olhos fitavam o vazio. E parecia vazia por dentro.

– Pode ter sufocado seu bebê, senhor, apesar de não haver confirmação – respondeu a atendente, passando-lhe as anotações.

Morgan ficou lendo por alguns minutos, depois as passou para mim. Havia um relatório inconclusivo de um médico-legista sobre a morte de um bebê. A mãe havia sido encontrada segurando o corpo do bebê, que estava morto havia vários dias. Ela não falava nem respondia às perguntas que lhe faziam, por isso foi levada para o sanatório para uma avaliação; foi considerada insana e encaminhada para a ilha.

Morgan aproximou-se dela. Mexeu a mão para cima e para baixo na altura de seus olhos. Nenhuma reação. Ela nem sequer piscou. Ele se virou para mim.

– Algumas patologias indicam que o cérebro parou de funcionar corretamente. É provável que ela tenha matado seu bebê sem perceber o que estava fazendo. Você concorda?

Tentei penetrar naqueles olhos sem vida.

– Sim... – eu respondi lentamente. – Mas o senhor não acha que existe a possibilidade de o bebê ter morrido devido a algum acidente ou doença e que a mulher ficou nesse estado devido à dor da perda de seu bebê?

– Lá vem você de novo! – O tom era de cansaço. Ele balançou a cabeça. – As pessoas não enlouquecem porque estão chateadas, homem. Todos ficamos chateados, mas poucos enlouquecem. A ciência mostra que a loucura tem uma causa patológica. Ocorre uma anomalia física no cérebro. Não há prova melhor do que esta mulher. Ela não demonstra os sinais característicos da dor, não chora, não arranca os cabelos. Como você bem pode ver, ela não demonstra emoção alguma.

Eu não sabia o que dizer. Não podia argumentar com sua ciência. Tinha apenas as evidências captadas por meu olhar e meu conhecimento da natureza humana. Pensei em *lady* Macduff e seu delírio após o assassinato de seus filhos. Pensei em Ofélia com suas flores, impossível de ser alcançada após a morte do pai pelas mãos de seu amado. E lembrei também que a peça escocesa dá a entender que a rainha sonâmbula havia perdido um filho ou não podia ter filhos. Teria matado Duncan porque está louca ou fica louca devido à culpa por tê-lo matado? Não pude deixar de pensar que Shakespeare entendia mais daquilo que nos torna humanos do que a ciência moderna do doutor Morgan.

Fiquei tentado a dizer isso; contudo, lembrando do diagnóstico que eu mesmo havia feito pouco antes em relação a seu caráter, decidi que seria mais inteligente ficar quieto. Eu não ganharia nada enfrentando-o diretamente. Ele não iria soltar a mulher e, de qualquer forma, que importância tinha Hécuba para mim?

Passamos para a terceira mulher, que, ao contrário das outras, tinha uma expressão atenta, inteligente. Antes que a atendente pudesse dizer qualquer coisa, ela mesma falou:

– Fui trazida para cá por engano, senhor. Não há nada de errado com minha mente, posso lhe garantir.

Morgan virou-se para a atendente e ergueu uma sobrancelha, sussurrando para mim:

– Quase todas dizem isso.

A atendente examinou as anotações.

– Ela provocou um tumulto no restaurante onde trabalhava como garçonete. Foi despedida por ter faltado dois dias seguidos.

Morgan pegou as anotações e examinou-as, erguendo as sobrancelhas.

– O tumulto foi considerável, pelo que vejo. Destruiu o lugar, atirou um prato pela janela, quebrou a louça, xingou o gerente e gritou com os clientes.

Ele parou de ler e olhou para a mulher. Ela corou.

– Eu estava fora de mim, senhor. Minha filhinha – ela tem apenas dois anos, senhor – estava doente, senhor, e eu estava preocupada demais com ela para poder trabalhar. Mandei um recado para explicar minha situação, mas eles não quiseram saber, senhor. Perdi o emprego e não consegui pagar a conta do médico.

Morgan examinou de novo as anotações.

– Vejo que também atacou o médico. – Suas palavras soaram com profunda gravidade, como se esse tivesse sido o pior de todos os seus crimes.

A mulher abaixou a cabeça.

– Sim, senhor. Não sei o que deu em mim. Ele não aceitou minha promessa de que pagaria pelo remédio. Não queria dar nada para tratar minha filha, senhor. Perdi o controle. Mas minha filha melhorou. Está sob os cuidados de uma parente. E agora estou bem, senhor. Não sou maluca, não mesmo.

– Não gostamos de usar essa palavra – disse Morgan gentilmente. – Você está mentalmente perturbada.

A mulher começou a protestar, mas ele levantou a mão para que ficasse em silêncio; não havia como não admirar sua autoridade natural, pois ela ficou quieta imediatamente. Era inteligente o bastante para saber que a discussão só reforçaria o diagnóstico contrário a ela.

– Está mentalmente perturbada. Não é algo de que deva envergonhar-se; é uma doença física, como uma doença cardíaca ou diabetes. Existem centenas, talvez milhares de pessoas nesta grande cidade que enfrentam contratempos e dificuldades diariamente. Elas não saem destruindo restaurantes. Não atacam médicos.

– Não foi exatamente um ataque, senhor. Dei um tapa na cara dele, um único tapa, senhor.

– Elas não atacam médicos. O fato de ter feito essas coisas, que as pessoas mentalmente saudáveis não fazem, por maior que seja a pressão que estejam sofrendo, indica que há algo errado no seu cérebro. Este é o melhor lugar para você.

– Mas, senhor, não posso ficar aqui. Preciso voltar para casa e cuidar da minha filha.

– Madame, deve ficar aqui. A senhora foi internada. Acredite, este é o melhor lugar para a senhora neste momento. Aqui poderá receber o tratamento de que precisa.

As lágrimas começaram a correr pelo rosto da mulher, que começou a contorcer as mãos.

– Mas, senhor, eu... eu...

– Fique calma. Vai dar tudo certo. Deve ser um grande choque vir para um lugar como este, eu sei. Mas é sua chance de ficar boa de novo. – Ele sorriu, devolvendo as anotações para a atendente. – Certo, ao trabalho agora – disse, dirigindo-se para a porta.

– Quanto tempo vai demorar? – perguntei, esforçando-me como sempre para acompanhá-lo.

– Quanto tempo vai demorar o quê?

– Para que essa mulher recupere a saúde e volte para sua filha. Ela me pareceu perfeitamente sã e sensata.

Ele parou e sorriu, condescendente.

– Para você, sim, pois não tem experiência prática. Aqui, essa mulher não está sofrendo nenhuma pressão, mas o que ocorreria se estivesse solta no mundo e acontecesse algo de errado em sua vida? Quantos restaurantes ela destruiria? Quantos médicos atacaria – ou coisa pior?

Eu fiquei em silêncio. Senti que ele ficaria irritado se eu discordasse novamente.

– Eu e você não teríamos esse tipo de reação. Pelo menos eu sei que não teria, e espero que você também não. Mas ela terá a mesma reação porque tem uma doença patológica no cérebro conduzindo suas ações. É uma coisa física e não algo que possa ser modificado pela "gentileza". Consegue entender?

Essa última pergunta foi meramente retórica, e ele continuou andando. Eu o segui. Não era difícil imaginá-lo destruindo coisas ou atacando alguém, e aí estava a grande ironia. Não consegui evitar um sorriso ao ver que me imaginava uma pessoa tão pacífica. Aparências, aparências! Como é fácil julgar que é louco um homem são e que é são um louco! Que combinação a nossa: Morgan e eu. Os loucos tinham tomado conta do sanatório.

Tive uma hora só para mim antes do jantar; apesar do chamado convidativo de Shakespeare na mesinha de cabeceira, decidi ler o *Tratamento moral.*

A introdução foi suficiente para que eu entendesse a hostilidade de Morgan. "No passado", escreveu o reverendo Abrahams, "um sistema cruel e desumano foi usado contra esses infelizes diagnosticados com alguma doença mental. Eram tratados como animais e não como seres humanos dotados de alma. Eram aprisionados, espancados, submetidos a restrições físicas e toda espécie de indignidade. Perdiam seus direitos e eram trancafiados em instituições para toda a vida, sem direito a recurso. Na maioria dos casos, esse tratamento não tinha nenhum valor terapêutico.

"Em vinte anos de trabalho com doentes mentais, tratei-os de acordo com meus princípios cristãos e o resultado foi que a maioria teve os sintomas amenizados e assim pôde ocupar seus lugares na sociedade e levar uma vida útil e satisfatória..."

Aquilo estava tão em desacordo com a filosofia de Morgan que me absorveu completamente. Nos capítulos iniciais, Abrahams, que se denominava um *quaker*, explicava como era o dia a dia de seu hospital. Os pacientes eram tratados como seres humanos. Mantinham-se ocupados com tarefas simples, como jardinagem, costura, carpintaria e coisas do tipo, de acordo com suas habilidades e gostos. Nos momentos de lazer, eram encorajados a ler, fazer caminhadas pela propriedade, participar de jogos no interior do hospital e ao ar livre, o que incluía jogos de cartas, xadrez, cróquete e tênis; podiam assistir a palestras, peças de teatro e apresentações musicais. Usavam suas próprias roupas, em vez de uniformes, e os funcionários dirigiam-se a eles com respeito. Raramente eram trancafiados, e apenas quando se acreditava que poderiam representar uma ameaça física para si mesmos ou para os outros. Recebiam uma alimentação saudável e nutritiva. Acima de tudo, as pessoas que cuidavam deles, que não eram médicos, mas pastores e enfermeiras treinadas, conversavam com eles regularmente e ouviam seus relatos e suas queixas.

Nesse sistema, segundo Abrahams, a grande maioria de seus pacientes geralmente se recuperava em questão de meses e ficava em condições de voltar para suas famílias. Ele acreditava firmemente que a maioria das doenças mentais não era um estado permanente, mas uma crise temporária provocada por algum infortúnio, que podia ser qualquer coisa, desde um caso de morte na família até um revés financeiro. Quando tratados com compaixão e gentileza, os pacientes se recuperavam e, com poucas exceções, voltavam a ser como antes.

Tudo isso era apresentado com uma argumentação tão sensata, relatado com tanta naturalidade, com tantos exemplos de casos reais, que ao fechar o livro eu já estava praticamente convencido.

5

Durante o jantar, Morgan exibiu um humor afável. Falou de sua juventude e de suas primeiras experiências como médico em um hospital comum, tratando de todos os tipos de doenças e ferimentos; lembrou histórias engraçadas, algumas realmente divertidas e outras com tantos detalhes de ferimentos e derramamento de sangue que não as considerei apropriadas para a ocasião, apesar de ter feito questão de fazer uma boa refeição.

Em dado momento ele fez perguntas a meu respeito, dizendo que gostaria de saber um pouco mais da minha história, além do que estava escrito no meu pedido de emprego; disse que sabia da minha educação, da faculdade de medicina, mas nada de pessoal. Improvisei facilmente sobre o restante da minha formação, matando meu pai, um advogado, quando eu estava com dez anos, pisoteado até a morte por um cavalo descontrolado ("Você parece ter herdado a falta de sorte em acidentes envolvendo meios de transporte", comentou Morgan, observação que eu consideraria insensível se ambos os incidentes a que se referia tivessem realmente acontecido), e eliminei minha mãe por meio da escarlatina, que a levou quando eu estava com dezesseis. O relato da minha luta como órfão fez que Morgan olhasse para mim com uma espécie de admiração, como se me visse sob outra luz, enquanto eu descrevia as vicissitudes que suportei sozinho enquanto lutava para estudar. Misturei verdades e mentiras, usando uma técnica a que estava tão habituado que tudo me ocorria naturalmente – como se estivesse criando uma personagem, com detalhes que nem sempre são colocados no papel.

– Bravo – disse ele, servindo os copos de vinho e erguendo o seu para um brinde. – Seu passado infeliz ajudou a formá-lo. Deu-lhe coragem e determinação para trabalhar duro. Será muito melhor para você do que se tivesse sido alimentado com talheres de prata e vivido em um mar de rosas.

Sorri, cheio de orgulho, extremamente satisfeito com meu novo eu.

Depois de voltar para o quarto, passei uma longa noite completamente absorto pelo *Tratamento moral.* Não estava habituado a esse tipo de livro. Dramas, romances e poesia eram meu alimento literário e tive alguma dificuldade para acompanhar a argumentação, apesar de ter o interesse despertado todas as vezes que me deparava com um caso incluído pelo autor à guisa de exemplo. Eram sempre as pessoas que me fascinavam. Os fatos são maleáveis demais para que eu os respeite.

Ouvi o soar da meia-noite quando estava embrenhado na segunda parte do livro, bocejando o tempo todo. Não admira que estivesse cansado, considerando o naufrágio e os ferimentos que havia sofrido. Além do golpe na cabeça, tinha as costelas machucadas e uma dor nas costas que me impedia de sentar confortavelmente, por mais que mudasse de posição. E havia também toda a tensão envolvendo minha chegada àquele lugar, a pressão por ser um funcionário novo, sem experiência, a luta interior para me manter na linha, para superar minha natureza turbulenta e não falar nada contra o tratamento dado àquelas pobres infelizes, das quais eu estava separado pela mais tênue linha, o acaso. O vinho do jantar também não ajudou, pois, em certo momento, a despeito de toda a minha determinação para continuar até acabar de ler todo o livro e preparar meus argumentos para o dia seguinte, devo ter caído no sono.

Tive o mesmo sonho novamente, aquele que parecia voltar em momentos de dificuldade. Estava de volta à granja de meu tio, aonde eu havia chegado no dia anterior, após a morte de minha mãe. Nunca tive um pai; ele foi embora antes mesmo de eu nascer. Estava com onze anos e meu tio tinha acabado de me bater com um cinto porque havia dito que eu precisava ganhar meu sustento e eu me recusara a matar uma galinha.

Fiquei em pé diante dele, as calças caídas em volta dos tornozelos, o traseiro nu dolorido por causa das chibatadas. Tentei me proteger com a mão e senti algo úmido. Quando olhei, vi que estava manchada de sangue. Meu tio me observava, a respiração pesada, o cinto pendurado em sua mão direita.

– Muito bem, rapaz, o que vai ser? – perguntou ele. – Você ou a galinha?

– Precisa ser uma coisa ou outra, senhor? Não tenho uma terceira opção para pagar pelo meu sustento?

– Você vai fazer muitas coisas. Nenhuma delas pode substituir isso. Precisa aprender como funciona o negócio. Sabe que Martha não pode ter filhos. Você pode ser como um filho para nós e um dia a granja será sua. Precisa saber tocar o negócio.

Tentei parecer grato. Foi a primeira vez que fingi alguma coisa. Tentei parecer um garoto que queria passar a vida em uma granja, com o cheiro de cocô de galinha entupindo suas narinas.

– Vamos lá, vamos tentar de novo. – Ele começou a colocar o cinto de novo pelos passantes das calças.

Puxei minhas calças, e senti a dor quando elas rasparam nas feridas. Tentei não chorar. Sabia que meu tio não aprovaria o choro de um garoto.

Ele entrou no grande celeiro onde ficavam as galinhas e voltou com uma em cada mão. Segurava-as pelos pés, e elas se debatiam inutilmente, batendo as asas e cacarejando sem parar. Senti vontade de tapar os ouvidos com as mãos para não ouvir o barulho, mas sabia que seria um erro.

– Pegue esta – disse ele, estendendo um dos braços.

Cautelosamente, coloquei minhas mãos em torno das pernas da galinha. Isso a fez ficar ainda mais agitada, movimentando as asas de maneira mais frenética. Soltei-a imediatamente, mas meu tio ainda estava segurando, por isso ela não conseguiu fugir.

– Segure! – Ele estava bravo de novo.

Mordi o lábio e peguei a galinha, afastando a cabeça, mas desta vez segurando as pernas com firmeza, apesar do braço bem esticado. Eu não queria sentir as asas batendo no meu rosto.

– Preste atenção. Não preciso de mais do que um segundo, por isso olhe com muita atenção, está bem?

Acenei com a cabeça. O que eu realmente queria era fechar os olhos. Essa foi a segunda encenação. Eu não queria ver outra galinha morta.

Ele colocou a mão livre em torno do pescoço da galinha e soltou os pés que estavam presos pela outra, colocando-a também no pescoço. O corpo da galinha, pendurado como um pêndulo, balançava sem parar.

– Agora, tudo o que você precisa fazer é torcer, assim.

Ouvi um *crec,* e poucos segundos depois a galinha já não se mexia, pendurada inerte em sua mão.

– Está vendo? Não é nada, filho.

Fiquei olhando para ele, fixamente. Minha galinha estava se agitando em frenesi, guinchando em fúria, e eu tinha certeza de que ela tinha visto o que havia acontecido com a outra e sabia o que iria lhe acontecer. Fiquei imaginando se uma galinha era inteligente o bastante para imaginar tudo aquilo.

– Agora é sua vez.

Rangi os dentes. Senti o gosto de bile na garganta e por um momento pensei que fosse vomitar, mas consegui me controlar. Coloquei uma das mãos em torno do pescoço da galinha, segurei bem firme e deixei cair os pés.

– Isso mesmo, perfeito – disse meu tio.

Coloquei a outra mão no pescoço. As penas pareciam macias e quentes, tão quentes. Eu podia sentir o sangue da galinha na ponta dos meus dedos. Sou capaz de jurar que ela arregalou os olhos em pânico, apesar de ter descoberto depois que uma galinha jamais faria isso. Fechei meus olhos e torci o pescoço exatamente como meu tio havia feito. Pude sentir as asas batendo em mim. Imaginei que minhas mãos eram grandes e estavam em volta do pescoço de meu tio e eu iria matá-lo e nunca mais precisaria fazer aquilo de novo. Ouvi um *crec* e, depois de um último tremor, a galinha parou de se mexer. Abri os olhos lentamente e vi que sua cabeça estava pendurada sobre meu punho.

– Esse é o meu garoto! – gritou meu tio.

Olhei para ele e sorri.

– Venha, filho – disse ele, virando-se na direção do celeiro. – Temos mais cinquenta para matar ainda hoje.

Como sempre, acordei com esse sonho; tinha os punhos em torno de uma coisa macia. Abri os olhos e, sob a luz mortiça da vela quase apagada, percebi que havia agarrado o travesseiro; estava encharcado de suor. Ouvi um ruído e ao virar os olhos percebi um vulto no quarto: uma mulher de camisola branca, diante da escrivaninha, de costas para mim.

Endireitei-me imediatamente.

– Que diabos... – comecei a falar, mas nesse exato momento a vela se apagou e o quarto ficou completamente escuro. Pulei da cama e tentei agarrar o vulto, mas ela foi muito rápida e agarrei apenas o ar. Ouvi a porta batendo e o barulho dos pés desaparecendo no corredor. Corri atrás dela, porém o corredor também estava escuro. Olhei para um lado e depois para o outro, mas não consegui ver nada, nenhum sinal de quem quer que fosse, nenhum lampejo de vela. Não tinha ideia da direção que a mulher havia seguido. Fiquei parado e controlei a respiração e então, instintivamente, percebi que a intrusa também estava ali, prendendo sua respiração, imóvel. Então, acho que, ao perceber que precisaria respirar, revelando sua posição, ela se mexeu e o som dos pés descalços me mostrou o caminho. Tentei segui-la, mas, sem conseguir enxergar um palmo à minha frente, fui tomado pela sensação de que estava prestes a colidir com alguma coisa, apesar de não me lembrar de nada, de nenhum móvel, que pudesse haver no corredor.

Senti o coração acelerar e o medo cada vez mais forte de que alguma harpia pulasse em cima de mim e enfiasse suas garras em meu pescoço. Continuei pelo corredor, com as mãos estendidas à minha frente para evitar qualquer tipo de choque. Não conseguia ouvir nada por causa do barulho da minha própria respiração e parei; percebi alguns passos mais à frente e, depois, silêncio novamente. Era um jogo de gato e rato, com minha presa esperando que eu me movimentasse novamente para encobrir qualquer som com meus próprios passos. Apalpei as paredes do corredor com minhas mãos até sentir o ar ao chegar a uma passagem lateral.

Eu não sabia que direção deveria seguir e por isso fiquei parado no escuro, tremendo, por um tempo que me pareceu uma eternidade. Se escolhesse a direção errada, ela fugiria com facilidade. Mais uma vez senti que ela estava próxima, apesar de poder ter se afastado bastante enquanto eu tentava decidir para onde ir. De repente, eu me senti um idiota, pois era evidente que ela estava brincando comigo, divertindo-se com aquela perseguição, deixando que eu pensasse que poderia pegá-la quando ela sabia que isso não aconteceria. Tentei aguçar a audição, mas só havia silêncio e então, quando eu decidia ao acaso por onde continuar, senti um sopro levíssimo de respiração, não muito longe de mim. Saí imediatamente de onde estava, tomando cuidado para não tropeçar em nada, uma vez que não conhecia aquele corredor. Ouvi o barulho suave dos pés escorregando pelo ladrilho do piso alguns metros à frente e tentei ir mais depressa, mas meu corpo parecia relutar, com medo de bater em alguma coisa. Senti os pelos da nuca eriçados, raspando no colarinho, a testa coberta de suor. De repente, como e por que eu não saberia explicar, senti que ela estava bem na minha frente, bastaria estender o braço – meu ou dela. Enchi-me de coragem, dei um passo à frente e estendi o braço, esperando tocar a pele quente, mas em vez disso encostei em algo sólido e frio e percebi que era uma parede.

Examinei-a com as palmas das mãos, para cima e para baixo, de um lado para outro, mas não encontrei nada. O corredor terminava em uma parede; estava perplexo. Voltei-me e comecei a recuar em direção ao corredor principal. Estendi os braços e senti as paredes de cada lado. O corredor era estreito demais para que a mulher pudesse ter passado por mim sem que nos tocássemos. Seu sumiço desafiava a lógica. Então, acho que na metade desse corredor secundário minha mão esquerda sentiu algo diferente. Um exame mais detalhado revelou a existência de uma porta. Fui tateando até encontrar o metal frio da maçaneta. Virei-a e empurrei a porta, mas estava trancada.

Ainda assim, o enigma estava explicado. A mulher devia ter ficado encolhida na reentrância do batente da porta até eu passar. Provavelmente no momento em que parei, sentindo sua presença. Então, quando decidi seguir em frente, ela voltara para o corredor principal.

Voltei lentamente e, ao chegar ao cruzamento com o corredor principal, ouvi um barulho que me congelou o sangue. Uma gargalhada terrível; minha adversária, celebrando seu triunfo. Sabia que seria inútil persegui-la, mesmo que tivesse disposição e coragem; ela estava longe demais. Senti uma enorme frustração por ter sido tratado como um joguete, mas essa sensação logo foi substituída pelo alívio por não precisar continuar a persegui-la. Voltei para meu quarto, onde encontrei outra vela. Risquei o fósforo, mas estava tão assustadiço que até as sombras na parede me sobressaltaram. Quase esperava que a luz fosse mostrar a mulher parada à minha frente. Eu não dispunha de uma chave para trancar o quarto, por isso encostei a cadeira na escrivaninha sob a maçaneta da porta. Sabia que faria isso todas as noites dali em diante, para evitar outra invasão.

Por causa do nervosismo, não conseguia sequer pensar em dormir. Peguei o livro e, sem me despir, o que faria me sentir mais vulnerável, deitei na cama e comecei a ler o *Tratamento moral*. Quando as primeiras luzes do dia começaram a entrar pelas bordas da persiana, eu tinha terminado de ler o livro.

6

No dia seguinte, cheio de entusiasmo, fui tomar café preparado para travar uma batalha com Morgan, tão convencido estava dos argumentos do bom reverendo que me havia imbuído da certeza de que meu empregador ficaria impressionado. Enquanto ele tomava o café da manhã tranquilamente, usei toda a minha experiência para defender minhas ideias, apresentando-as como se estivesse fazendo a argumentação final diante de um tribunal do júri de algum melodrama. De vez em quando olhava para ele e via que estava ouvindo com atenção, balançando afirmativamente com a cabeça, o que me deu esperanças de estar conquistando sua aprovação com meu modo de pensar. Quando terminei de expor minha teoria, quer dizer, a teoria de Abrahams, fiquei em silêncio, o olhar carregado de expectativa.

Ele permaneceu sentado, sorrindo, e pensei que havia conseguido... até reconhecer que aquele era o tipo de sorriso que os adultos costumam dirigir às crianças.

– Devo admitir que admiro seu entusiasmo – disse ele, enchendo-me de orgulho, mas depois acrescentou: – Entretanto, receio que esteja equivocado. Lamentavelmente, suas ideias estão ultrapassadas.

Isso tudo foi colocado em prática anos atrás e revelou-se um grande fracasso. – Abri a boca para argumentar, mas ele levantou a mão para que eu ficasse calado. – Ouso dizer que você andou lendo alguma coisa escrita por pessoas que defendem essas práticas, que sem dúvida têm bom resultado de vez em quando, mas essas teorias caíram em descrédito há muito tempo. Seus defensores eram pastores, pessoas bem-intencionadas, mas não qualificadas; não eram *médicos*. Só recentemente é que nós, médicos, começamos a nos envolver com o problema da saúde mental. Hoje se reconhece que a insanidade não está ligada às pressões sociais ou à infelicidade pessoal, mas que é um problema patológico. É um distúrbio físico do cérebro e, por isso, pode ser controlado. Não pode ser curado com a facilidade com que você e as pessoas que o influenciaram supõem. Acredite-me, tenho anos de experiência e garanto a você – que não tem nenhuma – que sei do que estou falando.

Tentei argumentar, dizendo que o modo como a equipe do hospital tratava as pessoas perturbadas não poderia ajudar a melhorar sua condição. Perguntei a ele se não pensava em experimentar um tratamento mais amável.

Ao ouvir isso ele ficou irritado, o rosto vermelho.

– Quantas atendentes seriam necessárias para dispor de tempo para conversar com as pacientes? Quem tocaria música para elas? Quem iria supervisionar suas atividades? De onde viriam os recursos para pagar as festas suntuosas que pretende proporcionar a elas?

Ficamos rebatendo os argumentos um do outro até que percebi que não chegaria a lugar algum. Só estava conseguindo deixá-lo cada vez mais furioso. Depois de uma de suas frases de efeito, decidi que já havia discutido o bastante. Baixei a cabeça e não respondi. Depois de alguns minutos, Morgan quebrou o silêncio constrangedor.

– Escute, não sou um homem desarrazoado e não quero desestimular alguém que está apenas começando na profissão. Faremos o seguinte: vou lhe dar uma chance para *provar* que suas ideias podem funcionar.

– Como?

– Permitirei que cuide de uma paciente, qualquer paciente que desejar, desde que não esteja entre as violentas. E você poderá tratá-la de acordo com suas ideias. Poderá separá-la das demais, dar-lhe roupas diferentes; ela poderá comer a mesma comida das funcionárias.

Poderá ter seus interesses, mas só contará com você caso queira jogar cartas ou terá de se satisfazer com um jogo de paciência.

Fiquei tão atônito que mal consegui balbuciar.

– Está falando sé-sério?

– Completamente.

– Obrigado, senhor. – Comecei a rir como um idiota. – É muita generosidade de sua parte. Realmente agradeço pela oportunidade.

– Imagino que sim – disse ele, pegando a xícara e tomando um gole de café. – É sua oportunidade de descobrir por si mesmo o quanto está errado.

Ele se levantou da mesa, mas eu estava tão preocupado em defender minhas ideias que havia me esquecido de comer.

– Esta tarde você poderá escolher sua cobaia.

ᔓᔕ

Morgan entrou na sala do dia gesticulando expansivamente, apontando para as infelizes sentadas ao redor.

– Aqui estamos; pode escolher. Pegue uma delas para colocar em prática suas ideias. Qualquer uma, fica a seu critério.

Ele ficou parado, os dedos enfiados nos bolsos do colete, com um sorriso largo, balançando para a frente e para trás nos calcanhares; parecia um jogador de pôquer satisfeito com suas cartas, observando a movimentação dos adversários.

Olhei para aquele mar de rostos; muitas estavam falando sozinhas, outras olhavam para o vazio ou pareciam estar cochilando, os olhos fechados; algumas tentavam pegar insetos invisíveis em suas roupas ou observavam atentamente os próprios dedos, fascinadas com seus próprios gestos. Aqui e ali, via uma delas olhando para mim, às vezes com um olhar ansioso, como se bastasse um simples gesto da minha parte para iniciarmos uma conversa; ou, com mais frequência, dava com um olhar temeroso, como se receasse que eu pudesse levá-la para um banho frio ou prendê-la a uma cadeira.

Eu não sabia o que fazer. Era impossível preferir uma pobre idiota em detrimento de outra. Eu precisava escolher alguém que pudesse me oferecer as maiores chances de sucesso. Por que, exatamente, eu não saberia dizer. Por que estava me deixando envolver por tudo aquilo? O que eu poderia ganhar? Minha situação não ficaria melhor antagonizando Morgan; no entanto, eu sabia que essa era uma das minhas motivações. Não podia endossar aquela certeza estúpida de que o que estava fazendo era o certo. Mas outra das minhas razões era o fato de ser um profissional, e isso era como meu papel me obrigava a agir. Um homem que tem um livro sobre o Tratamento Moral em sua bagagem e que coloca suas teorias em uma solicitação de emprego, corajosamente, pois é evidente que está indo contra o pensamento dominante, se sentiria obrigado a enfrentar Morgan.

Essa era uma atitude muito nobre, sem dúvida, mas no fundo, eu sabia, tinha que ver com meu próprio jeito de ser, com minha vontade de desafiar a autoridade, desafiar aqueles que me diziam o que fazer, desde o dia em que fui obrigado o torcer o pescoço daquela galinha, mesmo que isso acabasse chamando a atenção. Algo que um homem com minhas vulnerabilidades não deveria fazer.

– Vamos lá, homem! Se não consegue escolher, talvez eu deva decidir por você? Posso pegar qualquer uma ao acaso, pode ser?

– Não, só mais um minuto, senhor, por favor!

Caminhei lentamente pela sala, olhando para todas as mulheres sentadas ao longo de uma parede, fiz a volta em torno do fogareiro e voltei olhando para as mulheres do lado oposto. Quanto mais esforço fazia para encontrar um rosto que se destacasse dos demais, tanto mais eles se confundiam. Senti pena de todas elas, formando aquela massa humana desamparada; sentia-me, no entanto, estranhamente distante, pois não conseguia encontrar uma com quem pudesse ter qualquer relação normal. Decidi que poderia deixar Morgan escolher, tomado repentinamente por uma grande sensação de impotência. Quando considerado em seus aspectos práticos, em meio aos destroços e ruínas da sociedade expostos diante de mim, o próprio conceito de Tratamento Moral começava a parecer fantasioso. Meu olhar ia de uma mulher para outra e minha confiança diminuía até que, quando esse pensamento me ocorreu, parei de andar.

Vi a garota que havia dado seu pedaço de pão. Aquela com quem eu trocara um olhar silencioso alguns dias antes. Nossos olhos se encontraram novamente e mais uma vez enxerguei uma qualidade indefinível em sua expressão; loucura, certamente, quanto a isso não havia dúvida, pois havia uma selvageria primitiva em sua maneira de olhar; mas havia também inteligência. Senti uma onda de entusiasmo correndo em minhas veias. Não apenas o velho e perigoso entusiasmo, e ele certamente estava lá, pois a garota era atraente, mas algo além disso. Eu poderia fazer alguma coisa com aquela moça; ela tinha a argila que podia ser moldada; era louca, mas também esperta. Só uma coisa me continha: a inquietação familiar que sentia bem lá no fundo, a aceleração do coração, o sangue pulsando nas têmporas. E se eu sucumbisse aos velhos problemas? Estaria jogando tudo fora, sem dúvida alguma.

– E então? – perguntou Morgan subitamente. – Aquela ali? É ela?

A pergunta me assustou. Era a que eu sempre fizera a mim mesmo, todas as outras vezes. Isso é que era loucura; pior, eu sabia. Desista, seu idiota, eu disse a mim mesmo; não estrague as coisas agora que está seguro. Não faça isso, homem, desista antes que seja tarde demais.

Olhei para a garota. Ela olhou para mim. Jogou o cabelo escuro para trás, como que para permitir que eu a visse melhor. Seus olhos eram negros e desafiadores.

– Sim – disse eu lentamente. – Sim, é ela.

Morgan se aproximou de uma das atendentes e falou em voz baixa, fazendo um aceno na direção da garota; deduzi que estava perguntando o nome e obtendo informações sobre seu histórico. Depois de uma rápida conversa voltou para falar comigo.

– Muito bem, vamos até meu escritório examinar os registros. Você mesmo descobrirá o que tem nas mãos.

7

Morgan virou as páginas do arquivo.

– Ahá! É isso! Agora me lembro. Acho que você terá pela frente uma tarefa árdua. A pobre garota não consegue sequer comunicar-se direito. Além de louca, provavelmente é retardada.

Ele ergueu os olhos para mim e sorriu, feliz da vida. O sorriso se desfez lentamente ao perceber que eu não esboçara reação alguma. Ele esperava que eu ficasse desanimado com aquelas informações, mas eu não acreditava em nada daquilo. O cérebro da garota podia ter sofrido algum estrago, sem dúvida, mas mesmo que ele não conseguisse ver, havia um brilho de inteligência em seus olhos.

Decepcionado, ele continuou a examinar as anotações.

– Vejamos... não há muita coisa. Encontrada em estado de confusão mental, vagando nas proximidades do depósito da ferrovia três meses atrás. Recusa-se ou não consegue dizer seu nome. Decidimos chamá-la de Jane Pomba. Sempre damos nomes de aves às desconhecidas, não me pergunte por quê, e "pomba" parecia combinar com ela. Nenhum parente apareceu à sua procura. A polícia levou-a para o sanatório da cidade, foi considerada deficiente mental e enviada para cá. Origem e idade desconhecidas. Pode ter entre treze e dezoito anos. Pela altura, pode parecer mais velha, é claro. Não menstrua; isso pode acontecer porque é muito nova e ainda não teve a primeira menstruação ou pode não significar nada, pois é comum que mulheres mentalmente perturbadas tenham atrasos ou deixem de menstruar.

– O senhor disse que ela é retardada, mas sua expressão me parece inteligente – arrisquei.

Essa observação produziu um sorriso severo sob o pequeno bigode.

– Não confunda loucura com inteligência. A doença mental costuma produzir certa intensidade que pode ser confundida. Essa garota é analfabeta. Não consegue ler palavras simples ou escrever o próprio nome. Também tem um comprometimento linguístico, apesar de ser impossível dizer se nasceu com problemas de fala, se isso ocorreu devido a alguma doença ou se perdeu a capacidade de falar posteriormente. É claro que isso não tem importância; o resultado final é o mesmo.

– Ela não fala?

– Ah, fala, mas não corretamente. O que ela diz não faz sentido; ela mistura partes das frases, pula palavras, coisas assim. As funcionárias têm dificuldade para entendê-la e ela não consegue conversar com as outras pacientes; é claro que isso aumentou seu isolamento e não ajudou em nada sua condição.

Morgan atirou a pasta na mesa e eu comecei a examiná-la. Não havia muito a acrescentar ao que ele dissera. Uma cópia do boletim de ocorrência continha algumas anotações do policial. O único fato interessante que Morgan havia omitido era que a garota estava abordando as pessoas e pedindo ajuda. Algumas haviam tentado ajudá-la, mas acabaram concluindo que ela não estava em seu juízo perfeito, pois foi ficando cada vez mais aflita, até que um bom samaritano saiu à procura de um policial. Na pasta estavam também os papéis de entrada no sanatório da cidade. O relatório do médico que a atendera, ocupando uma única página, concluíra que a garota estava louca e muito agitada, representando um perigo para si mesma e para os outros; com base nisso, fora enviada para a ilha. O relatório de Morgan era basicamente idêntico ao do médico do sanatório e não era difícil verificar que ele se limitara a copiar o anterior, aceitando sem questionar e sem se dar ao trabalho de fazer seu próprio diagnóstico. O único detalhe novo era o comentário a respeito da incapacidade de falar normalmente apresentada pela garota e sua dificuldade para entendê-la. Uma coisa, no entanto, chamava a atenção. Para testar seu nível de alfabetização, e para tentar fazê-la revelar sua identidade, coisa que até então ela se recusava a fazer ou não conseguira, Morgan pediu que escrevesse seu nome. A garota ficou muito nervosa ante a simples sugestão e, quando ele lhe ofereceu uma caneta, ela a arrancou de sua mão, apesar de até então não ter demonstrado nenhuma inclinação para a violência. Começou a gritar, repetindo sempre: "Senhor, não sei ler. Não sei ler. Não vai me fazer escrever meu nome porque eu não consigo". Morgan havia sublinhado as três últimas palavras, acrescentando um '*sic*' na margem.

Ia devolver a pasta, mas ele fez que não com a mão.

– Fique com ela; terá de acrescentar suas anotações. A garota agora é sua paciente. Dou-lhe um prazo até o fim do ano para descobrir por si mesmo como suas teorias na prática são fúteis. Depois disso, nada dessas bobagens não científicas de Tratamento Moral.

Sou capaz de jurar que seus olhos brilharam ao dizer isso. Se estava sendo condescendente comigo, não era apenas para o meu bem, mas também para o seu próprio. Ele parecia ter grande satisfação com a perspectiva do meu fracasso. Ao segurar a pasta contra o peito pensei que não poderia ter incentivo maior para alcançar meu objetivo.

O acordo que fiz com Morgan em relação a Jane Pomba era que poderia vê-la sempre que desejasse em meu tempo livre e a qualquer momento durante o trabalho, desde que cumprisse todas as minhas obrigações. Também poderia prescrever o tratamento que desejasse de acordo com minhas teorias, desde que não exigisse ainda mais da equipe.

Minhas responsabilidades incluíam a supervisão da caminhada diária; a avaliação de novas pacientes, o que a princípio fiz juntamente com Morgan e depois passei a fazer sozinho; a avaliação da necessidade de tratamentos como o uso de camisa de força e cadeira de contenção; supervisão da hidroterapia e ajuda na elaboração dos relatórios relativos aos avanços de todas as pacientes. Eu não tinha permissão para ver as pacientes mais violentas do terceiro andar até adquirir mais experiência. Morgan me disse que isso aconteceria quando entendesse que eu estava pronto, embora eu as visse todos os dias durante o exercício, caminhando com a corda.

Por mais ansioso que estivesse para começar o trabalho com Jane Pomba, antes precisava preparar tudo de acordo com os preceitos do Tratamento moral. De nada adiantaria introduzir a paciente a uma nova rotina de gentileza e atenção pessoal se ela ainda estivesse sofrendo com o duro sistema de tratamento vigente no hospital. Eu precisava separá-la das outras pacientes.

Felizmente, ela já dormia em um quarto só seu porque era sonâmbula e seus passeios noturnos incomodavam as pacientes do dormitório em que ela havia sido colocada ao chegar.

No dia seguinte, enquanto ela estava na sala do dia com as outras pacientes, fui até seu quarto e para minha satisfação percebi que, com pequenos ajustes aqui e ali e alguns acréscimos, o espaço poderia servir não apenas de quarto mas também como saleta. Por enquanto, havia uma cama e um penico, nada mais. Passei uma hora andando pelo hospital e descobri vários quartos que não estavam sendo usados, ou que pelo menos não eram muito usados. Consegui requisitar um tapete de bom tamanho, duas poltronas velhas e gastas, mas bastante úteis, e um pequeno móvel com bacia e jarra. Encontrei também em um desses quartos algumas paisagens penduradas na parede; pareciam cópias de fotos de paisagens inglesas, pois retratavam o campo em imagens idílicas, com ovelhas e tudo. Pensei que poderiam ser repousantes para uma mente perturbada e levei-as para o quarto da garota junto com tudo o que havia encontrado.

Comecei a arrumar as coisas da maneira mais agradável possível, imaginando que era uma espécie de palco; procurei colocar o tapete da maneira mais prática, e também as poltronas, tentando decidir como ela iria preferir se sentar e onde eu me sentaria, quando ouvi passos às minhas costas. Virei-me e dei de cara com O'Reilly, a assistente-chefe.

– E o que o senhor estaria fazendo aqui? – disse ela, os olhos examinando o quarto transformado. – Está pensando em se mudar para cá?

– Não, de forma alguma. Isto tudo é para Jane Pomba. O doutor Morgan não lhe falou sobre a nossa... nossa pequena experiência?

– Não, senhor. Não falou.

– Bem, Jane Pomba será minha cobaia. – O'Reilly parecia espantada. – O objeto da experiência. Tentaremos um método diferente, baseado no Tratamento Moral. – Ela ficou ainda mais perplexa. – É algo que estou ansioso para colocar em prática. A ideia é tratar as pacientes com gentileza, consideração e muita atenção; de modo geral, o mais próximo possível de uma pessoa normal.

– Mas, senhor, elas não são normais, são? – Pela primeira vez reparei como seu rosto era duro, o cabelo puxado para trás formando um coque, como que para castigar seus traços. – Elas são loucas. É por isso que estão aqui. – E sorriu.

– É claro que sei disso. A questão é encontrar o melhor tratamento para que possam se curar e voltar para o mundo lá fora.

– Curar? O senhor quer dizer, soltá-las? Desculpe, senhor, mas acho que o senhor é quem está louco. Não percebe que elas nunca se curam? Quando vêm para cá, é para toda a vida. É muito raro alguém sair daqui, senhor. Não tem volta.

Fiquei imóvel, a boca aberta. Morgan nunca me disse isso. Tinha falado em ensinar as pacientes a terem autocontrole, a suprimir suas tendências autodestrutivas, torná-las controláveis. Eu havia deduzido que isso era feito para que um dia pudessem retomar algo parecido com uma vida normal.

Disfarcei e tentei fingir que já sabia disso.

– Então a senhora não acredita que possam ser curadas?

– Não, senhor, não acredito. E o senhor logo verá por quê, senhor. Principalmente com essa garota. Ela parece tranquila, mas não se deixe enganar. É a mais maluca do grupo.

E antes que pudesse lhe pedir que explicasse melhor, ela saiu do quarto fuzilando de raiva.

8

Foi com certa apreensão que durante meu tempo livre, entre o fim do meu dia de trabalho e o jantar, tive meu primeiro encontro com a garota, Jane Pomba. Era muito importante que eu a visse antes do horário de dormir, pois precisava prepará-la para a transformação do quarto. Caso contrário, em vez de ajudar, a mudança poderia deixá-la ainda mais confusa. Ela poderia não reconhecer o próprio quarto e pensar que estava em sua casa de novo, onde quer que fosse; ou pior, poderia sofrer um choque e começar a imaginar coisas, ou fantasiar que havia sido sequestrada.

Pedi que a trouxessem até o pequeno escritório que me haviam reservado. A assistente que a acompanhou era muito jovem, devia ter cerca de dezoito anos. Percebi que tratava a garota com delicadeza, falando de maneira suave e gentil. Imaginei que não estivesse há muito tempo no emprego e, sendo naturalmente simpática, ainda não havia sido transformada pelo rigor do lugar e pelo péssimo exemplo da maioria das assistentes. Quis saber como se chamava.

– Eva Carlsen, senhor – respondeu ela.

Tinha um leve acento escandinavo. Imaginei que tivesse vindo com os pais da Suécia ou Dinamarca, provavelmente quando era muito pequena. Eu lhe disse para sair e que a chamaria para que acompanhasse a garota até a sala de jantar quando tivesse acabado.

O objeto da minha experiência ficou parado diante de mim, tremendo como uma criança abandonada, apesar de sua altura – pois ela era bem alta, quase tão alta quanto eu, e certamente muito mais alta do que Morgan. Piscou os olhos, examinando a sala, como um animal acuado à procura de uma saída.

Falando com o tom de voz mais gentil e descontraído que consegui articular, disse a ela:

– Por favor, Jane, sente-se. – E apontei para a poltrona colocada diante da minha escrivaninha. Cautelosamente, ela se sentou na beirada da poltrona, como um pássaro pronto para voar ao menor sinal de perigo.

Sorri para ela, que não retribuiu o sorriso; em vez disso, enfiou o dedo por dentro do decote do vestido, junto do pescoço, e começou a arranhar as costas, contorcendo-se desajeitadamente para tentar alcançar o lugar onde coçava. Decidi esperar até que tivesse concluído essa operação, mas depois ela começou a arranhar a roupa na altura da barriga. Por fim, pousou as mãos sobre o colo. Só quando ficou completamente parada é que olhou para mim, ou melhor, me encarou com aqueles olhos negros como carvão. Sorri novamente e disse:

– Não é muito macio o tecido desses vestidos.

Ela não retribuiu o sorriso; em vez disso, inclinou-se para a frente e disse, muito séria:

– Senhor, eles sarjaram minha alma.

Abri a boca para comentar o uso peculiar das palavras, que parecia confirmar o que Morgan me dissera, mas decidi ficar calado. Ela havia usado o substantivo "sarja", do tecido do vestido, como verbo, mas seria correto dizer que isso representava um "comprometimento linguístico"? Podia parecer estranho, mas fazia sentido. De certa forma, cumpria o papel que se espera da linguagem: transmitir uma mensagem. E algo muito mais significativo do que apenas confirmar minha observação. Fiquei impressionado. O que ela realmente fez foi um comentário a respeito de todo o sistema do hospital, representado pelo uniforme grosseiro que era obrigada a usar. A palavra sugeria que ele feria seu eu interior, como a roupa que irritava sua pele. Consegui entender tudo aquilo por meio do uso peculiar de uma única palavra.

Decidi que aquele não era o momento de lidar com seus problemas de linguagem. Desde que eu conseguisse entendê-la, a correção não tinha tanta importância por enquanto, além da possibilidade de parar de falar caso se conscientizasse disso.

Mexi nos papéis à minha frente e fingi estudá-los para ganhar tempo.

– Muito bem, Jane...

– Esse não é meu nome.

– Não, é claro que não, mas precisamos chamá-la de alguma forma. Talvez você prefira que a chamemos pelo seu nome verdadeiro?

– Pode ser Jane. Afinal, o que há num simples nome?

Fiquei pensando se aquela citação de *Romeu e Julieta* seria deliberada. Podia não ser, pois a frase havia muito tempo fazia parte do linguajar comum, a ponto de se tornar um clichê. A garota poderia muito bem tê-la ouvido sem sequer imaginar quem foi Shakespeare.

– De fato, o que chamamos rosa com outro nome não teria igual perfume?

Ela não respondeu, ficou apenas me olhando, sem dar qualquer sinal de que a citação lhe era familiar. Havia um brilho desafiador em seus olhos ou eu estaria simplesmente enxergando algo que não estava lá? Seguiu-se um longo silêncio, que foi ficando cada vez mais desconfortável para mim, uma vez que ela parecia não se importar.

– Muito bem, então, Jane, vamos tentar esclarecer algumas coisas a seu respeito. Diga-me, como veio parar aqui?

– Um barco, senhor.

– Sim, está certo. Todos viemos para cá assim. É a única maneira de chegar a uma ilha.

Pela expressão de seu rosto, percebi que não estava fazendo piada. Havia respondido minha pergunta literalmente.

– O senhor poderia esquiar até aqui, senhor, se o inverno fosse bem frio e a água congelasse.

Isso era verdade, mas completamente maluco no contexto da nossa conversa, ou melhor, da conversa que eu estava tentando ter. Fiquei pensando se ela não estaria zombando de mim, mas ao examinar sua expressão, não consegui perceber nada. Decidi não questionar o que ela dizia, deixando-me levar pelo fluxo da conversa. Não faria nada que pudesse desencorajá-la de falar ou que sugerisse que era doente. Assim, ela se tornaria mais falante e eu descobriria mais coisas a seu respeito.

– E você gosta de esquiar, Jane?

Ela torceu a boca e jogou a cabeça para um lado, como fazem as galinhas, como se precisasse pensar. Imaginei que estivesse lutando com sua memória, tentando recordar alguma coisa.

– Acho que sim – disse ela por fim. E de se repente seu rosto se iluminou. – Sim, sim, eu gosto. Sou muito boa no gelo, senhor, mas não tão rápida nem elegante como... como... – Sua voz foi desaparecendo em um murmúrio até sumir completamente. Ela franziu as sobrancelhas, preocupada.

– Como quem? – arrisquei gentilmente, tentando ajudá-la.

Ela balançou a cabeça, como um cachorro chacoalhando ao sair da água, tentando clarear seus pensamentos.

– Eu... estou deslembrada. Acho que esquiava sozinha no lago.

Ali estava ela de novo, usando uma palavra inventada, mas que fazia todo o sentido.

– No lago? E onde ficava esse lago, Jane? Pode me contar?

Ela ficou pensando e depois voltou a sacudir a cabeça.

– Não, era só um lago. Só isso. Cercado de mato, e você tinha de dar a volta. Ficava escuro e... e...

– E o quê?

Ela levantou a cabeça e olhou para mim.

– O senhor acredita em fantasmas?

– Você acredita?

Ela sorriu.

– Não vai me enganar. Perguntei primeiro. Se eu disser que sim e o senhor não, vai achar que sou louca.

– Em nenhum momento eu disse que você era louca. Você acha que é louca?

– Bom, estou em um hospício, então acho que devo ser. Mas o senhor também está aqui e não se acha louco.

– É porque sou médico. Você é uma paciente. Estamos aqui por motivos diferentes.

Ela olhou para mim como se soubesse de algo.

– Estamos, senhor? De verdade?

Mais uma vez, tive a sensação de que ela conseguia enxergar meu interior, e seu olhar fixo me incomodou o suficiente para me fazer baixar os olhos para os papéis e voltar a remexê-los. Nossa conversa não estava transcorrendo como havia planejado e eu precisava colocá-la no rumo de novo.

– Muito bem – disse eu, mostrando-me atarefado para poder ignorar a pergunta. – Você provavelmente deve estar imaginando por que mandei chamá-la.

– Não, senhor. Faz tempo que parei de imaginar alguma razão para as coisas que são feitas aqui. Tudo parece uma maluquice.

– Está certo... bem, de qualquer forma, o doutor Morgan e eu a escolhemos para participar de uma experiência com um novo tipo de tratamento. Você não passará o dia sentada com as outras mulheres; poderá ficar sozinha no seu quarto. Fiz algumas modificações para deixá-lo mais confortável, por isso poderá usá-lo também como sala de estar. Também fará seus exercícios separadamente e a maior parte de suas caminhadas comigo, para podermos conversar...

– E sobre o que iremos conversar, senhor?

– Bem, ainda não pensei nisso – respondi, sem conseguir evitar um leve sorriso causado pelo nervosismo, o que fez me sentir um pouco ridículo. – Podemos falar, bem... sobre qualquer coisa que lhe ocorra. Qualquer coisa que você queira falar.

– Sei. – Ela ficou pensativa. – Tentarei pensar em alguma coisa para falar, senhor.

Comecei a ficar exasperado com seu jeito. Com seu modo de levar tudo ao pé da letra. Comecei a sentir uma grande frustração. Acho que esperava algum tipo de gratidão por essa atenção especial e por ficar livre daquela rotina enfadonha. Em vez disso, senti que ela estava fazendo pouco-caso, provocando-me por querer agradar-lhe.

– Não é outro teste – disse eu. – Você não precisa preparar nenhum tópico com antecedência. Fale apenas do que lhe ocorrer naturalmente.

– E se isso não acontecer, senhor?

– Então não diga nada!

Ela assentiu com a cabeça, pensando.

– Você também fará suas refeições sozinha, em uma pequena sala junto ao salão principal. E terá comida boa, a mesma das assistentes, que também é mais saudável.

Ela continuou em silêncio.

– Por que você não diz nada sobre o que acabo de lhe contar?

– O senhor disse para não dizer nada se não tivesse nada que dizer.

Não consegui esconder minha impaciência, apesar de ter sentido vontade de rir.

– Mas você não fica entusiasmada com a ideia de comer comida de verdade?

– Sempre comi como um passarinho, senhor. Daqueles bem pequenininhos. Mas agora vou comer sozinha, como as gralhas e os corvos.

– Acho que eu não saberia diferenciar gralhas e corvos.

Fiquei feliz pela oportunidade de poder mudar o rumo da conversa e falar de algo mais leve.

– É fácil, senhor. Se vir um bando de corvos, então são gralhas. E se vir uma gralha sozinha, é um corvo.

Dessa vez ri de verdade, pois a piada era muito boa; ela não conseguiu evitar um sorriso, os olhos brilhando, como se dissessem "Está vendo? Sou muito mais esperta do que você pensava, e provavelmente muito mais esperta do que você".

– Você não ficará aborrecida por estar sozinha, pois me esforçarei para que lhe deem alguns livros.

– Será inútil, senhor, a menos que tenham muitos desenhos. Não lhe disseram que não sei ler?

– Você não sabe ler? Nunca lhe ensinaram? Verdade?

Ela se inclinou um pouco para a frente, falando reservadamente.

– É verdade, senhor. Juro.

– Muito bem, talvez isso faça parte da nossa terapia.

Ela se encolheu.

– O que o senhor quer dizer?

– Vou ensiná-la a ler. Não é difícil. Você aprenderá rapidamente.

Ela começou a sacudir a cabeça de um lado para outro. O movimento era tão violento que fiquei com medo de que se machucasse.

– Ah, não, senhor, isso *impossívels*. Impermitido. Não tenho autorização para aprender a ler.

Eu estava me acostumando à sua maneira estranha de falar.

– Não tem autorização? Como assim? Quem disse isso?

Ela não respondeu, ficou olhando para as mãos, mexendo uma com a outra sobre o colo. Estava extremamente agitada, e era como se toda a insolência que havia exibido até ali tivesse se esgotado. Eu não insisti. Ficamos sentados em silêncio por alguns minutos. Por fim, ela ergueu os olhos e disse suavemente:

– Se não se importa, senhor, acho que gostaria de ir agora. Acho que gostaria de me isolar em meu quarto.

Toquei o sino e depois de alguns minutos, durante os quais ficamos em silêncio, com a garota olhando fixamente para os próprios dedos, Eva Carlsen reapareceu. Disse-lhe para levar a garota até seu quarto e aguardar do lado de fora até que o sino anunciasse a hora do jantar. Expliquei onde a garota iria comer, separada das outras pacientes, e acrescentei:

– Gostaria, sempre que seus outros deveres permitirem, que você ficasse responsável por esta jovem. Ela não deve ser tratada como as demais. Com ela, precisamos agir com muita suavidade, suavidade. Qualquer que seja seu comportamento, deve ser tratada sempre com gentileza, você entende?

Ela sorriu e fez uma pequena reverência.

– Senhor, espero ser sempre gentil com todas as pessoas.

Coloquei a mão em seu ombro e retribuí o sorriso.

– Eu percebi. É por isso que estou falando com você e não com outra assistente. Falarei com a senhora O'Reilly a respeito.

9

Alguns dias depois me vi sentado à mesa após um belo café da manhã com presunto e ovos, sentindo-me bastante satisfeito com a vida. Ali estava eu, desempenhando meu novo papel, com boas perspectivas de uma longa carreira. Minha situação era bastante confortável; as acomodações e a comida eram mais do que satisfatórias e não se podia dizer que meu trabalho fosse árduo.

No início temi que minha ignorância e total ausência de qualquer formação médica pudessem me trair, mas em pouco tempo minhas preocupações se desvaneceram porque ficou evidente que, apesar de todas as bravatas sobre métodos científicos e sermões sobre anomalias do cérebro, Morgan entendia de doenças mentais tanto quanto qualquer pessoa, mesmo que essa pessoa fosse eu.

Apesar de perceber que boa parte do trabalho rapidamente se transformaria em rotina, como uma peça popular cujo apelo superficial logo começa a enfraquecer, tinha minha experiência com o Tratamento Moral para me manter entretido e me proporcionar algum interesse intelectual. Também estava satisfeito com a personagem que havia decidido encenar ali. Eu era respeitado e querido por todas, com exceção talvez de O'Reilly, uma tirana cujo desprezo pelas pacientes a fazia ficar irritada diante do que considerava moleza em meu modo de lidar com elas. Mas podia jurar que Morgan gostava de mim e da sinceridade de minhas ideias, apesar de não concordar com elas. Eu tinha autonomia, todos podiam ver isso; tinha minhas próprias ideias, não era um cãozinho manso.

Tudo estava correndo bem e, desde que eu mantivesse as coisas sob controle e impedisse minha velha natureza de ressurgir e me sabotar, imaginei que poderia facilmente permanecer ali até que tivesse condições de sair em segurança. O que poderia dar errado?

A resposta a essa pergunta chegou pouco depois, quando uma criada trouxe a correspondência da manhã e a entregou a Morgan. Ele examinou os envelopes sem abri-los e então disse:

– Este aqui é para você.

Senti o queixo cair e quase abri a boca para dizer que aquilo era impossível – *impossívels* – quando bati os olhos no endereçamento do envelope: "Dr. John Shepherd". Peguei a carta e fiquei olhando enquanto Morgan abria e lia uma das suas.

Que grande imbecil eu era! Parabenizando-me por minha esperteza por criar uma situação tão confortável naquele lugar, mas ignorando algo tão óbvio, algo, aliás, que já estava queimando meus dedos. Como é que não pensei em tudo? Por que teria imaginado que sairia do acidente de trem como um recém-nascido, permitindo-me pensar que minha vida começava ali, sem qualquer preâmbulo?

Morgan ergueu os olhos.

– Vamos lá, homem! Não abrir a carta?

– O quê? Sim, é claro.

Peguei a espátula e abri o envelope. Em seu interior havia algumas folhas de papel-carta totalmente cobertas com uma caligrafia limpa, feminina. No alto, um endereço em Ohio.

Meu querido John,

O que está acontecendo? Por que não escreveu? Você prometeu que escreveria assim que estivesse instalado, mas já se passaram quase duas semanas e não tive notícia alguma. Minha cabeça está tomada por um turbilhão de preocupação. Por favor, responda assim que receber esta carta e mostre que está vivo e bem. Estou ficando louca de preocupação.

Você vai dizer que sou um poço de insegurança, eu sei, mas não consigo deixar de pensar que longe dos olhos, longe do coração. Que, uma vez fora da sua órbita, não terei mais importância em sua vida e ocuparei cada vez menos espaço em sua mente, enquanto ocorre o oposto na minha, pois não tenho mais ninguém no mundo além de você. Se isso acontecer, o que posso esperar do futuro? Pois se parou de pensar em mim assim que me deixou, que esperança poderei ter depois de um mês, ou três, ou seis?

Eu não sabia a que atribuir seu silêncio até hoje, quando recebemos as primeiras notícias do acidente de trem. Assim que vi o jornal, meu coração disparou de tal forma que pensei que fosse explodir; minha cabeça começou a latejar tanto que precisei sentar no banco diante da loja do senhor Applegate, onde comprei o jornal assim que vi a manchete. Demorei a me acalmar para conseguir ler a matéria, com o coração na boca; mal consegui respirar enquanto lia a respeito dos mortos e feridos, esperando encontrar o nome John Shepherd no meio deles. Quase desmaiei ao ver um "John" seguido por um "S", mas o sobrenome era diferente. Terminei a leitura aliviada por não encontrar seu nome entre as vítimas, mas depois li uma nota no fim da matéria dizendo que a lista estava incompleta porque muitos dos mortos e feridos ainda não haviam sido identificados. Coloquei o casaco e fui até o depósito da ferrovia, onde falei com o chefe da estação, o senhor Wickets. Ele não sabia de nada além do que havia sido publicado no jornal, mas perguntei a ele sobre a possibilidade de você ter estado no trem; eu não fazia ideia das linhas e rotas do sistema ferroviário. Fiquei apavorada quando ele me disse que a linha do desastre era a que você teria pegado em Columbus, apesar de não ter como saber que horas e em que trem você deixou aquela cidade. Você havia me dito que precisava comprar algumas coisas antes de começar no novo emprego, por isso podia ser qualquer trem.

Por favor, perdoe as incoerências desta carta. Estou terrivelmente preocupada e não consigo pensar com clareza. Não sei até que ponto as notícias dos jornais são confiáveis, se você é um dos corpos não identificados ou se está entre os feridos levados para o hospital; não sei sequer se estava naquele trem. Rezo a Deus para que você esteja seguro; por isso suplico-lhe que entre em contato imediatamente, assim que receber esta carta, para me livrar deste sofrimento; se isso não for possível – eu sei, pelo menos rezo e espero, que você está na ilha e talvez não possa telegrafar –, por favor, responda por meio de carta expressa.

Se não tiver notícias suas até o próximo sábado, pegarei o trem e irei até a ilha para descobrir por mim mesma.

Por favor, por favor, escreva e diga que está bem. Mesmo que meus receios sejam infundados e você tenha simplesmente deixado de me amar, por favor, meu querido, diga que está vivo, que seu coração continua batendo, mesmo que não seja por mim.

Eu o amo e sempre amarei, vivo ou morto.

Sua noiva eternamente apaixonada.
Caroline Adams.

– Más notícias?

A voz de Morgan parecia distante, como se estivesse me acordando de um sonho.

– O quê?

– Perguntei se recebeu más notícias, homem. Você está branco como um fantasma.

Minha cabeça estava girando, não conseguia falar. Aquilo poderia arruinar tudo e até me destruir. A primeira coisa que me ocorreu foi deixar a mesa, ir até o quarto, jogar algumas coisas na valise e correr até o cais antes que o barco da manhã partisse e voltar com ele para a cidade. Quase fiz isso, até começar a recuperar a capacidade de raciocínio; fechei os olhos e respirei profundamente, como sempre faço quando sinto medo do palco. Não entre em pânico, disse a mim mesmo; tem de haver uma saída.

Senti uma mão em meu ombro e abri os olhos. Morgan estava me observando.

– O que aconteceu, homem? Você não parece bem.

– Desculpe – murmurei. – Não é nada. Acho que um pouco de comida entrou pelo canal errado. Não estava conseguindo respirar.

– Você tem o hábito de engolir a comida como se estivesse sem comer há meses. Precisa comer um pouco mais devagar. – Ele olhou para o relógio. – Já são oito horas e sete minutos; temos oito minutos para fazer nossa ronda.

Enfiei a carta no bolso do paletó e limpei a boca com um guardanapo.

– Sim, é claro. Podemos ir?

10

Foi uma manhã difícil; parecia que a carta estava queimando no meu bolso. Eu não conseguia pensar em outra coisa. Sentia vontade de ler tudo novamente. Precisava encontrar uma resposta para o problema ou planejar minha fuga; não podia ficar sentado sem fazer nada, esperando pela chegada da mulher.

Uma ou duas vezes, fui arrancado do meu estado de ansiedade por Morgan me falando com impaciência e percebi que ele estava repetindo o que havia acabado de falar. Era evidente que estava ficando contrariado com minha falta de atenção; tive de fazer um grande esforço para manter a concentração no que estava fazendo. Mas no meio da manhã ele decidiu consultar alguma coisa em seu escritório e, enquanto estava lá dentro, perguntei a sua secretária quando deveria entregar uma carta se quisesse enviá-la no dia seguinte. Ela disse que o barco saía todos os dias às nove e eu precisaria colocar a carta na caixa do correio até oito e meia, hora em que as cartas eram recolhidas. Fiz mais algumas perguntas sobre o serviço postal e calculei que, se enviasse a carta no dia seguinte, ela chegaria a Ohio a tempo de impedir a visita de Caroline Adams.

Estava nesse estado de agitação quando, após a ronda matinal, fui até o quarto de Jane Pomba. Ninguém respondeu quando bati, por isso imaginei que estivesse dormindo. Abri a porta devagarinho e descobri que ela havia feito uma mudança no quarto; estava sentada na poltrona que eu colocara diante da janela, observando a névoa que flutuava sobre o rio e os gramados. Parecia estar em transe, e não havia notado a minha presença.

Limpei a garganta. Ela pulou assustada e virou-se para mim, como se estivesse despertando de seus devaneios.

Sorri para ela.

– Onde é que você estava? – perguntei gentilmente.

Ela franziu a testa, como se estivesse tentando captar alguma coisa, identificar alguma lembrança distante, procurando decifrar o que estava escrito na página de um caderno pela marca deixada pelo lápis na página de baixo.

– Eu... eu estava perto de um lago, mas não conseguia ver a água por causa da neblina. Podia ouvir as gralhas grasnando.

E de fato, ao ouvir essas palavras, percebi esse barulho lá fora. Era evidente que as duas coisas, a neblina e o som das aves, haviam despertado alguma lembrança, provavelmente de sua casa. Sentindo que essa poderia ser uma oportunidade para abrir a cortina de sua amnésia, puxei rapidamente a outra poltrona e me sentei à sua frente, quase encostando os joelhos nos dela. Ela tinha voltado a olhar para fora e entendi que não estava vendo o gramado do hospital, mas daquele lugar desconhecido.

– E o que mais? – perguntei delicadamente. – Pode me contar mais alguma coisa sobre o que viu com o olho de sua mente?

Ela não respondeu; ficamos ali sentados por um bom minuto até que ela balançou a cabeça e saiu de seu transe por completo, finalmente olhando para mim.

– Passou. Não consigo mais ver. Não sei se era real. Parecia um sonho.

Tive uma súbita inspiração.

– Talvez seja o lago em que você esquiava.

Ela pensou um pouco.

– Ou talvez eu também tenha sonhado com isso.

Ficamos novamente em silêncio.

– O que você fez a manhã inteira? Não está aborrecida?

– É melhor do que ficar na sala com as outras.

– Você prefere ficar sozinha?

Ela sorriu.

– Prefiro poltronar a bancar.

Lá estava ela transformando substantivos em verbos de novo, mas como sempre era possível compreender o sentido. Ela conseguia se comunicar, e é isso o que se espera das palavras.

– Acho que não é bom pra você ficar sem fazer nada – disse eu. – Acho que você tem mais chances de se lembrar do passado com algum estímulo que a faça recordá-lo, como aconteceu com a neblina e as gralhas. Mas ficar sentada aqui lutando para lembrar talvez não seja o melhor caminho. Você precisa colocar mais coisas na sua cabeça para que provoquem recordações.

Ela me olhou fixamente.

– Decidi que vou ensinar você a ler.

Ela se encolheu na poltrona, cruzando e apertando os braços com tanta força que os nós dos dedos ficaram brancos. A expressão do rosto era de terror.

– Ah, não, senhor. Isso não. Já falei. É estritamente impermitido.

– Quem impermitiu? Quem?

Ela apertou ainda mais os braços. Mordeu o lábio e sacudiu a cabeça.

– Deslembrei. Só sei que é.

A resposta me fez pensar. Ela parecia tão aterrorizada ante a simples ideia de aprender a ler que não adiantaria insistir no assunto.

– Muito bem, vamos esquecer o assunto por enquanto. Mas vou lhe dizer uma coisa: os livros e a leitura são bons para a mente. São a base de toda a educação. São fonte de cultura. Quem quer que lhe tenha dito algo diferente, quem quer que a tenha proibido de desfrutar dessa fonte de conhecimento não pode ser uma boa pessoa. Pense bem; você pode mudar de ideia.

Sua expressão não se alterou e continuamos sentados em silêncio. Até que, ciente de que Morgan estava sempre atento ao relógio, eu me levantei para sair.

– Pedi a Eva que lhe fizesse companhia durante meia hora em seu tempo livre. Ela irá lhe trazer algum tricô para mantê-la ocupada.

A expressão de seu rosto suavizou.

– Eu deslembro se isso é algo que sei fazer, mas tenho quase certeza de que não.

– Nesse caso, Eva poderá ensiná-la. Faz parte do Tratamento Moral mantê-la ocupada. Não é bom para a mente ficar remexendo nas coisas.

Ela não disse nada, virou-se para a janela outra vez, exatamente como estava quando entrei.

– Nos veremos em breve – disse eu, levantando-me da poltrona. Ela não respondeu; ao sair, fechei a porta devagarinho para não perturbar sua meditação.

Passei o resto do dia preocupado com a carta de Caroline Adams, tanto que, durante a hora de exercício, mal conversei com Jane Pomba. Ela, por sua vez, parecia perdida nos próprios pensamentos. Só com o toque do sino, marcando o fim da sessão, é que ela quebrou o silêncio, enquanto voltávamos para o edifício. Foi a primeira vez que ela tomou a iniciativa para começar um diálogo.

– Eu estava pensando... – disse ela, mordendo o lábio com nervosismo.

– Sim...? – perguntei gentilmente. Até então, ela nunca fizera menção de falar sobre seus pensamentos e eu não queria pressioná-la, pois sentia que isso apenas a faria voltar a se fechar. Continuei caminhando ao seu lado, olhando para o chão, como se o que ela estava dizendo não tivesse muita importância, a menos que ela assim desejasse.

– Eu estava pensando no que o senhor disse sobre a leitura. – Ela parou e eu me limitei a um aceno de cabeça para encorajá-la a continuar. – Como eu disse, é impermitido. Mas *olhar* para livros não é.

– Devo confessar que demorei a compreender e minha resposta foi estúpida.

– Mas isso não adianta muito se você não souber ler.

Ela parou e olhou para mim.

– Mas alguns livros têm figuras. Acho que gostaria de estudar as figuras.

Isso era um avanço, sem dúvida.

– Muito bem, vamos agora mesmo até a biblioteca para ver o que conseguimos encontrar.

No caminho, procurei compensar minha falta de abertura tentando puxar conversa, apesar de não conseguir fazer senão perguntas patéticas. Afinal, o que uma pessoa pode dizer a um maluco que mal conhece? Perguntei o que tinha achado do quarto e se estava gostando da comida; ela respondeu com entusiasmo e gratidão, mas eu podia jurar que uma parte de sua mente estava distante. Percebi que ela estava ansiosa para chegar à biblioteca.

Ao chegarmos, apontei para as prateleiras cheias de livros e lhe disse para escolher o que quisesse. Disse que eu também procuraria por livros com figuras e ilustrações e comecei pelos livros de não ficção – mas não os de medicina, que eu não considerava apropriados para uma jovem e menos ainda para alguém com um tipo de distúrbio mental. Depois de examinar alguns volumes, encontrei um livro de Audubon, com desenhos de pássaros em pranchas lindamente coloridas, e me deixei envolver de tal maneira pela vivacidade dos tons, pelos vermelhos e amarelos de papagaios exóticos, pelo desenho tão realista, que não prestei atenção à garota. Imagino que isso aconteceu porque eu não tinha a devida formação médica, não havia aprendido a colocar a paciente em primeiro lugar. Pensando nisso, não sei se como ser humano algum dia aprendi a colocar outra pessoa antes de mim.

Mas depois de algum tempo tirei os olhos do livro, ansioso para mostrar a ela, entusiasmado por ter encontrado algo que atendia perfeitamente a nossas expectativas, um livro cheio de imagens bonitas e coloridas. Para minha surpresa, vi a garota diante dos livros de ficção, olhando para o que estava aberto em suas mãos.

– Duvido que vá encontrar alguma coisa aí.

– Pelo contrário, senhor – respondeu ela, virando o rosto por cima do ombro. – É ouro puro. Vi muitos livros que eu acho que gostaria.

Fechei o Audubon e, com ele nas mãos, aproximei-me dela. Ela mostrou o livro que estava vendo, com uma imagem em preto e branco na capa. Coloquei o Audubon debaixo do braço e peguei o outro livro. Na imagem da capa havia uma menina sentada na praia e atrás dela um barco invertido, com fumaça saindo de uma chaminé onde antes era o casco e agora era o teto. Reconheci imediatamente a casa do senhor Peggotty e sua família na ilustração original de Phiz para *David Copperfield*.

– Sim, é muito bonito – disse eu, folheando o livro. – Mas não tem muitas ilustrações, considerando o tamanho do livro.

– É o suficiente pra mim – respondeu ela. – E o tamanho do livro é inimportante; não vou olhar as outras páginas.

Fechei o Dickens e troquei pelo Audubon, abrindo-o, folheando as páginas, revelando aquela cascata de cores.

– Você não prefere este aqui? O livro inteiro é formado por ilustrações; você poderá olhar mais coisas.

Ela olhou, desconfiada.

– Acho que prefiro este.

– Tem certeza? Por que não gosta deste?

– Tem o desenho de uma gralha?

Examinei o índice e procurei a página. Segurei o livro aberto para lhe mostrar.

Ela virou o rosto.

– Nesse caso, desgosto. Desgosto de gralhas. Desgostaria de sentar no meu quarto e olhar para a imagem de uma.

Aquilo me irritou.

– Mas isso é louc... – comecei a dizer e então percebi que esse tipo de maluquice era de esperar; afinal de contas, a garota estava ali porque era louca. – Desculpe. O que estou tentando dizer é que o simples fato de haver uma ilustração de uma gralha no livro não significa que você precisa olhar para ela.

– Mas, senhor, eu saberia que está lá.

Soltei um suspiro.

– Muito bem. – Troquei os livros de novo. – Mas de que adianta esse outro livro com imagens para ilustrar a história se a pessoa não consegue entendê-la sem ler?

– Posso não saber ler, mas posso sentar e olhar para elas e criar minhas próprias histórias. Posso olhar para o desenho engraçado desse barco virado e tentar imaginar as pessoas que vivem aí dentro.

Fiquei pensando se aquilo seria bom para ela, ficar sentada imaginando coisas, criando um mundo de fantasia para se refugiar, quando eu deveria estar me empenhando para que voltasse para a vida real. Mas quando vi seu olhar ansioso, os olhos brilhando, o rosto corado, a pulsação acelerada naquele pescoço branco, não tive como recusar. Além disso, eu havia passado a vida levando as pessoas para mundos de faz de conta por algumas horas; como poderia dizer que isso era ruim? Não precisamos de uma válvula de escape para fugir da dura realidade de vez em quando, e aquela pobre garota mais do que todos?

– Está bem, pode ficar com esse – disse eu, sorrindo.

Ela pousou os dedos na minha mão, a que estava segurando o livro, e disse:

– Obrigada, obrigada, senhor. Nem sei dizer como agradecida você.

Ficamos assim, com sua mão sobre a minha como se fosse uma borboleta, sem dizer uma palavra, até de repente ficar uma situação estranha e afastarmos as mãos ao mesmo tempo.

11

Esse progresso com minha paciente especial me deixou muito feliz por uns bons vinte minutos após deixá-la em seu quarto, mas voltei a sentir uma tensão latente ao me lembrar da história da carta. Fiquei matutando na melhor coisa a fazer. A primeira coisa que me ocorreu foi fugir imediatamente, mas o problema era: para onde? Apesar de ter certeza quase absoluta de que estava oficialmente morto, isso não impediria que um policial me reconhecesse. Não tinha dinheiro suficiente para me esconder por muito tempo. Shepherd levava pouca coisa em espécie. Minha antiga profissão havia ficado definitivamente no passado. Eu não poderia aparecer em público sem que alguém me reconhecesse, depois de toda a cobertura da imprensa. De toda forma, era como outra profissão qualquer, um pequeno mundo em que todos se conheciam. Mesmo que conseguisse me disfarçar não adiantaria. No meu ramo, para conseguir trabalho era fundamental ter nome e reputação, coisas que eu havia construído ao longo de muitos anos de trabalho duro. Sem elas, teria de começar de baixo novamente e poderia ficar meses sem conseguir algo.

Não, minha única esperança era dar prosseguimento ao plano que me ocorrera logo após o acidente de trem, assim que vi a carta de Morgan no paletó de Shepherd oferecendo-lhe trabalho no hospital: ficar por ali até juntar algum dinheiro e depois, quando todos já tivessem se esquecido de mim, seguir para algum lugar obscuro na Costa Oeste onde ninguém me conhecesse. Nesse meio tempo, tudo o que precisava fazer era me controlar e não me meter em nenhuma encrenca – o que, até ali, estava conseguindo fazer. Parecia que o instinto de sobrevivência havia triunfado sobre minhas inclinações normais – ou deveria dizer anormais?

Por isso não tinha saída. Precisava resolver o problema de Caroline Adams. Se ela não recebesse uma resposta para a carta que havia escrito, apareceria na semana seguinte e tudo seria descoberto. Mas como poderia responder? Minha letra me delataria.

Ao longo da minha carreira sempre precária, fui obrigado a falsificar a letra de outra pessoa em uma ou duas ocasiões e sabia que poderia fazer isso agora, se conseguisse encontrar alguma amostra da letra de Shepherd. Por isso, logo após o jantar desculpei-me com Morgan e fugi para meu quarto. Revirei a valise de Shepherd, examinei cada canto; cheguei a fazer um corte no forro com uma lâmina para ter certeza de que ele não havia escondido nada, apesar de não saber o quê nem por quê. Nada!

Revirei todas as peças de roupa, uma por uma, mas nada. Então me lembrei das anotações que encontrara nas margens do *Tratamento Moral* e comecei a examiná-las. Estudei-as com atenção, mas eram apenas palavras rabiscadas; seria difícil usá-las para formular um estilo pessoal. Além disso, eu não tinha ideia de como ele assinava seu nome. Fiz algumas tentativas, examinando cada anotação, comparando cada letra, até mesmo copiando uma a uma com uma caneta, tentando reuni-las em um texto viável. Estava começando a acreditar que encontrara o caminho quando fui tomado por um pensamento desesperador: como poderia ter certeza de que aquelas anotações eram de Shepherd? O livro poderia ser emprestado ou poderia ter sido dado a ele por outra pessoa que havia feito as tais anotações. Como eu poderia falsificar o que nunca tinha visto?

Então me lembrei de algo ocorrido em meu primeiro dia, no escritório de Morgan, quando ele pegou a carta em sua escrivaninha, carta supostamente escrita por mim. Ele ainda devia ter a carta; era um homem tão metódico, tão exigente, que era impossível imaginar que a tivesse jogado fora. Eu só precisava colocar as mãos nessa carta e copiar a assinatura. Dei um pulo de alegria, mas afundei na cadeira logo em seguida, pois me lembrei de que não seria tarefa fácil.

A primeira coisa que me ocorreu foi procurar Morgan e simplesmente pedir a carta. Ele não teria motivos para recusar; o problema é que eu não tinha justificativa nenhuma para fazer isso. Ele perguntaria o motivo e não havia nenhuma razão lógica para querer a carta de volta. Não, eu teria de roubá-la.

Fiquei deitado na cama por algumas horas, em pânico, esperando até que todos se recolhessem. Um a um, os sons habituais foram silenciando – os gemidos fantasmagóricos das pacientes, as ordens e reclamações das assistentes – até não haver nada além de um grito solitário e os rangidos da casa preparando-se para descansar, as antigas vigas acomodando-se para o descanso noturno, sob os comentários do vento que soprava lá fora.

Quando tive certeza de que não havia mais ninguém acordado, levantei da cama e acendi uma vela. Tinha passado boa parte das últimas horas fazendo um inventário mental de tudo o que havia em meu quarto, tentando pensar em algo que pudesse abrir uma fechadura – um arame ou agulha –, mas nada me ocorreu e praguejei contra mim mesmo por ter devolvido a faca de queijo à cozinha. Com a vela acesa, voltei a procurar qualquer coisa que me pudesse ser útil, porém sem sucesso. Acabei saindo para minha empreitada sem muita esperança de sucesso. Se o escritório de Morgan estivesse trancado, eu cairia diante do primeiro obstáculo.

Os corredores mergulhados na penumbra da velha casa eram assustadores. Podia sentir os pelos da nuca se eriçarem com um gemido distante, como o pio de uma coruja perdida na escuridão lá fora. Estremeci ao pensar no quanto estivera próximo da morte, em como nossos caminhos haviam se cruzado duas vezes recentemente, no frio de sua mão gelada em meu pescoço, da qual escapei por um acaso espetacular da sorte. Naquela escuridão, parte de mim sabia que o perigo ainda me rondava, que ela podia estar à espreita em algum canto, aguardando o momento certo para reclamar sua presa.

Ao chegar diante do escritório de Morgan, estendi o braço à procura da maçaneta da porta; minha mão tremia como se eu fosse um velho doente. Senti receio de tocá-la, mas assim que virei a maçaneta a porta se abriu. Não estava trancada. Que tolo havia sido por me deixar levar pelo medo. Afinal, por que Morgan trancaria seu escritório? Estava fora dos limites para as pacientes e, considerando que continha apenas papéis e registros, que interesse teria para as assistentes?

Entrei e fechei a porta suavemente. Havia quatro arquivos de madeira ocupando uma das paredes. Coloquei a vela sobre o primeiro e comecei minha busca. Como eu previra, tudo estava meticulosamente organizado, limpo e arrumado como a gravata ou o bigode de Morgan. No primeiro arquivo encontrei os registros das pacientes, em ordem alfabética. O seguinte parecia conter toda a papelada administrativa do hospital. Havia listas de compras de roupas e alimentos, cópias de contratos com fornecedores e coisas assim. Ali poderia encontrar informações úteis, mas agora não era o momento. Meu coração disparou quando descobri que o terceiro arquivo continha a correspondência. A última pasta da primeira gaveta terminava no "H"; deduzi que o "S" estaria na gaveta do fundo e por isso pulei a gaveta do meio. Meu palpite mostrou-se correto e comecei a examinar as pastas, encontrando Shackleton, Shadrack, Sheedy e... Shipton. Não havia um Shepherd. Voltei ao início da letra "S", e examinei cada papel de cada pasta. Talvez Morgan tivesse colocado a carta na pasta errada, ou não; era difícil imaginar que Morgan pudesse cometer um erro desses, mas sua secretária poderia ter se confundido ao arquivar a carta, o que era mais provável. Sabia que era um tiro no escuro, mas eu estava desesperado. Não estava lá. Desanimado, fechei a gaveta e passei para o quarto e último arquivo, sabendo que provavelmente seria uma perda de tempo. Percebi imediatamente que era o que estava procurando; os arquivos eram todos referentes aos funcionários.

Estava examinando as pastas, procurando pelo "S", quando o nome "O'Reilly" chamou minha atenção. Fiquei parado e agucei os ouvidos. Silêncio profundo. Apesar do perigo que estava correndo, não consegui resistir e peguei a pasta. Encontrei algumas cartas de referência e fiquei surpreso ao descobrir que não procediam, como era de esperar, de outras instituições psiquiátricas, nem mesmo de clínicas ou hospitais. Uma delas era de um hotel, onde ela havia trabalhado como arrumadeira, e a outra era de uma delegacia da cidade, onde trabalhara como carcereira; deduzi que esse emprego a qualificara para trabalhar em um hospício, o que não explicava como chegara ao cargo de atendente-chefe. Lendo os registros, descobri detalhes sobre seu salário, que me pareceu correto considerando-se o trabalho envolvido, mas quando estava fechando a pasta vi um papel onde se lia: "Vinte dólares como pagamento por 'serviços especiais', junho de 1893". Embaixo desse havia outro, referente ao mês de julho. Então percebi que havia muitas folhas como essa, com pagamentos que iam até dois anos antes, mensalmente; a única alteração havia ocorrido há seis meses, quando o pagamento fora aumentado de quinze para vinte dólares. Quais seriam esses "serviços especiais" que O'Reilly prestava e que demandavam uma quantia tão alta? Só consegui pensar em alguma coisa de natureza sexual – talvez influenciado pelo termo "serviços especiais" –, porém Morgan era exigente demais para algo tão sórdido e, para dizer a verdade, O'Reilly não era nem um pouco atraente, tanto fisicamente quanto como pessoa, para despertar o desejo de alguém.

ග

Minha mente começou a vagar e por um instante quase me esqueci de onde estava; de repente, tive a impressão de que tinha ouvido um barulho. Não tinha certeza, mas não podia me arriscar a ser pego por mera curiosidade. Qualquer que fosse a relação entre Morgan e O'Reilly, não era da minha conta. Isso não afetava em nada a minha situação. O importante era encontrar aquilo que viera procurar. Fiquei parado, respirando por dois ou três minutos, até decidir que não devia ser nada, ou talvez apenas o som do vento lá fora. Coloquei a pasta de O'Reilly de volta no seu lugar e continuei, esperando encontrar minha própria pasta, mas quando cheguei à letra "S" não havia nada com o nome Shepherd.

Fechei o arquivo e me perguntei o que poderia conter uma pasta relativa a mim. Afinal de contas, estava ali havia tão pouco tempo. Não poderia haver nada além daquela carta e talvez uma cópia da resposta enviada por Morgan, o que provavelmente não era suficiente para que ele tivesse criado uma pasta para mim. Nesse caso, a carta só poderia estar na escrivaninha de Morgan.

Peguei a vela e coloquei-a sobre a mesa. Sentei de forma que pudesse ver todos os papéis à minha frente, e havia muita coisa para examinar. Eram principalmente cartas, mas eu não tinha ideia de como era a carta que estava procurando; por isso tive de olhar uma por uma, lendo apenas o suficiente para saber que não era do remetente que eu buscava.

Estava completamente absorvido pela tarefa quando senti um frio na espinha. Não sei se meus ouvidos captaram algum barulho tão leve que minha consciência não foi capaz de registrar ou se foi o que chamam de sexto sentido. Provavelmente este último, meu instinto de sobrevivência, que sempre me ajudou a escapar até mesmo das situações mais perigosas. Percebi imediatamente que havia alguém atrás de mim. Alguém ou *alguma coisa* havia entrado na sala e agora me olhava por cima dos ombros. Eu podia sentir sua respiração no meu pescoço.

Tive medo de me virar e encontrar algo sobrenatural. No entanto, isso talvez fosse uma bênção, pois se desse com Morgan, estaria perdido. Se ele me encontrasse ali, daquela forma, provavelmente chamaria a polícia e, aí sim, seria o fim. O silêncio era total, mas eu sabia que havia alguém ali e tinha certeza de que esse alguém percebeu que eu sabia por que eu havia parado de mexer nos papéis e estava absolutamente imóvel. Virei a cadeira e dei com o rosto de uma mulher. E que rosto! Os cabelos negros envolviam sua cabeça como uma tempestade selvagem, seus olhos brilhavam como dois pedaços de carvão em brasa, como se ela tivesse saído do inferno para vir me buscar. Sua pele era branca como a de um cadáver e os lábios, vermelhos como sangue. Quando nossos olhos se encontraram, ela soltou uma gargalhada, estendeu os braços e agarrou meu pescoço.

Fiquei paralisado. Não conseguia me mexer ou pensar. As unhas compridas penetraram em minha pele. Ela era alta e forte, tinha os braços fortes como os de um homem. Suas mãos me agarraram com tanta força que não conseguia respirar. Senti que ia morrer. Ela soltou outra risada medonha e eu senti seu hálito horroroso. Percebi que precisava fazer alguma coisa para não perder a consciência. Girei as pernas e empurrei-a com força; a cadeira foi para trás, forçando-a a me soltar. Fiquei em pé e empurrei a cadeira em sua direção, mas ela conseguiu se equilibrar e ficou olhando para mim, pronta para me atacar novamente.

Mas ela não se mexeu. Em vez disso, arreganhou os dentes. Parecia estar rindo, um sorriso pavoroso, ameaçador. Nunca tinha visto nada parecido com aquela expressão assustadora no rosto de uma pessoa ou animal, e a coragem que havia sentido um segundo antes desapareceu por completo. Eu me encolhi quando ela estendeu a mão em minha direção, mas não era a mim que ela queria. Passou o braço por cima da mesa e derrubou a vela, que iluminou os papéis.

Ela soltou outra gargalhada medonha e correu para a porta. Fiquei parado onde estava, apavorado demais para pensar em persegui-la. Senti um grande alívio quando a porta se fechou. Não sei quanto tempo fiquei ali parado – provavelmente alguns segundos, que me pareceram uma eternidade. Despertei com o fogo. A mesa de Morgan estava tomada pelas chamas. Tentei apagar o fogo com as mãos, mas tudo o que consegui foi me queimar. Se eu não controlasse o fogo em cima da mesa, toda a casa corria perigo. Tirei um sapato e comecei a bater freneticamente nos papéis; acho que demorei uns cinco minutos até conseguir apagar todas as chamas, voltando a ficar no escuro.

Então ouvi vozes no corredor e reconheci Morgan e O'Reilly.

– A culpa é sua por deixar a porta aberta – ele disse.

– Ela é tão astuta quanto louca. Tente controlá-la, se acha que é tão fácil – retrucou a assistente, irritada. – Ela não pode ter ido muito longe. Eu a trarei de volta antes que alguém acorde.

A porta do escritório se abriu, permitindo a entrada da luz. Morgan estava parado na porta, segurando uma lamparina. Ficou espantado ao me ver ali dentro.

– Shepherd, eu não esperava encontrá-lo aqui.

Tive de pensar rápido.

– Eu... ouvi um barulho, senhor. Passos no corredor e um riso estranho. Pensei que uma das pacientes tivesse escapado. Eu a segui até aqui; ela me atacou e derrubou a vela. Receio que isso tenha feito um grande estrago em sua mesa.

Ele entrou e olhou para a mesa de relance. Não me pareceu muito preocupado com ela, o que me chocou. Sendo tão obcecado por limpeza e organização, esperava que ele demonstrasse alguma irritação, ou pelo menos certa contrariedade.

– Isso não tem importância. Você está bem, homem? Parece que ela enfiou as garras em seu rosto.

Coloquei a mão no rosto e senti a umidade do sangue. Tentei sorrir.

– Justamente agora que o ferimento estava melhorando.

– Sim! – ele disse distraidamente, aproximando-se da escrivaninha e pousando a lamparina.

– Quem é essa mulher? – perguntei.

– Ah... não é ninguém – respondeu ele com um aceno de mão. – É apenas uma das... uma das... das pacientes da enfermaria, e dada a esses ataques. Precisamos vigiá-la o tempo todo. Mas é astuta. Essa é a pior combinação: muito inteligente e bastante violenta. Não é a primeira vez que ela faz uma coisa dessas. De qualquer forma, não é nada com que você deva se preocupar. Quer que eu examine o ferimento? Não parece ser profundo.

– Não é preciso. Acho que é apenas um arranhão.

– Muito bem, então. Sugiro que volte para sua cama – disse ele, passando os olhos pelo que restara sobre a mesa. – Obrigado por sua intervenção. Se não tivesse agido rapidamente, ela teria colocado fogo na casa.

Não fiz qualquer reparo quanto à falta de lógica daquela observação; a vela era minha.

– Posso ajudá-lo a arrumar a bagunça?

– Não, obrigado, eu cuido disso. É melhor dormir um pouco. Não se esqueça da nossa ronda às oito e sete da manhã.

Antes de sair, dei uma última olhada na mesa. Um pedaço de papel queimado chamou minha atenção, o canto sobrevivente de um envelope onde se lia "John Shepherd"; abaixo do nome, um número, "103", certamente um endereço; abaixo do número as letras "Col", que imaginei ser o início da palavra "Columbus".

12

Foi só quando voltei para meu quarto e comecei a me recuperar da provação com aquela louca é que senti a dor em minha mão e me lembrei de como havia me queimado. Felizmente, a queimadura era pequena e na mão esquerda, de forma que, mesmo que fosse maior, não me afetaria tanto. Por ser destro, eu ainda teria como fazer minhas anotações. Despejei um pouco de água fria na bacia e estava molhando a mão quando tive uma ideia brilhante; quase gritei eureca, lembrando-me de Arquimedes.

Sequei as mãos rapidamente, corri até a escrivaninha e comecei a escrever. Coloquei o endereço do hospital no alto da página.

Minha querida Caroline,

Obrigado pela carta, que acabou de chegar às minhas mãos. Desculpe por não ter escrito antes, mas...

Enquanto escrevia, entretanto, sentia que algo estava me incomodando. Havia alguma coisa errada, mas eu não sabia o quê. E então percebi qual era o problema. Estava muito limpo, pouco convincente. Amassei o papel, joguei-o no cesto de lixo e peguei outra folha. Com a caneta na mão esquerda, coloquei o endereço do hospital no alto da folha de papel e comecei novamente, escrevendo com grande dificuldade, pois não estava habituado a usar essa mão. Além disso, meus dedos doíam por causa da queimadura.

Minha querida Caroline,

Obrigado pela carta, que acabou de chegar às minhas mãos. Desculpe por não ter escrito antes. Como você temia, eu estava no trem que se acidentou e de fato me feri. Mas você não precisa ficar preocupada, pois não sofri nenhum ferimento grave, nada que pudesse ameaçar minha vida. O grande problema são minhas mãos. Quebrei alguns ossos da mão direita, que está engessada. A esquerda ficou bem machucada, além de ter sofrido uma entorse no polegar. Só hoje retirei os curativos, por isso não pude escrever antes. Por causa disso, também, minha letra parece tão estranha. É muito difícil escrever com esta mão, e os ferimentos não ajudam muito, mas decidi escrever para acalmá-la.

Mas por ora é só; a dor é muito forte.

Parei de escrever, pois não tinha ideia de como concluir a carta. Shepherd teria colocado seu nome completo? Pouco provável. "John" apenas? E se ele tivesse algum apelido, algum símbolo secreto que só os dois conhecessem? Por fim, decidi colocar apenas "J". A letra havia ficado cada vez mais trêmula, quase ilegível; em parte, para justificar o texto curto, mas também porque era doloroso escrever com a mão machucada.

Reli toda a carta e já havia decidido que iria enviá-la assim mesmo quando fui assaltado por uma dúvida atroz. Um erro fatal, que poderia estragar todo o meu plano. E se Shepherd fosse *canhoto*? Mal pude acreditar em tamanha estupidez, pois um erro desses jogaria por terra tudo o que eu havia passado naquela noite. Apesar da dor, reescrevi toda a carta, dizendo que precisava escrever com a "outra" mão, por causa dos ferimentos sofridos no acidente de trem. O resultado me pareceu um pouco empolado, mas não estranho demais para alguém que não suspeitasse de alguma coisa.

Até onde podia ver, não havia nada na carta que pudesse levantar alguma suspeita. Procurei ser o mais impessoal possível; no mínimo, isso manteria Caroline Adams longe de mim por algum tempo, talvez até minha fuga para o oeste, apesar de isso me parecer pouco provável. Se isso não acontecesse, pelo menos ganharia algum tempo para imaginar o que fazer em relação a ela.

Para resolver aquilo de uma vez e não ter de pensar mais no assunto, e ainda irritado com os acontecimentos das últimas horas, decidi levar a carta até o *hall* de entrada e colocá-la na caixa do correio. Joguei no lixo as duas primeiras versões e coloquei a carta definitiva no envelope. O dia já estava amanhecendo e calculei que conseguiria descer sem necessidade de uma vela.

Estava no alto da escada principal quando ouvi vozes no andar de baixo. Fui descendo na ponta dos pés e me certifiquei de que se tratava de uma discussão entre Morgan e O'Reilly. Eu já tinha visto Morgan contrariado, quando fiz críticas ao seu método terapêutico; contudo, apesar de ter sido ríspido comigo, jamais levantara a voz. Ele gostava de manter o controle, não apenas dos outros e do ambiente mas também de si mesmo. Houve uma ocasião em que ele foi para seu escritório apenas para não demonstrar sua irritação, esperar a raiva passar e ficar longe de mim até se acalmar. Mas agora ele realmente estava gritando. E o mais surpreendente era que O'Reilly também estava respondendo com gritos.

Fui descendo para o andar térreo, tentando entender o que estava acontecendo.

– Não é para isso que lhe pago uma fortuna – dizia a voz de Morgan.

– Às vezes penso que não há dinheiro que faça valer a pena – respondeu O'Reilly.

– Muito bem, se é isso o que pensa, tenho certeza de que há quem discorde.

– Pode ser. Mas também ficariam de bico fechado?

Diante disso, Morgan resmungou alguma coisa incompreensível e não ouvi mais nada. Imaginando que a conversa estava chegando ao fim, segui pelo corredor sombrio que levava até a biblioteca e me escondi no recesso escuro de uma porta.

Ouvi outra vez a voz de Morgan. Estava mais calma agora e não consegui entender o que ele dizia, mas era evidente que não estava mais irritado; parecia resignado. Depois ouvi a porta de seu escritório abrindo e fechando e vi quando O'Reilly desapareceu na escada. Esperei um pouco mais; não ousei sair do lugar com receio de que Morgan me visse e começasse a pensar se eu tinha ouvido alguma coisa. Dez minutos depois ele saiu e subiu a escada, o andar pesado, muito diferente dos passos lépidos a que eu estava habituado. Esperei mais alguns minutos, até ter certeza de que ele estava fora do caminho; então saí do meu esconderijo, depositei a carta na caixa e voltei para a cama. Sabia que sonharia com a granja de novo, o que sempre acontecia quando eu ficava agitado, e com Caroline Adams, e sem dúvida, antes de acordar, sentiria os dedos daquela louca em volta do meu pescoço.

13

Na manhã seguinte, senti que estava um pouco entorpecido por causa da noite tumultuada e do sono agitado, tão ruim quanto eu havia imaginado que seria. Estava lento e desanimado no cumprimento de minhas tarefas. Morgan não apareceu para o café e mandou um bilhete dizendo que estaria ocupado durante todo o dia; avisou que me veria no jantar e pediu que eu cuidasse de tudo da melhor forma possível.

Com o trabalho extra, só fui me lembrar da pobre Jane Pomba à tarde. Já estava quase na hora dos exercícios e por isso decidi ir eu mesmo pegá-la no quarto, dispensando Eva ao encontrá-la no corredor.

Houve uma pequena demora quando bati na porta, um ou dois segundos apenas, até que ela me mandasse entrar, mas o suficiente para me fazer pensar. Abri a porta e encontrei-a sentada na poltrona, com as mãos no colo sobre *David Copperfield*, fechado. No chão ao lado da poltrona estava um bordado, aparentemente uma capa de almofada, ainda em seus estágios iniciais.

– Olá, o que está fazendo?

– Estava olhando as ilustrações deste livro, senhor, e agora estou olhando pela janela.

A resposta me pareceu muito conveniente, mas deixei passar.

– E que histórias imaginou a partir das imagens?

Ela corou.

– Ah, nada que possa interessar ao senhor.

– Pelo contrário, gostaria muito que me contasse.

Ela me olhou cautelosamente. Eu diria que desconfiava de mim.

– Decidi que as pessoas que vivem no barco de cabeça pra baixo são pessoas do mar. Na minha história são pescadores simples.

– Está vendo? Você estava errada porque isso é interessante. No romance eles são exatamente isso. Eles são chamados de...

Ela levantou a mão em sinal de protesto.

– Não, por favor, senhor, não me conte. Se eu souber do que trata a história, não poderei imaginar. Vai estragar tudo.

– Está certo.

Ficamos em silêncio. Para poder falar de algo diferente, peguei o bordado no chão.

– Estou vendo que Eva está lhe ensinando a costurar.

– Sim, ela pacienta, mas acho que está perdendo tempo. Nunca fui boa com agulhas.

– Como é que você pode saber?

Ela ficou espantada com a pergunta.

– Como posso saber? – ela repetiu. Parecia perturbada, como se a pergunta tivesse mexido com alguma lembrança enterrada. Sua expressão revelava o esforço para tentar lembrar.

– O que foi? – perguntei por fim, esperando poder ajudá-la.

Foi um erro. No mesmo instante seu rosto retomou a compostura.

– É só olhar, senhor, para a confusão da pontaria. É só olhar pra saber que a pessoa que fez isso nunca soube nem jamais saberá mexer com uma agulha.

Nesse momento a campainha anunciando o horário dos exercícios soou e eu lhe disse para pegar seu xale e vir comigo. Quando estávamos ao ar livre, tentei refrescar sua memória em relação ao passado com observações que esperava que fossem vistas como conversa jogada fora.

– O que acha deste lugar? – perguntei, enquanto caminhávamos na direção do rio.

– Me agrada.

– Você gosta do campo?

– Isto aqui é o campo, com a cidade do outro lado do rio?

– Eu não estava falando necessariamente sobre este lugar. Estava falando do campo em geral.

Ela pensou no assunto.

– Gosto de grama. E de árvores. Mas desgosto das gralhas. Dispenso o grasnar das gralhas.

– O que é que você pensa quando ouve uma gralha? – eu perguntei. – O que é que você vê?

Ela me olhou nos olhos, com um sorriso sardônico que parecia dizer: você não vai me pegar desse jeito.

– Por quê? O que acha que eu vejo? Um pássaro preto, com um bico preto, e é por isso que você nunca verá uma gralha de noite.

Desisti, por enquanto. Decidi seguir outro caminho, envolvê-la em uma conversa casual e esperar que ela deixasse escapar alguma coisa. Mas por que teria pensado nisso? Porque ela estava relutando em se lembrar de qualquer coisa? Sim, com certeza, mas também porque eu tinha a desagradável sensação de que ela talvez lembrasse muito mais do que estava dizendo.

Nesse instante, vi as mulheres do terceiro andar caminhando em bloco, unidas por sua corda. Nossos caminhos se cruzaram e paramos para deixá-las passar. Sempre achei aquelas mulheres estranhamente fascinantes e não conseguia tirar os olhos delas. Ocorreu-me que a louca da noite anterior devia estar entre elas e por isso observei cada rosto atentamente; esperava dar uma boa olhada nela, já que desta vez estaria presa.

As mulheres passaram por nós, uma por uma. Algumas baixaram os olhos ao perceber que estavam sendo observadas, mas muitas me encararam, observando-me tão atentamente quanto eu olhava para elas. Nenhuma delas era a mulher da noite anterior e fiquei pensando no que teria acontecido com ela. Decidi que iria perguntar a Morgan na primeira oportunidade.

Voltei a prestar atenção em Jane Pomba e vi que ela estava olhando para aquele grupo de pacientes profundamente martirizadas. Pela expressão do rosto, parecia uma criança assustada. Evidentemente, estava pensando na possibilidade de um dia estar entre essas infelizes. Percebi sua postura muito ereta, como se por algum instinto procurasse se diferenciar daquelas mulheres, dobradas e encolhidas como se tivessem vergonha de sua demência. Seu pescoço era longo e branco, como o de um cisne.

Durante o jantar, Morgan tentou mostrar-se agitado como sempre, todo sorridente e confiante, mas senti que algo havia mudado. Apesar da animação, da maneira brusca com que se servia e da eficiência feroz com que mastigava a comida, as linhas de expressão do rosto estavam mais fundas e ele parecia cansado. Calculei que sua noite de sono após o incidente com a louca tivesse sido tão conturbada quanto a minha.

Queria saber mais a respeito dela, mas seria difícil porque ao sentar-se ele disse, sem olhar para mim:

– Obrigado por ontem à noite, Shepherd. Você se mostrou muito atento e útil.

Abri a boca para lhe fazer uma pergunta a respeito da mulher, mas, antes que eu pudesse pronunciar uma única palavra, ele continuou:

– Agora me conte como foi seu dia. Soube que temos recém-chegadas?

Diante da evidente demonstração de que desejava esquecer aquele assunto, seria impossível questioná-lo; fui obrigado a deixar minha curiosidade de lado e falar sobre as novas pacientes trazidas pelo barco. Ele me fez algumas perguntas, pedindo detalhes que me soaram desnecessários e que me pareceram mais uma tentativa de esquecer os acontecimentos da noite anterior.

Assim que esgotamos o assunto das recém-chegadas, ele quis saber como eu me saíra em sua ausência, passando de um assunto a outro sem delongas. Por fim, como não havia mais o que perguntar, houve uma pausa na conversa e ambos comemos em silêncio.

– Senhor, em relação àquela mulher de ontem à noite...

Eu não disse mais nada, pois ele acenou com a mão descartando a conversa.

– Não pense mais nisso, rapaz. É apenas uma daquelas coisas que precisamos enfrentar em nossa área de trabalho de vez em quando.

Ele não iria me dissuadir tão facilmente.

– É claro, mas eu não a vi hoje à tarde com as outras mulheres do terceiro andar.

Ele deu uma risada, que me pareceu despropositada considerando-se o assunto e o que havia acontecido apenas algumas horas antes.

– É claro que não! Você não espera que ela se acalme rapidamente depois de uma coisa dessas. Ela está sob contenção. Levará algum tempo até que se acalme. Eu não poderia permitir que saísse até estar absolutamente certo de que é seguro. Você é testemunha do quanto ela pode ser violenta; não gostaria que ela atacasse outra pessoa, não é?

– Não, é claro que não.

– Exatamente.

E com isso a conversa foi encerrada.

ശ

Havia alguma coisa muito estranha envolvendo toda aquela situação, porém Morgan fechou a porta para qualquer discussão a respeito da mulher. A única outra fonte de informação seria O'Reilly, apesar de eu saber que era um tiro no escuro; ela não demonstrava qualquer simpatia em relação a mim, especialmente pelo que considerava minha paparicação de Jane Pomba. Era evidente que não gostava de ter alguém naquela área da instituição que não estivesse sob seu controle. Eu conhecia essa hierarquia de dominância desde os tempos da granja. E percebia que, apesar de ser médico e O'Reilly apenas a atendente-chefe, ela achava que estava acima de mim na hierarquia do hospital.

No entanto, resolvi fazer uma tentativa; sempre havia a possibilidade de ela deixar escapar alguma coisa. Na manhã seguinte fui atrás dela, encontrando-a "por acaso" na sala de hidroterapia, onde eu sabia que estaria. Felizmente, estava sozinha, aguardando um paciente.

– Ah, senhora O'Reilly – disse eu, como se estivesse surpreso por encontrá-la ali. – Estou à procura do doutor Morgan.

– Ele não costuma estar aqui a esta hora.

O'Reilly respondera olhando-me diretamente nos olhos. Ambos sabíamos que eu sabia disso.

– Bem, acho que ficarei para supervisionar o tratamento.

Ela sacudiu os ombros.

– Como quiser, senhor. É totalmente desnecessário. Sou perfeitamente capaz de cuidar de tudo sozinha. Já fiz isso muitas vezes, como deve saber.

– Ah, sim, é claro. De fato, trata-se de um aprendizado para mim. Nem por um minuto sequer tive a intenção de questionar sua competência. – Fiz uma pausa. – Na verdade, fiquei muito impressionado pela maneira como controlou aquela mulher na noite passada.

Ela sacudiu os ombros novamente. Não me pareceu nem um pouco impressionada com o cumprimento.

– Não foi nada. Já fiz essas coisas dezenas de vezes.

– Ela me pareceu bastante violenta. Faz tempo que está aqui?

– Temos muitas iguais a ela, senhor – ela respondeu, olhando diretamente para mim. – Ela não tem nada de especial, absolutamente nada. Não precisa se preocupar com ela.

Estava tentando encontrar outra maneira de estender a conversa a respeito daquela mulher, mas ela falou antes de mim.

– E como está sua mão, senhor? Pelo que soube, está com uma queimadura bem desagradável.

Levantei a mão.

– Na verdade, não foi nada sério. Doloroso na hora e ainda dói um pouco, mas não há de ser nada.

– Ainda assim – ela disse, a expressão do rosto impassível, impenetrável –, sorte sua que foi a mão esquerda e não a direita. Caso contrário, não poderia escrever.

Eu seria capaz de jurar ter visto a sombra de um sorriso em seus lábios, mas ela desapareceu antes que eu pudesse ter certeza. Havia algo de triunfante em sua postura e de repente senti um buraco no estômago. Lembrei-me das cartas que havia jogado no cesto de lixo depois de escrever a versão definitiva para Caroline Adams. Teria O'Reilly encontrado esses papéis? Teria entrado em meu quarto durante minha ausência? Ou seria apenas paranoia que, de alguma forma, havia me contagiado por estar no meio de tantas criaturas assombradas por essa sensação? Estaria perdendo o juízo por estar naquele lugar?

– Agora, se não se opuser, senhor – O'Reilly falou, sem tirar os olhos de mim –, tenho de trabalhar. Preciso fazer algumas coisas antes que a paciente chegue.

Se o que dissera era uma provocação, uma ameaça pelo fato de eu ter escrito uma porção de mentiras para uma mulher chamada Caroline, eu não poderia retrucar. Nem poderia acusá-la de revirar meu cesto de lixo sem me expor. Eu deveria ter rasgado as cartas não enviadas. Por que não havia feito isso?

14

Com o correr dos dias, comecei a apreciar cada vez mais o tempo que passava com Jane Pomba. Aguardava ansiosamente por nossas sessões. Em parte porque ela era a única pessoa da ilha com quem podia ser algo mais próximo do que eu realmente era. Não precisava fingir como fazia quando estava com Morgan. Mas isso ocorria principalmente por causa da própria natureza da garota, dotada de uma mente ágil, vivaz e um senso de humor agudo, irreverente. Acima de tudo, porém, tal qual Desdêmona com Otelo, eu me apaixonei pela sua linguagem. Conforme imaginava, não era um amontoado de bobagens como Morgan havia decretado. Ele a examinara superficialmente, como fazia com todas as pacientes, e concluiu que aquele dialeto não tinha pé nem cabeça. Mas logo percebi que não apenas fazia sentido como, de maneira muito peculiar, tinha algumas vantagens em relação à língua padrão.

Ela criava novas palavras com base nas velhas, muitas vezes mudando a maneira como eram usadas. Os substantivos se transformavam em verbos, simplificando a estrutura da frase, mas eu a entendia perfeitamente. Ela inventava palavras e expressões novas com uma força intrínseca capaz de definir a atmosfera de um lugar; por exemplo, ao chamar a sala do dia, onde antes era obrigada a passar horas sem fazer nada, de "entediamento do desrespeito". Não conseguia pensar em algo melhor para definir a atmosfera daquelas mulheres entediadas, entregues ao abandono, e o descaso, pois ficavam assim porque ninguém se importava com elas ou com seu bem-estar.

Pouco a pouco, comecei a imitá-la em nossas conversas. Não era uma disposição consciente para criar uma sensação de intimidade entre nós, apesar de isso existir, mas simplesmente porque não conseguia evitar. Seu modo de falar era contagiante. Eu lhe dizia coisas do tipo: "Você desacompanhou a manhã inteira, não foi difícil?". E ela respondia: "Sempre sozinhei, isso não me incomoda".

Quando fiz minhas primeiras tentativas com esse modo de falar, tive a impressão de ter detectado o brilho de um sorriso em seus olhos, apesar de não ter certeza; também não saberia dizer se ela estava se divertindo por ter me convertido a sua linguagem desconexa ou se zombava de mim por considerar pouco convincentes as minhas tentativas de imitá-la.

É certo que me corrigia quando eu quebrava alguma das regras não estabelecidas; não de forma aberta, pois jamais reconhecemos verbalmente que nos comunicávamos dessa maneira, mas apenas fingindo que não entendera o que eu havia dito e, se eu não me corrigisse dizendo algo mais adequado àquele jeito de falar, ela diria, por exemplo: "Ah, quer dizer que desentendeu o que eu disse?".

Mas surgiu um problema – os problemas sempre surgem; comecei não apenas a falar como ela mas também a *pensar* daquele jeito. Era tão fácil e natural; além disso, havia alguma coisa que conferia certo prazer às palavras em si, à maneira como uma pessoa pode brincar com elas, como ocorre com a boa poesia, e foi se transformando em algo automático para mim. Uma ou duas vezes, cheguei a fazer isso diante de Morgan, dizendo algo como: "Ansiei pelo jantar todo o dia", mas felizmente ele não reparou. Precisava me esforçar para não falar com as outras pessoas da maneira como falava com Jane Pomba.

Por falarmos de maneira parecida, comecei a alimentar a esperança de que, sentindo-se à vontade comigo, ela passaria a revelar mais coisas a seu respeito. Podia ver que ela estava com amnésia. Era evidente pela maneira como às vezes se esforçava para recuperar alguma lembrança perdida e pela aflição que parecia sentir quando não conseguia. Ao mesmo tempo, porém, não conseguia evitar a suspeita de que ela se lembrava de mais do que demonstrava; entretanto, eu não conseguia imaginar qual seria a razão desse segredo quando sabia que eu estava tentando ajudá-la. No entanto, como alguém que estava sempre fingindo, e não apenas na vida profissional, eu entendia perfeitamente como o subterfúgio acaba se transformando em um hábito difícil de romper. Seria possível que em sua vida anterior ela tivesse se protegido com uma armadura tão forte que continuava a mantê-la sem sequer saber por quê?

Jane Pomba acabou se tornando meu principal interesse, fora minha própria segurança e sobrevivência, é claro. Uma vez habituado à rotina do hospital, não havia muito mais com que me distrair. Quanto mais tempo passava com a garota do pescoço de cisne, mais gostava dela e mais curioso ficava em relação ao seu passado; estava determinado a conseguir qualquer tipo de avanço com ela, sentimento alimentado pelas atitudes de Morgan, por seu jeito zombeteiro de referir-se a ela como meu "rato de laboratório" e pelo sarcasmo com que falava do Tratamento Moral. Apesar das brincadeiras ocasionais, ele demonstrava certa impaciência com toda a experiência, principalmente com os longos períodos, cada vez mais frequentes, que eu passava ao lado de Jane Pomba; por causa disso, muitas vezes me atrasava para alguma terapia – estou falando do quase afogamento e da contenção – que ele e eu deveríamos aplicar a uma daquelas infelizes.

Por tudo isso sabia que ele não permitiria que eu continuasse com minha experiência indefinidamente. Havia também a questão do tempo; porque, mesmo que Morgan não pusesse um fim naquilo antes de eu ter conseguido algum sucesso, minha própria situação acabaria por se encarregar de fazer isso. Chegaria o momento em que teria de me mexer. Eu não poderia manter aquela situação para sempre, e nem queria. Mesmo que fosse mais seguro continuar no hospital, não era o tipo de vida que eu gostaria de ter. E quanto mais tempo ficasse, quanto mais acomodado me tornasse, maiores as chances de ser desmascarado.

Como que para confirmar que não poderia simplesmente enfiar a cabeça em um buraco, como os avestruzes, e que os acontecimentos acabariam por me alcançar, um dia Morgan me entregou outra carta durante o café da manhã. Reconheci a letra de Caroline Adams imediatamente. A única coisa boa era o fato de que, pelo visto, ela era a única pessoa com quem Shepherd mantinha alguma correspondência. Guardei a carta no bolso para ler depois, pois não queria despertar a curiosidade de Morgan quanto ao conteúdo da carta. Eu não precisava ter me preocupado; ele já estava olhando para o relógio, ansioso para dar início às atividades do dia.

Quando finalmente consegui escapar para o santuário do meu quarto, rasguei o envelope, ansiando pelo conteúdo daquelas folhas divagantes.

Meu querido John,

Devo mesmo usar a palavra "meu"? Ainda tenho esse direito? Confesso que não sei. Sinto-me muito confusa desde que recebi sua carta esta manhã. Fiquei muito aliviada, mas também muito ansiosa. Como é possível que duas emoções tão conflitantes ocupem o mesmo peito? Não sei. É evidente que fiquei muito feliz por saber que está vivo e bem, principalmente depois do choque de receber uma carta endereçada com uma letra estranha. (Como está sua mão? Espero que esteja melhorando. Apesar de angustiada com a ideia de que esteja ferido e sentindo dores, agradeço a Deus por não ter ocorrido nada pior em meio a tantos feridos e outros tantos mortos.)

Mas enquanto lia sua carta minha alegria foi se esvaindo. Tão fria, tão sem emoção. Onde ficaram as frases carinhosas que tanto gosto em suas missivas? Onde ficou a menção ao fato de estar sentindo minha falta? Por que não usou aquela palavra especial para dirigir-se a mim, como sempre fez? Por que não me contou nada a respeito da sua nova vida, de suas esperanças e seus temores, e como isso pode ajudar nosso futuro e possibilitar uma vida em conjunto? Foi como se a carta tivesse sido escrita por um estranho. E no fim, a assinatura sem emoção, sem qualquer demonstração de amor, absolutamente nada. Em vez de palavras carinhosas, apenas uma letra fria. Aquele "J" foi como uma inicial em uma tumba.

Estou tentando me convencer a lhe dar o benefício da dúvida, tentando entender que deve ter sido difícil escrever com a mão machucada, que o fim abrupto e a assinatura fria são meros indícios do cansaço, de que você estava fisicamente sem condições de escrever mais. Digo tudo isso a mim mesma, mas não consigo me convencer. Convença-me, meu querido, de que estou agindo como uma menina boba e insegura, por favor; eu lhe suplico, apesar de temer que, estando em um novo lugar e vivendo uma nova vida, você tenha descoberto que não quer nada da antiga, ou pelo menos uma parte dela, a parte ligada a mim.

Por favor, por favor, responda assim que receber esta carta para me tranquilizar. Caso contrário, seja misericordioso e acabe de uma vez com este sofrimento.

Com amor,
Carol

Minha cabeça começou a girar. Aquelas palavras, "escrita por um estranho", me atingiram. Como ela havia chegado perto da verdade! O subterfúgio havia funcionado, mas com uma margem de segurança muito apertada. Eu precisava me livrar daquela jovem idiota, tirá-la de cima de mim, e depressa, antes que começasse a juntar dois mais dois e descobrisse a resposta certa.

Passei o resto do dia sentindo-me atordoado, como se meus pensamentos estivessem sempre voltando para a carta. Morgan perdeu a paciência; chegou a dizer, mais de uma vez: "Vamos lá, homem, preste atenção ao trabalho, não tolero coisas malfeitas". Como se houvesse uma maneira mais correta de amarrar na cadeira uma infeliz que não parava de soluçar. Senti vontade de estrangular aquele homem, que exigia minha concentração quando tudo o que eu queria era sumir dali e elaborar um plano para me livrar de uma namorada problemática. Até Jane Pomba percebeu que havia alguma coisa errada. Quando estávamos fazendo nossa caminhada no horário dos exercícios, ela disse:

– Você longevou o dia inteiro de mim.

Quando o entardecer finalmente ocupou a propriedade, espalhando as sombras pelos gramados, suspirei aliviado; jantei rapidamente, sem que Morgan objetasse, e assim que pude busquei o refúgio do meu quarto.

Reli a carta e fiquei pensando no que fazer. Só me restava uma alternativa. Precisava romper todos os laços com a senhorita Adams; era a única saída. Cheguei a pensar que poderia ser divertido dar-lhe um pouco de corda, mas agora via que isso não seria possível. No mínimo porque não poderia usar a desculpa da mão machucada para justificar a letra estranha por muito tempo. Cedo ou tarde o ferimento teria de melhorar. E antes que isso acontecesse, a cada carta havia o risco de me delatar por não entender alguma coisa que ela dissesse, de não conseguir demonstrar conhecimento do que havíamos vivido juntos ou simplesmente usar uma expressão que Shepherd jamais teria usado.

Sentei à mesa, peguei a caneta e comecei escrevendo "Prezada senhorita Adams". Decidi que precisava ser cruel desde o início.

Cara srta. Adams,

É com grande pesar que o faço, mas receio ter de lhe dizer que, infelizmente, seus temores em relação ao nosso futuro relacionamento não são infundados. Gostaria que não fosse assim, gostaria realmente, mas não é o caso. Acredite quando digo que a amei de verdade e que fui absolutamente sincero em tudo o que lhe disse nos momentos que passamos juntos, naquelas demonstrações de carinho que já não posso mais proferir. [Eu estava começando a me divertir!]

Acho que o acidente de trem mudou meu pensamento. A proximidade da morte me fez analisar minha vida e os rumos que estava tomando. Para mim, pelo menos, o acidente foi um acaso feliz, pois evitou que eu caísse em uma situação que seria desastrosa para nós dois e, estou certo disso, teria lhe causado muito mais sofrimento no futuro do que esta carta no presente.

Termino agradecendo pelo afeto que dedicou a mim no passado e com grande pesar pela infelicidade que sem dúvida estou lhe infligindo. Espero e oro para que esse sofrimento dure pouco. Você é maravilhosa e sei que um dia fará a felicidade de algum sortudo, só que não serei eu seu servo obediente.

J

Pousei a caneta sobre a mesa com um suspiro de satisfação. Era como se tivesse tirado um grande peso das costas, ou como se a sombra de uma criatura maligna tivesse passado por mim e saído à procura de outra vítima. Não dei a ela nenhuma margem para manobras. Mesmo que ela respondesse, eu não teria necessidade de escrever novamente; não haveria nada de estranho em meu silêncio. Enderecei o envelope, congratulando-me por saber que seria a última vez que faria isso. O assunto estava encerrado e Caroline Adams agora era apenas uma nota de rodapé na história de Shepherd.

Desci para colocar a carta na caixa do correio, assobiando alegremente. No pé da escada, quase derrubei O'Reilly, que apareceu de repente.

– Ah! É a senhora, senhora O'Reilly. – Era uma constatação óbvia, mas o que dizer diante de um encontro inesperado?

– Sim, senhor. Eu mesma. – Ela tinha um jeito irritante de me colocar no meu lugar e fazer com que eu me sentisse um idiota. – Enviando uma carta? – disse ela, acenando para o envelope, que eu coloquei junto ao peito para que ela não visse o endereço.

– É o que parece – respondi. *Touché*!

Ela estendeu a mão.

– Deixe que eu coloco na caixa do correio para o senhor.

– Ah, não, não vou lhe dar esse trabalho – respondi, segurando a carta com mais força. – Além disso, a senhora está subindo.

– Acabo de me lembrar de algo que preciso fazer lá embaixo, por isso não será trabalho algum – disse ela, estendendo a mão.

Apertei a carta contra o peito com mais força, pois tive a estranha sensação de que ela poderia arrancá-la de mim. Aquela situação era tão ridícula quanto uma brincadeira infantil, como se eu estivesse segurando a carta acima da minha cabeça e ela pulando para tentar arrancá-la de mim.

– É muita gentileza sua, mas estou a caminho da biblioteca e portanto tenho de passar pela caixa do correio.

Ela deixou cair a mão e assentiu com a cabeça. Xeque-mate.

– Muito bem. Então, boa noite, senhor.

Ficamos um na frente do outro por um instante e eu disse:

– Faça o que tem de fazer, então. Havia dito que precisava fazer alguma coisa lá embaixo.

Ela me olhou, exibindo aquele seu sorriso sinistro.

– Sim, eu disse, senhor. Mas acabo de me dar conta de que não será necessário.

Encostei no corrimão para lhe dar passagem e, despedindo-se com um aceno de cabeça, ela subiu a escada. Virei-me e fiquei observando seu andar, que me lembrou o de um fantasma. Desci e depositei a carta na caixa do correio. Não fui para a biblioteca. O'Reilly – caso estivesse me vigiando – e eu sabíamos que aquilo não passava de um jogo, por isso qual seria o sentido?

15

Reparei que O'Reilly foi se mostrando cada vez mais descuidada nas suas atitudes em relação a mim, chegando a beirar a insolência, mesmo na presença de Morgan. Certa manhã, quando ele chegou à sala de hidroterapia, estávamos preparando uma paciente para o tratamento. Surpreso, ele verificou o relógio e disse:

– Esta mulher devia estar na banheira há sete minutos e meio. Qual é o motivo desse atraso?

Antes que eu pudesse dizer qualquer coisa, O'Reilly falou:

– Estávamos esperando pelo doutor Shepherd, senhor. Mas acho que se atrasou por causa de sua paciente especial.

Morgan fez uma careta.

– As coisas mais importantes primeiro, Shepherd. Você precisa estar atento às prioridades.

Apenas assenti com a cabeça e, enquanto Morgan pegava os registros da paciente das mãos de O'Reilly, ela me olhou com um brilho zombeteiro nos olhos. Agi como se nada tivesse acontecido, pois reparei na ênfase que ela havia dado às palavras "doutor Shepherd". Isso reforçava meu receio de que ela tivesse revirado o lixo, encontrado os rascunhos da carta para Caroline Adams e descoberto a verdade.

Depois disse a mim mesmo que estava sendo idiota. É claro que a carta mostrava minha ambiguidade em relação à moça que teria sido minha noiva, mas não havia nada que indicasse que eu não era quem deveria ser. Repeti isso para mim mesmo, o que não foi suficiente para me tranquilizar. Todas as atitudes de O'Reilly em relação a mim – a falta de respeito, o olhar zombeteiro, a maneira como falava a meu respeito com Morgan na minha presença, como se estivesse acima de mim na ordem hierárquica – indicavam que ela sabia de algo a meu respeito. A questão era: ela usaria essa informação? Se sim, quando?

Comecei a odiar seus traços magros e famintos, o rosto ossudo, o pescoço de galinha magricela. Eu havia feito um inimigo, mesmo sem lhe ter causado mal algum. Agora precisava encontrar uma forma de impedir que me prejudicasse. Afinal de contas, a interferência daquela mulher poderia me custar a vida.

Eu adoraria lhe dar uma lição por tamanha insolência, mas sabia que seria loucura. Acabaria por provocar exatamente o que desejava evitar. Passei horas deitado na cama, a cabeça pousada entre as mãos, olhando para o teto e observando a escuridão penetrar em meus aposentos. Não adiantou; não encontrei uma saída. O'Reilly era um barril de pólvora que poderia explodir a qualquer momento. Parecia impossível prever quando isso poderia acontecer e o que fazer quando acontecesse.

Mas alguns dias após o incidente na sala de hidroterapia, eu estava fazendo minha caminhada ao lado de Jane Pomba no horário dos exercícios quando avistei as mulheres do terceiro andar. Ocorreu-me que eu não examinara mais o grupo desde o dia após o incidente com a mulher maluca no escritório de Morgan, quando tentei encontrá-la e descobri que não estava no grupo. Imaginei que àquela altura ela já devia ter voltado e resolvi procurar por ela.

Parei de prestar atenção ao que Jane Pomba estava dizendo – uma história qualquer que ela havia imaginado com base na imagem da senhora Havisham em *Grandes esperanças*, livro que ela estava vendo depois de ter inventado histórias para todas as ilustrações de *David Copperfield*, apesar de não saber, é claro, qual era o nome da mulher na ilustração – e mudei de direção repentinamente, para que nosso caminho cruzasse com o das pacientes perigosas. Jane interrompeu a tagarelice, evidentemente surpresa com a maneira como cruzei à sua frente para seguir em outra direção; mas como não esbocei nenhuma reação (estava concentrado demais em minha missão), ela voltou a contar sua história. Alguns metros à frente, tivemos de esperar até que todo o grupo passasse por nós, exatamente como havia acontecido da outra vez, e Jane parou de falar enquanto olhávamos para elas. Percebi uma sombra de medo em seu rosto, e não era preciso ser psiquiatra para saber que ela estava pensando de novo na possibilidade de um dia estar entre aquelas infelizes. Mas foi algo momentâneo e não tive tempo para observá-la, pois precisava examinar o rosto das mulheres que estavam passando. Olhei atentamente cada uma delas e não a encontrei. A mulher maluca não fazia parte do grupo.

Fiquei imaginando se minha mente estaria me pregando uma peça, se no tumulto no escritório de Morgan eu havia ficado tão apavorado que não consegui ver o rosto da mulher direito, mas descartei essa hipótese imediatamente. Seu rosto estava gravado em minha mente com ácido; eu lembraria daquele rosto até o fim da vida – junto com o de outras mulheres, é claro. Também me ocorreu que seu rosto poderia estar tão transtornado pelo frenesi do momento que ficaria irreconhecível no vazio daqueles rostos que se arrastavam diante de mim; aquele amortecimento que representava uma espécie de repouso. Mas essa ideia também me pareceu fantasiosa. Mesmo considerando a diferença entre as duas situações, não havia ninguém ali sequer remotamente parecido com aquela louca endemoniada.

Quando as últimas mulheres passaram por nós, parei a assistente que vinha atrás do grupo.

– Pois não, senhor?

– Diga-me, onde está a outra mulher da ala do terceiro andar?

– Que outra mulher, senhor? Acho que não sei do que está falando. Todas as mulheres da ala de segurança estão aqui.

– Todas? Tem certeza? Não há nenhuma doente ou sob contenção em outro lugar?

Ela me estranhou.

– Não, senhor, estão todas aqui. Não há mais ninguém.

Assenti com a cabeça, e ela correu para alcançar o grupo. Fiquei ali parando, olhando para elas.

– Estranho – disse para mim mesmo. – Muito estranho.

– O quê? – perguntou Jane Pomba. – O que é estranho?

Só então percebi que havia falado em voz alta.

– Nada – respondi com um sorriso. – Mas o que é que você estava falando sobre a velha senhora com o vestido de casamento?

– Ah! O senhor não estava ouvindo, estava? – ela respondeu, zangada. – Isso já passou. Agora estamos em um barco a remo.

– Muito bem. Recomece a remar.

Ela obedeceu, mas receio que tenha me achado tão desatento quanto antes. Eu estava com a cabeça ocupada demais.

A primeira ideia que me ocorreu foi falar de novo com Morgan. Considerando que a assistente estivesse correta – e ela havia sido muito clara em sua resposta –, então Morgan havia mentido. A louca (era assim que pensava nela, apesar de todas ali serem loucas) não estava no terceiro andar, apesar de ser extremamente violenta, como as cicatrizes no meu rosto e a queimadura em minha mão podiam comprovar. Então, onde estava?

Além disso, a atendente parecia não conhecê-la. Afirmara enfaticamente que não havia outra mulher naquele andar. E eu tinha certeza de que se perguntasse a Morgan pela mulher e dissesse que ela não estava presente na hora do exercício, ele diria a mesma coisa que havia dito antes: que ela estava sob contenção porque ainda estava perturbada demais para conviver com as outras.

Relembrei aquela noite, a agitação de Morgan, a discussão com O'Reilly, sua irritação e como ela respondera agressivamente, algo que eu nunca tinha ouvido antes. E havia também o registro do pagamento de vinte dólares, uma fortuna para uma mulher como O'Reilly. Qualquer que fosse o segredo envolvendo aquela mulher, não havia dúvida de que os dois estavam juntos naquilo. Comecei a ver que essa era a fonte da segurança e arrogância de O'Reilly. Também percebi que era um caminho a explorar para acabar com seu domínio.

Naquela noite, fui verificar como estava a sala de jantar enquanto as pacientes faziam sua refeição. Eu e Morgan nos revezávamos nessa tarefa. As atendentes eram perfeitamente capazes de cuidar de tudo, mas Morgan gostava de mostrar que controlava tudo com mão de ferro. Ele acreditava que nossa presença mantinha os funcionários em seus lugares, sem descuidar do padrão de qualidade.

Vi O'Reilly do outro lado da sala, o olhar examinando as mesas à sua frente como uma ave de rapina. Ela me cumprimentou com um leve aceno de cabeça ao perceber minha presença e não pude deixar de pensar que sua presença ali era um desperdício; ela teria feito fortuna se estivesse no palco. Continuou a fazer seu trabalho como se eu não existisse; uma rainha em seu pequeno reino, precisando de uma lição.

Fui arrancado dos meus pensamentos por uma briga em uma das mesas próximas a mim. Duas mulheres lutavam por um pedaço de pão, uma delas apertando-o contra seu peito e a outra tentando tirá-lo à força. De repente, a que estava segurando o pão deu um tapa na cara da outra.

Acenei para a atendente mais próxima que não havia se dado conta da disputa e ela se apressou em separar as mulheres, dando outra fatia à mulher que havia ficado sem pão. A mulher pegou o pão com raiva e dirigiu um olhar fulminante para a outra; fiquei fascinado com a cena e por um instante fiquei curioso para saber se ela iria revidar o tapa. Senti certa agitação ante a perspectiva de uma luta, com as mulheres se mordendo e se arranhando. Mas nada aconteceu; as mulheres se aquietaram e retomaram sua refeição. Olhei para o outro lado da sala e vi que O'Reilly havia sumido.

Atravessei a sala e fui até o outro lado, imaginando que durante a confusão, com as pacientes falando, discutindo e apelando para a ajuda das atendentes, que corriam de um lado para o outro, eu simplesmente a perdera de vista. Mas não: ela havia sumido mesmo.

Saí da sala de jantar e peguei o corredor até a sala do dia. Vazia. Eu não tinha ideia de para onde O'Reilly poderia ter ido. Procurei em todos os lugares onde imaginava poder encontrá-la, mas nem sinal dela. Acabei percorrendo todo o prédio, mas não consegui encontrá-la. Voltei para a sala de jantar e ela continuava desaparecida. Decidi sair por uma porta do outro lado, que dava em um corredor nos fundos, paralelo ao corredor da frente; encontrei O'Reilly quase que imediatamente, caminhando em minha direção. Cumprimentei-a com um aceno de cabeça e passei por ela para não levantar suspeitas. Eu podia sentir seus olhos nas minhas costas, mas quando finalmente me virei, ela não estava lá.

Eu nunca havia estado naquela parte do edifício. Não havia nada ali que tivesse qualquer coisa que ver comigo, e minha simples presença devia ter deixado O'Reilly desconfiada. Até onde eu sabia, aquela passagem levava para a cozinha, a lavanderia e as despensas, lugares com os quais nunca me preocupei. Talvez O'Reilly tivesse ido fazer alguma coisa em um deles. Então descobri algo que me fez pensar que não, não tinha. O que descobri, perto do fim do corredor, era algo que me interessava bastante: as escadas do fundo.

Estaria fantasiando ou O'Reilly havia sumido da sala de jantar para ir cuidar de sua própria "paciente especial"? Teria desaparecido para cuidar de alguém que estava sob sua única responsabilidade? Talvez tivesse ido até a cozinha para pegar comida e levá-la até uma mulher que estava trancada em outro lugar? Meu coração começou a acelerar. Eu havia tropeçado em um mistério, isso era certo.

Mais tarde, deitado na cama e lendo meu Shakespeare, comecei a refletir sobre uma lição tirada de *Hamlet*. Não adiantava ficar me enganando, esperando que algo acontecesse comigo, porque se fizesse isso, aconteceria algo ruim. Eu precisava começar a dar as cartas. Precisava assumir o controle da situação ou estaria tudo perdido. Decidi que começaria a seguir O'Reilly e descobriria a verdade.

16

No dia seguinte foi a vez de Morgan supervisionar o jantar das pacientes; cerca de uma hora antes do início do jantar consegui escapar e fui para o corredor dos fundos. Caminhei até o pé da escada e fiquei tentado a subir sozinho, em vez de esperar por O'Reilly, mas pensei melhor e decidi que não era uma boa ideia. O que faria ao chegar ao terceiro andar? Eu não sabia para onde ir, nem onde estava escondida aquela mulher. Além disso, O'Reilly viria atrás de mim e, se me encontrasse, eu não teria uma explicação convincente para estar ali.

Examinei o corredor e vi uma porta a pouca distância de onde me encontrava. Decidi ir até lá; a porta abriu assim que virei a maçaneta. O quarto estava muito escuro, pois não havia janela alguma. Pela fresta de luz que entrava do corredor pude ver que era uma espécie de depósito, com prateleiras cobrindo duas das paredes, todas vazias. Havia muito pó ali, o que indicava que não estava sendo usado. Fechei a porta, deixando uma abertura de poucos centímetros para poder ver o corredor e a escada. Tudo o que precisava fazer agora era esperar que o jantar fosse servido e torcer para que O'Reilly desse sua escapada como fizera na noite anterior.

A espera foi tensa. Depois de meia hora escondido naquele lugar, ouvi vozes femininas que vinham pelo corredor em minha direção. Afastei-me da abertura e prendi a respiração, rezando para que elas não reparassem na fresta da porta. Eram duas atendentes, tão absortas em sua conversa sobre uma saída para ir a um baile que não notaram a porta entre aberta ou não deram importância a ela, e passaram direto. Soltei a respiração, aliviado, e continuei com minha vigília.

Não aconteceu nada durante um tempo que me pareceu uma eternidade; já estava começando a ficar cansado de esperar em pé e cogitava seriamente em sentar naquele piso empoeirado, sentindo-me um verdadeiro idiota em uma missão sem sentido, quando ouvi passos rápidos no corredor. Não precisei olhar para saber que eram de O'Reilly. Segurei a respiração de novo.

Os passos foram ficando cada vez mais próximos e então pararam. Imaginei que O'Reilly tivesse chegado ao pé da escada. Houve um longo silêncio e então ouvi um rangido, que eu sabia ser do primeiro degrau da escada. Depois disso, mais silêncio. Eu podia ouvir meu coração batendo. Teria ela subido a escada ou ainda estaria lá embaixo? Não tinha como saber. Não podia continuar segurando a respiração por muito tempo e soltei o ar da maneira mais silenciosa possível. Decidi dar uma espiada pela porta para ter certeza de que O'Reilly estava fora do caminho para que eu pudesse ir atrás dela. Virei a cabeça para poder enxergar através da fresta, mas me escondi rapidamente. O'Reilly estava parada na escada, um pé no primeiro degrau e o outro no degrau de cima. Dei mais uma espiada. Ela estava segurando uma bandeja com alguma louça e um copo de água. Senti o cheiro da comida – rosbife, a menos que estivesse enganado; muito melhor do que a sopa rala e a carne fria e rançosa que as mulheres da sala de jantar devoravam naquele momento. O'Reilly estava parada como uma estátua, a cabeça levemente inclinada, como um animal atento a sua presa.

Afastei-me da porta, mas continuei prestando atenção. Ouvi o rangido da escada mais uma vez e imaginei que ela tivesse começado a subir, mas de repente escutei os passos no corredor. Ela caminhava lentamente e respirei fundo quando passou pela porta, afastando-se da escada; não adiantava tentar olhar pela fresta, porque daquele ângulo eu não conseguiria vê-la. Fiquei ouvindo os passos se afastarem. Então, subitamente, eles começaram a voltar para a direção onde eu estava; agora eram passos curtos, rápidos, e pararam bem diante da porta, que foi fechada. Ouvi um barulho de metal e, então, para meu horror, o som da chave trancando a fechadura.

Os passos se afastaram de novo. Pensei em gritar, avisar que estava trancado, mas me controlei. Como explicaria o que estava fazendo ali? Não consegui pensar em uma desculpa plausível que justificasse o fato de estar dentro de um depósito vazio. Ouvi atentamente os passos que se afastavam até pararem de novo. Ouvi o rangido da escada e imaginei que O'Reilly estivesse subindo. Eu estava sozinho, preso naquele lugar escuro.

Sem janela, aquilo era um breu. Eu tinha uma caixa de fósforos no bolso, cheia até a metade. Peguei um fósforo, acendi e examinei a porta. Tentei virar a maçaneta, mas, evidentemente, a porta estava trancada. Levantei o fósforo e olhei ao redor, alimentando a tola esperança de que pudesse existir outra porta que eu não tivesse notado ao entrar. Bastava uma olhada superficial para ver que não havia. Examinei as prateleiras para ver se encontrava qualquer coisa que pudesse me ajudar com a fechadura. Antes de conseguir encontrar alguma coisa, a chama do fósforo queimou meus dedos e eu o deixei cair. Peguei outro e acendi. Sob aquela luz fantasmagórica, examinei as prateleiras de um lado do depósito e não encontrei nada além de teias de aranha. Virei para o outro lado, mas o fósforo apagou de novo.

Nesse ritmo, logo ficaria sem fósforos. Acendi outro e encontrei algo que não tinha visto até então. Um livro, um volume muito grande. Consegui ver o título na lombada antes de ficar sem mais um fósforo. Acendi outro. *Obras completas de William Shakespeare*. Ora, ora, quem poderia imaginar? Que livro teria escolhido se me dissessem que só poderia levar um ao me trancarem em um quarto? Ali estava ele.

O livro estava coberto de pó e por isso soprei, esquecendo-me do fósforo, que apagou imediatamente. Quanta ironia. Estar em confinamento solitário com o melhor livro que um homem poderia desejar como companhia, mas sem luz para poder lê-lo. Sem dúvida, essa era uma bela forma de tortura!

Senti as páginas do livro. Eram tão finas como costumam ser grandes volumes de Obras Completas e a Bíblia. Acendi outro fósforo e examinei a caixa. Logo ficaria sem luz. Olhei para o livro de novo. O que eu estava prestes a fazer era um sacrilégio, mas parecia não haver outra saída. Examinei o sumário. A edição não era familiar.

Comecei a escolher e o fósforo apagou. Tomei uma decisão, acendi outro fósforo precioso e encontrei *A comédia dos erros*. Abri o livro na primeira página da peça e encontrei a última. Quando o fósforo apagou, pedi desculpas ao espírito do grande homem e arranquei a peça inteira. A profanação daquele livro me perturbava mais do que qualquer coisa que já tivesse feito na vida, apesar de saber que não deveria.

Coloquei o livro de volta na prateleira e peguei uma das folhas rasgadas. Enrolei e torci a folha, depois fiz o mesmo com todas as outras páginas, enrolando e torcendo até acabar com toda a peça. Não tenho palavras para descrever o mal-estar que senti fazendo isso.

No escuro, arrumei todas as folhas torcidas ao longo da prateleira e acendi um fósforo. Como eu esperava, a primeira folha queimou lentamente e durou mais do que um fósforo. Isso permitiu que eu desse uma boa olhada ao redor.

Uma a uma, cena por cena, ato por ato, toda a *Comédia* foi pegando fogo. Além das prateleiras, examinei as paredes; não havia sequer uma lareira com chaminé que eu pudesse tentar escalar. Mas por que alguém iria querer acender uma lareira em um depósito? Rastejei pelo chão, sonhando com a possibilidade de encontrar um alçapão ou um buraco, mas não encontrei nada. Até olhei para o teto, para ver se encontrava alguma abertura. Nada. Eu realmente estava preso.

Larguei o corpo e caí sentado, com as costas contra a porta. Só havia uma forma de sair dali: alguém precisava me soltar. Mas eu sabia que isso não aconteceria por acaso. Era evidente que aquele depósito não era usado havia séculos. Por que alguém iria até ali justamente agora? Não haveria um resgate acidental. Ou qualquer resgate, a menos que eu fizesse algum tipo de algazarra para chamar atenção, pois ninguém sabia que eu estava ali.

Ou sabia? Por que O'Reilly havia escolhido aquele momento para trancar a porta? Teria percebido que estava ligeiramente aberta quando o normal seria estar fechada e, ao fechá-la, pensou que o melhor seria trancá-la de uma vez? Isso era bem possível. O'Reilly tinha aquela eficiência perfeccionista; era uma das coisas que, por eu ser exatamente o oposto – desleixado e despreocupado –, mais me irritavam.

Ou teria ela sentido a minha presença? Teria ficado atenta à possibilidade de eu estar no depósito pelo fato de ter me encontrado no corredor no dia anterior, quando eu não tinha motivo algum para estar ali? Não havia como saber.

Eu não tinha ideia de como agir. Se não fizesse nada, ficaria ali até morrer de fome. Mesmo que ficasse tempo suficiente para que sentissem minha falta e iniciassem uma busca, seria pouco provável que pensassem em me procurar ali. A única maneira de sair seria bater na porta e chamar a atenção de alguém que estivesse passando pelo corredor. Isso levaria a uma situação embaraçosa, pois teria de explicar como fui parar ali dentro; mas se essa era a única alternativa, o melhor era agir rapidamente. Se deixasse passar muito tempo, minha ausência acabaria por adquirir proporções gigantescas e maior seria o falatório pelo fato de eu ter ficado trancado naquele depósito.

Resolvi que precisava pensar em tudo antes de tomar a decisão inevitável. Precisava encontrar uma desculpa plausível para explicar minha situação. Sentei de novo no chão e coloquei a cabeça entre as mãos. Podia sentir o sangue latejando nas têmporas. Se ao menos O'Reilly estivesse comigo ali dentro, pensei, eu lhe mostraria que havia feito um inimigo muito perigoso; então, inexplicavelmente, adormeci.

Só Deus sabe por quanto tempo cochilei. Acordei no escuro sem saber onde estava, em pânico. Pensei que estivesse no galinheiro onde meu tio costumava me trancar para me castigar quando não estava com tempo para bater em mim com o cinto. Coloquei as mãos no chão e não entendi por que não estava coberto com a espessa camada formada pelo excremento seco das galinhas. O cheiro fazia minhas narinas arderem. Sentia as penas das galinhas na boca, no fundo da garganta, me fazendo engasgar, me sufocando. Não conseguia respirar, o fedor era forte demais, comecei a gritar. Fiquei em pé e me apoiei na parede. Titubeante, encontrei uma porta, procurei a maçaneta e virei. A porta se abriu. Eu estava livre.

Ao ver a luz do corredor, recuperei os sentidos e percebi onde estava. Teria gritado realmente? Não tinha certeza, mas era bem possível. Prestei atenção. Não havia barulho nenhum do lado de fora. Espiei pela fresta da porta e olhei nas duas direções. Não havia ninguém. Saí rapidamente e fechei a porta atrás de mim. Não tinha ideia das horas, mas imaginei que estivesse atrasado para o jantar com Morgan. Atravessei o corredor apressadamente e então me lembrei de como o lugar estava empoeirado. Olhei para mim mesmo. Meu paletó e minhas calças estavam cobertos de pó. Sob a luz mortiça do corredor eu devia estar parecendo um fantasma. Comecei a bater nas calças para tirar o pó. Tirei o plaetó e o sacudi com força. Eu não tinha nenhuma explicação para o fato de estar tão sujo. O ar ao meu redor ficou cheio de pó e comecei a espirrar. Demorei alguns minutos até conseguir parar de espirrar e deixar minhas roupas minimamente decentes.

Endireitei-me, fechei os botões do paletó e corri até o corredor da frente; ia com tanta pressa que quase bati de frente com O'Reilly e outra atendente. Ela sorriu maliciosamente.

– Ah, aí está o senhor, *doutor* Shepherd. O doutor Morgan mandou que o procurassem por toda parte. Está muito atrasado para o jantar. Por onde *andou*?

Limitei-me a olhar para ela. Nós dois sabíamos por onde eu tinha andado. Não tinha certeza se ela havia me trancado deliberadamente no depósito, pois não estava certo de que ela soubesse que eu estava lá dentro. Mas agora me parecia evidente que ela sabia. Por que alguém destrancaria a porta sem olhar para dentro do depósito? O mistério estava em saber o motivo pelo qual havia me libertado. Por que não me humilhar diante de Morgan e de todo o hospital, como poderia ter feito se esperasse até eu começar a gritar para que me deixassem sair? Bastou um olhar para que eu entendesse. Aquilo tinha sido um aviso; sua maneira de me alertar para que não metesse o bedelho no que não era da minha conta. Mas ela não me conhecia, ou não sabia com quem estava se metendo.

Desviei das duas mulheres e segui meu caminho, mas O'Reilly me chamou.

– Doutor Shepherd...

Parei e me virei.

– Sim?

– Desculpe por falar, mas parece que suas calças estão cobertas de pó na parte de trás.

Cheguei à sala de jantar dos médicos com pelo menos meia hora de atraso. Morgan estava terminando o prato principal. Reparei que estava com o relógio aberto em cima da mesa, ao lado do prato.

– Aí está você, Shepherd. Trinta minutos de atraso. Por onde andou? Se a desculpa é esse negócio de Tratamento Moral envolvendo a garota, acho que terei de repensar minha autorização.

Decidi que a melhor defesa era o ataque.

– Não, senhor. Não teve nada que ver com ela. Saí para um passeio e sentei embaixo de uma árvore; acho que cochilei. Não tenho dormido muito bem desde... bem, desde aquela noite em que encontrei aquela mulher colocando fogo em sua mesa.

Sabia que aquele não era um assunto que Morgan gostaria de reviver. Ele evitou meu olhar e apontou para o prato com o garfo.

– Pedi à cozinha que mantivesse sua comida aquecida. Hoje temos um prato especial. Um dos meus favoritos; você vai gostar.

Assim que me sentei, fui servido. Olhei para o prato e soube imediatamente que não conseguiria comer. Era frango frito.

17

No dia seguinte, nevou. Estávamos em meados de novembro; Morgan e eu nos sentamos para tomar o café da manhã, observando os pesados flocos que começavam a cobrir os gramados diante da casa.

– Isso é o que você vai ver nos próximos meses. Acredite em mim, será assim até fevereiro. É a mesma coisa todos os anos.

Eu poderia dizer a ele que isso não me importava, que tudo o que contribuísse para aumentar nosso isolamento era bem-vindo, apesar de eu não ter um sobretudo. Ocorreu-me que Shepherd deveria ter um com ele, porque no dia do acidente não fazia calor. Mas devia tê-lo tirado para a viagem, pois não fazia frio dentro dos vagões do trem; ele provavelmente havia colocado o casaco no guarda-volumes acima dos assentos. Eu não me culpei por ter esquecido o casaco ao pegar sua valise. Mal tivera tempo para trocar nossas roupas antes de começar a chegar gente ao local do acidente; tive sorte de conseguir escapar a tempo.

Mais tarde naquela manhã, fui ao encontro de Jane e encontrei-a ajoelhada na poltrona, olhando para a neve que caía. Ela ouviu o som da porta se abrindo e virou-se para mim, cheia de entusiasmo.

– Veja, senhor. Está nevando! – disse com uma alegria infantil.

– Sim, eu sei – respondi, retribuindo o sorriso. Ela voltou a olhar pela janela.

– O lago vai congelar. Poderemos patinar.

– Mas Jane – disse eu, suavemente, fazendo força para não provocar algum choque. – Você não se lembra? Aqui não temos nenhum lago.

– Nenhum lago...? – Ela afundou na poltrona, a testa enrugada por causa da careta. – Nenhum lago? Mas como poderemos patinar?

Fez-se um silêncio terrível, de certa forma agravado pela estranha calmaria trazida pela neve. Ela começou a chorar. Eu me aproximei e coloquei o braço em torno de seus ombros. Ela escondeu o rosto em meu peito. Seu corpo frágil foi sacudido por grandes soluços. Ficamos assim por alguns minutos. Eu podia sentir seu coração bater contra o meu; seu calor lembrava uma galinha que acabara de ser abatida, flácida e sem vida.

Quando os soluços começaram a diminuir, perguntei:

– Em que lago você estava pensando, Jane? – Não houve resposta. – Veja se consegue se lembrar do lugar, Jane. Diga o que consegue ver com o olho da mente.

– Eu já falei desse lago, senhor. No meio das árvores, dos bosques.

De repente, ela soltou um grito e se afastou de mim, a mão direita cobrindo a boca aberta. Os olhos estavam arregalados, olhando para algo que estava muito além daquele quarto.

– O que foi, Jane? O que é? Fale, conte sobre o que a está incomodando.

– É uma coisa muito ruim, senhor. Aconteceu uma coisa muito ruim.

– No lago?

– Sim, mas eu não tive culpa, senhor. Eu juro. Não foi minha culpa.

– Alguém afundou no gelo? Foi isso? O gelo cedeu e alguém que estava patinando caiu e se afogou?

Ela começou a morder os dedos furiosamente, os olhos ainda presos a algo que estava em outro lugar. Então, de repente, deixou cair a cabeça sobre o peito e sussurrou:

– Eu... eu não sei. Não consigo ver, senhor. Não consigo ver ninguém afundando no gelo.

Minha vontade era insistir, fazê-la continuar procurando em sua mente, mas me controlei. Senti que sua sanidade estava muito próxima de um ponto de ruptura, quer pelo esforço para tentar lembrar, quer pelo medo que isso acontecesse. Eu não sabia. Por isso não disse nada; coloquei a mão em seu ombro, acariciando-a suavemente, sentindo sua nuca com as pontas dos dedos.

– Está tudo bem, Jane – disse eu suavemente. – Ninguém a está acusando de nada. Você não está mais nesse lugar. Está aqui comigo, segura, e vou cuidar de você.

Ela atirou os braços em volta do meu pescoço e enfiou a cabeça em meu peito novamente. Apesar das roupas, eu podia sentir suas unhas afiadas nas minhas costas. Minha vontade era ficar ali para sempre, mas depois de alguns minutos obriguei-me a me afastar, da maneira mais delicada possível. Eu tinha de fazer isso. Os velhos sentimentos estavam começando a vir à tona.

Com a separação ela voltou a ficar angustiada e fiquei sem saber o que fazer para acalmá-la. Meu grande receio era que ela pudesse ter algum tipo de ataque, que começasse a gritar, chamando a atenção das atendentes. Estava particularmente preocupado com O'Reilly. Eu não tinha dúvida de que Morgan ficaria encantado em decretar que minha experiência com o Tratamento Moral havia sido um completo fracasso, determinando sua interrupção imediata. Acho que não suportaria ver a pobre Jane Pomba ser levada de volta ao convívio com os mortos-vivos, condenada a passar seus dias sentada em silêncio, como um autômato, ante a noite interminável em que se transformaria seu futuro. E falando sinceramente, não achava que pudesse suportar a perda de sua companhia vivaz; ela era minha única amiga naquele lugar miserável, a única coisa que tornava possível suportar tudo aquilo.

– Vamos lá, acalme-se – disse eu, com a voz mais animada que consegui, pois também me sentia à beira de um precipício. – Vamos ver alguma coisinha do bardo, o que me diz?

Ela conseguiu esboçar um sorriso débil e enxugou as lágrimas com a manga da camisola. Ultimamente, eu vinha narrando trechos dos textos de Shakespeare para ela, representando trechos de suas peças, assumindo as personagens e procurando diferenciá-las com mudanças no tom da voz. A atividade revelou-se um grande sucesso, muito maior do que eu esperava, pois, apesar de Jane ser muito nova, percebeu o valor da obra do grande homem imediatamente e não teve dificuldade para entender a linguagem. Para mim, trouxe-me de volta todo o prazer da minha profissão, embora soubesse que essa parte da minha vida estava definitivamente acabada; eu apreciava demais essas encenações e, para ser honesto, a emoção de me exibir.

No início, fazia isso nos fins de tarde, antes do jantar, quando tinha tempo de voltar para o meu quarto e pegar o volume das *Obras completas*, mas Jane sugeriu que eu deixasse o livro em seu quarto. A princípio resisti, pois isso significaria que não teria o que ler à noite; além disso, não teria serventia para ela, pois o livro não tinha ilustrações. Jane, porém, lembrou que se o livro estivesse ali, mesmo que eu aparecesse apenas por alguns minutos nos intervalos das minhas tarefas, poderia representar alguma coisa para ela. Por isso acabei concordando.

Por isso escolhi *Hamlet*, que já era sua favorita, e representei a maravilhosa cena do príncipe com Rosencrantz e Guildenstern, certo de que as frases espirituosas e os jogos de palavras afastariam completamente a tristeza. Com efeito, o grande homem não me decepcionou; as lágrimas desapareceram rapidamente, o rosto não estava mais vermelho por causa do choro e, apesar de tudo, ela estava rindo.

Quando terminei a cena, ela estava batendo palmas e pedindo – bis, bis – (eu havia lhe dito que essa era a maior recompensa que se podia oferecer a um ator por sua atuação); lembrei-me então de que deveria ter ficado ali alguns minutos apenas, pois estava em um intervalo entre as minhas tarefas. Sem relógio, não tinha ideia de quanto tempo havia ficado com ela, apenas que havia sido muito tempo. Vendo que estava mais ou menos bem, eu lhe disse que precisava ir e saí do quarto correndo.

Eu deveria estar ajudando Morgan a receber as novas pacientes e, por isso, dirigi-me rapidamente à sala de exames, onde o encontrei examinando uma paciente. Ele mesmo estava fazendo as anotações, o que normalmente era tarefa minha; eu ficava sentado anotando as observações que ele fazia em voz alta. Ao me ver, Morgan olhou para mim sem esconder a irritação e atirou a caneta sobre a mesa.

– Finalmente! – disse ele. – Faça as anotações, por favor.

Terminamos o exame de três pacientes novas em silêncio, em um clima tão frio quanto o que predominava do lado de fora. Assim que as mulheres foram levadas, ele perguntou:

– Qual é a sua explicação para o atraso, senhor?

– Sinto muito, doutor Morgan. Eu realmente perdi a hora.

– Estava com sua *paciente especial*, imagino.

Fiquei em silêncio. Eu não queria admitir, mas não tinha escolha. Concordei com um aceno de cabeça.

Ele ficou em pé e, com as mãos nas costas, começou a caminhar pela sala. Mais uma vez, tive a sensação de que ele estava tentando se controlar, temendo ser tomado pela raiva. Fiquei imaginando qual teria sido a experiência que o levara a tentar suprimir esse lado da sua personalidade. Seria a loucura que ele testemunhava diariamente o que o levava a resistir a qualquer impulso primitivo em sua própria natureza? Senti certa simpatia em relação a ele por causa disso. Eu sabia muito bem como era difícil controlar a fera que havia dentro de mim.

Ele finalmente parou de andar e postou-se diante de mim, ergueu a cabeça e olhou-me diretamente nos olhos.

– Eu disse que faríamos essa experiência desde que não interferisse com suas obrigações.

– Eu sei, senhor. Sinto muito. Não acontecerá novamente.

– Está certo quanto a isso, pois estou colocando um fim nisso tudo agora.

– Mas, senhor. Creio que estou fazendo alguns progressos e seria injusto da sua parte terminar com tudo antes mesmo de fazer uma avaliação.

– Injusto? – Ele arregalou os olhos. – Acha que seria injusto? Acho que injusto é deixar que outro homem faça o trabalho para o qual está sendo pago, não acha?

– Sim, senhor. – Abaixei a cabeça humildemente. A experiência havia me ensinado que em situações como essa era melhor me humilhar do que tentar argumentar, pois isso só o deixava ainda mais irado.

Ele voltou a andar. Depois de um tempo, parou diante da janela e ficou olhando para a neve, de costas para mim.

– Está certo, você tem razão. Não vale a pena parar em um momento de aborrecimento. Antes, vou avaliar seu progresso. Mas espero encontrar melhora significativa. Em primeiro lugar, a garota não pode ficar falando bobagens. Além disso – aqui ele se virou e me encarou de novo –, espero que ela consiga ler, mesmo que seja pouca coisa.

Percebi um esboço de sorriso quando ele disse isso, como se seus olhos zombassem de mim. Senti um peso no coração. Talvez conseguisse ajudar Jane Pomba a controlar seu modo de falar diante dele, mas seria impossível convencê-la a tentar aprender a ler e, ainda que conseguisse, cumprir o objetivo no curtíssimo prazo que teríamos antes que ele a examinasse. Ele dificilmente permitiria que eu adiasse a avaliação por mais um mês.

– Muito bem, senhor. E quando deseja ver a garota?

– Não quero que interfira mais do que já tem interferido com nosso horário de trabalho, e certamente não posso perder meu tempo com o que sei que é... uma causa perdida. Vamos marcar no domingo, que tal?

Tentei não parecer muito cabisbaixo ao assentir com a cabeça. Estávamos na terça-feira.

18

Só consegui voltar a ver Jane Pomba no horário do exercício da tarde. Não era o melhor momento para uma conversa séria, principalmente porque eu sabia que o assunto não lhe agradaria. O inverno já havia anunciado que chegara de vez, razão pela qual estávamos os dois tremendo – ela com seu vestido fino, coberta apenas por um xale de tricô, e eu sem um casaco. Tinha apenas um cachecol, que Eva, tendo-se apiedado de mim, havia me dado, e mais uma camiseta por baixo da camisa, pois o único item de vestuário que Shepherd parecia ter em abundância era roupa de baixo.

Para nos mantermos aquecidos, caminhamos a passos largos pelos caminhos que os jardineiros haviam limpado mais cedo, tarefa que os mantinha inteiramente ocupados, pois não parava de nevar. Depois de falar algumas amenidades com minha paciente, sem prestar muita atenção ao que estava dizendo, muito menos ao que ela estava respondendo, parei repentinamente; fiquei batendo os pés no chão e esfregando os braços para continuar aquecido, esforçando-me para manter o sangue circulando.

– Jane, precisamos conversar a respeito de algo muito sério – disse eu.

Ela endureceu a expressão do rosto.

– O que é, senhor? O senhor está indo embora deste lugar, não é? Eu sabia. Sabia que isso iria acontecer.

Consegui esboçar um sorriso.

– Não, não, não é nada disso. É claro, talvez eu tenha de ir embora um dia, mas por enquanto não, eu espero.

Dessa vez, foi ela quem sorriu. Aproveitei a deixa.

– Mas, a menos que você me ajude – na verdade, a menos que ajude a si mesma –, pode acontecer exatamente isso que você está temendo que aconteça.

Então contei a ela sobre o ultimato de Morgan. Ela ficou bastante agitada, torcendo as pontas do xale com as mãos.

– Impossível, não posso.

– Sei que não é nada fácil, que o domingo está muito próximo, mas você é inteligente e perspicaz. Sei que vai conseguir ler o suficiente para acalmá-lo.

Ela me olhou diretamente nos olhos.

– Não, senhor. O senhor não está entendendo. Quando digo impossível, não estou falando da minha capacidade, mas do que é permitido. E sou impermitida de aprender a ler.

– Quem disse? Quem proibiu? Quem quer que tenha sido, demonstra tão pouca consideração por você que a abandonou para apodrecer neste lugar.

Ela pareceu ficar muito confusa.

– Eu... eu não consigo lembrar quem foi, senhor. Quando tento pensar nisso, é como se uma névoa encobrisse minha cabeça. Não consigo ver nada. Só sei que, se me pegarem lendo, vou perder...

– O quê? O que é que você vai perder?

Ela baixou a cabeça e começou a sussurrar tão baixinho que eu mal consegui ouvir:

– Tudo.

Voltei a andar. Era a única maneira de conseguir controlar minha frustração. Apesar do frio congelante, senti o rosto arder. Estava andando tão depressa que ela precisou correr para me alcançar.

– Senhor – chamou ela –, espere um pouco. Tive uma ideia.

Parei e disparei um olhar cheio de ressentimento.

– Muito bem? – Eu não estava otimista.

Suas faces estavam coradas. Sua respiração ofegante parecia condensar o ar frio.

– Vou *fingir* que sei ler. Isso vai dar certo.

– Vai fingir como? Como acha que conseguirá enganar um homem letrado como o doutor Morgan?

Ela revelou um olhar astuto, algo que eu nunca tinha visto antes.

– Senhor, sei fingir muito bem. E acho que sei como posso fazer isso.

Era uma ideia tão mirabolante que nem me dei ao trabalho de perguntar o que ela tinha em mente. Pelo contrário, tentei acabar com aquela conversa lembrando uma grande falha – para mim, absolutamente evidente – daquele plano.

– Se fingir que está lendo, não será a mesma coisa que ler de verdade? Se algum parente seu, que a proibiu de ler, aparecer um dia por aqui, será informado de que você sabe ler.

– Sim, mas nesse caso, senhor, não vou precisar continuar aqui e não precisarei agradar ao doutor Morgan. E o senhor poderá revelar nosso estratagema, que não sei ler, mas que planejamos tudo para evitar que me colocassem com aquelas pessoas loucas, porque não sou louca.

Não pude evitar expor minha exasperação. Quantas pacientes tentavam me dizer que não eram loucas!

– E como é que você acha que podemos fazer isso? Diga!

Ela sorriu, e não pude deixar de notar o quanto era atraente, tão sedutora quanto muitas mulheres que eu conhecia.

– Vou aprender uma passagem de um livro, decorar e então falar olhando para a página do livro, como se estivesse lendo. O doutor Morgan não vai desconfiar de nada porque não vai nem imaginar que alguém possa fazer isso. Vou aprender alguns trechos bem compridos. Tenho uma ótima memória, senhor, o senhor vai ver.

– Jane – disse eu –, você não consegue se lembrar de quem é. Não consegue sequer lembrar seu próprio nome.

Fez-se um longo silêncio.

– Florence – disse ela.

– O quê? Está dizendo que esse é seu nome? Que você sabia o tempo todo?

Ela baixou a cabeça e ficou olhando para os próprios pés, evitando meu olhar.

– Acabei de lembrar. Quando o senhor disse que eu não conseguia lembrar, apareceu na minha cabeça.

Ela ergueu os olhos e me encarou, desafiadoramente. Sustentei seu olhar e mais uma vez tive a sensação de que ela estava mentindo, mas não tive coragem de contradizê-la.

– Está certo, Florence. Isto é de fato um avanço. Quando eu contar a Morgan, ele terá de admitir que estou fazendo progressos com você. Isso ajudará nossa causa.

Ela se virou e voltou a caminhar lentamente, observando o caminho que ia sendo coberto pela neve enquanto conversávamos.

– Eu... eu prefiro que não diga nada sobre o nome. Não tenho certeza se é assim mesmo que me chamo. Talvez tenha aparecido na minha cabeça apenas porque gosto desse nome.

Inspirei profundamente para controlar a impaciência.

– Mas você não percebe que esse é justamente o tipo de munição de que estamos precisando?

Ela parou e disparou um olhar frio, mais gelado do que a neve.

– Se contar a alguém, vou negar que disse.

– Está certo, que continue na sua cabeça. Não posso fazer nada por você. Terá de aceitar seu destino.

Dizendo isso, saí caminhando furiosamente, irritado com ela. Durante o percurso até o hospital não pude deixar de pensar o quanto ela era idiota e ingrata, depois de tudo o que eu havia feito para ajudá-la. Como podia jogar fora sua chance de recuperação por causa de um segredo estúpido que se sentia obrigada a manter?

Mais tarde, no entanto, sozinho em meu quarto, antes do jantar, já de cabeça fria, comecei a pensar que ela talvez tivesse razão. Talvez pudéssemos enganar Morgan. Adorei aquela audaciosa ambiguidade, a esperteza do estratagema para enganá-lo; ao deixar o quarto, senti o coração batendo acelerado em meu peito. Movido pelo entusiasmo, fui correndo até o quarto de Jane.

O que me surpreendeu foi a sensação de que ela parecia estar me esperando. Fez toda uma cena para parecer humilde e arrependida depois de ter se mostrado tão arrogante, mas não voltou atrás. Agi como se nada tivesse acontecido e fingi que não havia sido cruel com ela.

– Estive pensando no que você disse, sobre fingir que sabe ler. Como pretende se preparar?

– Bom, senhor, vamos pegar este livro, *Grandes esperanças*, e o senhor vai ler o primeiro capítulo para mim, um pouco de cada vez. Vou repetir o que o senhor disser, e vamos fazer isso até eu conseguir dizer tudo sozinha sem sua ajuda. Vamos por partes, com pedaços que eu consiga decorar, até decorar texto suficiente para enganar o doutor Morgan.

– Bom, muito bom. Mas, e se ele não ficar convencido? E se ele escolher outra parte do texto?

– Já pensei nessa possibilidade, senhor. Por isso, vou quebrar a lombada do livro. Depois de ler a parte inicial, se ele quiser mais, fecharei o livro e o entregarei a ele. Quando ele abrir, vai cair na página certa.

– Humm, não sei se gosto disso. E se isso não acontecer?

– Então, senhor, ao pegar o livro das mãos dele, vou me virar para a janela como se precisasse de mais luz e deixo o livro abrir na página sem que ele perceba. Ele não vai notar que a página é diferente.

Fiquei olhando para ela longamente.

– Então, senhor. O que acha?

– Acho que você é muito astuta e atrevida.

– Ah, senhor – disse ela, inclinando a cabeça. – Considero isso um grande elogio, vindo do senhor.

Só mais tarde, após o jantar, quando eu estava sozinho e me lembrei daquelas palavras, é que me perguntei o que ela queria dizer exatamente com aquele comentário.

ꕥ

Depois disso nos entregamos ao plano com vontade, trabalhando o primeiro capítulo de *Grandes esperanças* e uma passagem do livro em que Pip conhece Herbert Pocket, em Londres, e aprende a se comportar como um cavalheiro; ela riu muito desse trecho quando o li pela primeira vez. Quebramos a lombada do livro nesse lugar. Ela aprendia muito depressa. Fizemos como havia sugerido: eu lia uma frase ou uma parte de cada vez, e ela, sentada ao meu lado, repetia como se fosse um papagaio até saber dizer o texto de cor.

É claro que o primeiro capítulo de *Grandes esperanças* é um dos grandes textos da literatura mundial, em parte pelo ritmo tão natural, que facilita a memorização. Ainda assim, fiquei impressionado com sua capacidade de reter tudo o que ouvira. Ela disse que ficava repetindo as palavras para si mesma várias vezes quando estava sozinha, e isso me pareceu evidente pois no início de cada sessão ela parecia saber o texto melhor do que quando havíamos terminado a sessão anterior. Quando estava pronta para juntar todas as frases e tentar falar todo o trecho de uma vez, ela insistia em segurar o livro à sua frente, "lendo" como faria quando estivesse diante de Morgan. Fiquei impressionado com a forma como fazia isso, pois passava os olhos de um lado a outro da página, como se eles estivessem seguindo as linhas da página, de forma que dava a impressão de estar efetivamente lendo e não apenas olhando símbolos sem sentido e papagueando algo que aprendera de cor. Que grande atriz, eu dizia a mim mesmo, com uma sintonia tão natural para a encenação.

Foi uma semana agitada e passamos todos os momentos que podíamos dedicados àquela tarefa; eu espremia alguns minutos aqui, quinze minutos ali, cumprindo todos os meus compromissos e correndo para trabalhar com ela em seu quarto. Confesso que fiquei exausto com todo aquele estresse, mas ela parecia estranhamente serena, profundamente confiante em sua capacidade de executar o plano com perfeição.

Finalmente chegou o domingo e eu me preparei para enfrentar o dia com o coração apertado. Enquanto me vestia, não pude deixar de pensar em tudo o que estava em jogo. Se Jane ou Florence ou quem quer que fosse aquela estranha garota não conseguisse executar aquela tarefa aparentemente impossível, minha situação naquele lugar estaria comprometida. Ficaria evidente para Morgan que nós dois estávamos de conluio, que eu havia tentado enganá-lo. Que opinião faria de mim, então? Será que perceberia que eu não era a pessoa honesta que ele pensava que eu fosse? Será que suspeitaria de minha honestidade em outras áreas também? Talvez começasse a ter dúvidas em relação a minha identidade. Naquela manhã gelada eu tremia enquanto pensava em tudo isso, e digo que não era só por causa do frio.

19

Os fins de semana eram uma espécie de feriado no hospital, mesmo que fosse apenas pela sensação de que saíamos da rotina. Após a manhã de sábado, não havia terapias, embora às vezes, caso uma paciente começasse a criar problemas, ela poderia ser colocada sob contenção para sua própria proteção e das outras, mas para fazer isso não precisavam de mim ou de Morgan. Tecnicamente, estávamos de folga a partir do meio-dia de sábado, apesar de um de nós estar sempre à disposição caso surgisse uma emergência.

À tarde, a rotina estupefaciente era amenizada. Na sala do dia, a capa que cobria o piano que ficava a um canto era retirada e uma das funcionárias tocava algumas canções populares; às vezes, as pacientes também tocavam, aquelas que não iriam danificar o instrumento. A pianista tocava músicas dançantes, e as pacientes podiam dançar umas com as outras, ou sozinhas, se preferissem, como faziam muitas, mexendo o corpo no ritmo da música, perdidas em algum mundo habitado por suas mentes.

Era como se bonecas ganhassem vida. Rostos sem expressão adquiriam vida, expressões taciturnas ficavam alegres, olhos sem vida pareciam brilhar. O lugar se enchia com um burburinho que alegrava o coração e me convencia de que o Tratamento Moral estava certo; se tratássemos aquelas pobres mulheres com bondade e nos esforçássemos para engajá-las na vida real, elas reagiriam tornando-se muito mais humanas, mais parecidas com as criaturas saudáveis que haviam sido, e teriam mais chances de se curar.

É claro que nem tudo corria às mil maravilhas. Havia sempre uma que se entusiasmava com a dança, com a liberdade e o barulho, e acabava dando trabalho ou ficando histérica. Às vezes uma trombada no meio do salão levava a uma discussão e até mesmo a uma luta. Havia brigas para decidir quem tocaria e também sobre as músicas a serem tocadas. Tudo isso servia de munição para Morgan quando eu arriscava sugerir algum tipo de melhora em relação à maneira como as pacientes eram tratadas; ele argumentava que isso era possível por um período de tempo, mas sempre acabaria em lágrimas.

No domingo de manhã, realizava-se um serviço religioso na capela do hospital ao qual todos deviam comparecer, tanto funcionários quanto pacientes. O próprio Morgan lia o sermão, com um tom de voz que mais parecia um zumbido, e tenho certeza de que era calculado para não despertar emoções na plateia, mantendo-a em um nível administrável. Fazia isso tão bem que seu discurso era sempre pontuado por roncos das internas. Depois cantávamos hinos com o acompanhamento de uma das atendentes no órgão; os favoritos eram *Shall We Gather at the River* e *Rock of Ages*. Havia certa displicência na maneira como eram apresentados; muitas das mulheres exageravam no tom e outras eram tão desafinadas que proporcionavam uma infinidade de segundas vozes.

O almoço era aguardado com ansiedade, pois as pacientes recebiam sopa de verdade e carne decente, não em grande quantidade, mas pelo menos não era gordurosa ou rançosa como a dos outros dias, e vinha com alguns legumes. A refeição transcorria em meio a conversas animadas, não apenas por causa da boa comida, mas também em antecipação pelo que viria a seguir, pois as visitas eram permitidas.

ꕥ

Nessa ocasião em especial, era como se o entusiasmo dominical das pacientes tivesse contagiado o próprio Morgan, pois ele parecia aguardar ansiosamente a avaliação de Jane Pomba. Eu seria capaz de jurar que até seu bigode parecia eriçado com a expectativa; enquanto caminhávamos pelo corredor, ele parecia um animal ansioso para devorar sua presa.

Quando entramos no quarto, Jane estava sentada em uma das poltronas. Ela se levantou desajeitadamente, cumprimentando-o. Morgan respondeu com um aceno de cabeça e depois olhou ao redor, examinando a arrumação do quarto, os quadros, os móveis, as poltronas, a mesa, o tapete gasto.

– Muito bem, isso sim é uma surpresa! Não tinha ideia de que estávamos administrando um hotel de luxo, não tinha realmente a menor ideia.

Consegui sorrir um sorriso amarelo; era melhor aceitar seu senso de humor do que desafiá-lo, o que poderia irritá-lo e deixá-lo ainda mais ressabiado em relação à pobre Jane. Observei-a à procura de sinais de nervosismo e fiquei aliviado por ver que parecia calma, o que contrastava vivamente com a turbulência que eu sentia em meu peito; mas era sempre mais difícil depender de outra pessoa, nunca se sabe quando ela poderá nos decepcionar.

Morgan acenou para que Jane voltasse a sentar e sentou na outra poltrona, à frente dela, sorrindo.

– O doutor Shepherd me disse que fez progressos maravilhosos com o novo tratamento.

O sarcasmo parecia escorrer de sua voz.

– Senhor, fiz o possível para melhorar – disse ela inocentemente, como se confiasse nele.

Permaneci em pé, atrás de Morgan, onde ele não podia ver que eu estava de queixo caído. Nunca imaginei que a humildade poderia ser considerada uma das qualidades de Jane.

– Muito bem, então. Quero ouvi-la. À leitura!

Jane olhou ao redor, como se procurasse algo apropriado. Sobre a mesa estavam os volumes das *Obras completas* e *grandes esperanças*. Aproximei-me da mesa e peguei o último.

– Que tal este, Jane? Poderia ler um pouco deste livro para o doutor Morgan?

– Sim, senhor. Posso tentar. – Ela olhou docemente para Morgan. – Mas o senhor terá de perdoar qualquer erro, senhor, pois aprendi há pouco tempo.

Morgan assentiu com a cabeça. Era evidente que imaginara um desastre. Entreguei o livro a Jane; ela abriu na primeira página e começou.

– Sendo o sobrenome do meu pai Pirrip, e meu nome de batismo Philip, quando menino...

Sua voz era clara e ela "lia" com ótima entonação. Algo especialmente inteligente – coisa que não havíamos ensaiado juntos – foi o tropeço aqui e ali diante de uma palavra que ela depois corrigia, ou uma pausa para olhar melhor para o livro, os lábios se mexendo em silêncio como se estivesse tentando soletrar antes de prosseguir com a leitura. Olhei para Morgan de relance e notei que o ar pretensioso ia sendo substituído aos poucos por algo que parecia admiração. Podíamos ouvir as vozes e risos dos visitantes que tinham acabado de chegar de barco lá fora, o que de certa forma ampliou a tensão silenciosa que tomara conta do quarto.

Jane, porém, parecia não se dar conta de tudo isso. No fim do primeiro parágrafo ela fez uma pausa e olhou para Morgan. Ele acenou com a mão.

– Continue, minha cara, continue.

Por um instante me perguntei se ele estaria suspeitando de alguma coisa, mas Jane soube lidar com a situação perfeitamente, não conseguindo evitar – ou assim pareceu – um pequeno sorriso de triunfo, como se estivesse satisfeita consigo mesma por estar lendo para ele, e depois tropeçando na palavra seguinte, demorando um pouco, obrigando Morgan a inclinar o corpo para a frente na expectativa de tê-la apanhado, e depois prosseguindo, confiante, como se tivesse conseguido dominar a palavra.

Depois de mais algumas linhas ele ergueu a mão.

– Já chega. Gostaria de ouvi-la lendo outra coisa, se não se incomoda.

Senti que o coração veio parar na minha boca. Jane olhou para mim, ansiosa. Isso era exatamente o que esperávamos que não acontecesse – que ela precisasse depender do truque da lombada. Naquele momento, não entendi se Morgan queria que ela lesse outro trecho de sua própria escolha ou se pretendia pegar o livro e escolher ele mesmo outra passagem. Antes que eu tivesse a chance de descobrir ouvimos uma batida na porta.

– Entre – disse Morgan, com certa impaciência, evidentemente aborrecido com a interrupção.

A porta se abriu e a cabeça de Eva surgiu na abertura.

– Ah, doutor Morgan. Eu não sabia que estava aqui.

– Pois bem, eu estou. O que você deseja, garota? – perguntou ele rispidamente.

– É com o doutor Shepherd que eu queria falar, senhor.

– Algum problema? – perguntei.

– Ah, não, senhor – respondeu ela sorrindo. – Nenhum problema. É que o senhor tem uma visita. Uma moça.

Fiquei de boca aberta, sem saber o que dizer. Senti as pernas bambas e a cabeça rodando. Pensei que fosse desmaiar.

– Uma moça?

– Sim, senhor. Ela está esperando lá embaixo, na sala de estar dos funcionários.

Fiquei paralisado. Não conseguia falar ou me mexer. Morgan virou-se na poltrona e olhou para mim.

– Vá lá, homem. É melhor ir falar com ela.

– Ma... mas – gaguejei.

Ele acenou com a mão, dispensando-me.

– Não se preocupe conosco, homem. Posso cuidar de tudo sozinho. Vá, não deixe a moça esperando.

Ele falava como um pai indulgente.

Consegui me mexer e caminhar até a porta, com passos que lembravam o de um homem acorrentado. Foi só quando já estava saindo pela porta é que me dei conta do olhar de Jane, como se ela estivesse gritando: *Por favor, não me abandone!* Eu não poderia sequer pensar nela agora. Jane e seu futuro de repente passaram a ser o menor dos meus problemas. Dei um sorriso amarelo e fui embora.

Do lado de fora, Eva estava esperando por mim; em pânico, eu a segui. Quando chegamos ao pé da escada, tive vontade de virar na direção da porta da frente e sair correndo. Mas tão logo me ocorreu esse pensamento, logo foi descartado. Correr para onde? Não havia como fugir. Eu estava em uma ilha.

Quando Eva virou no corredor que levava para a sala de estar dos funcionários, eu parei e disse a ela:

– Só um minuto. – Eu estava tentando ganhar algum tempo, acalmar a respiração e colocar os pensamentos em ordem, encontrar uma saída. – A moça disse como se chamava?

– Sim, senhor. Senhorita Adams. Acho que é esse o nome.

Assenti com a cabeça. Bem, quem mais poderia ser? Nenhuma outra pessoa havia escrito para Shepherd desde que eu havia chegado ali e aparentemente ninguém mais além de Caroline Adams parecia saber que eu estava no hospital. Minha cabeça continuava girando. A descoberta seria inevitável. A mulher estava esperando que Shepherd entrasse na sala e sabia que eu não era ele; Eva achava que eu era Shepherd – como conciliar aquilo? Eu precisava evitar que as duas me vissem ao mesmo tempo.

– Eva, está tudo bem. Você pode ir e retomar seu trabalho. Não vejo necessidade de ser anunciado.

– Se prefere assim, senhor.

– Sim, prefiro, obrigado.

Ela se virou e voltou na direção da escada. Tirei o lenço do bolso e enxuguei a testa. Eu estava suando frio. Quando chegou ao pé da escada, Eva virou-se e olhou para mim com uma expressão de preocupação no rosto. Sorri e, parecendo satisfeita com isso, virou-se e subiu a escada.

20

Examinei o corredor, primeiro um lado e depois o outro. Estava vazio. Eu podia ouvir o barulho das conversas na sala reservada às visitas das pacientes. Caroline Adams certamente viera no mesmo barco. Caminhei até a sala de estar dos funcionários e bati na porta. Uma voz feminina respondeu.

– Entre!

Abri, entrei e fechei a porta rapidamente.

– Oh!

A mulher deu um passo para trás, surpresa. Era alta, atraente, o cabelo ruivo destacado pelo verde do casaco e um pequeno nariz empinado que de alguma forma sugeria que não havia nada de despropositado em suas atitudes. Percebi imediatamente que suas roupas eram elegantes, de bom gosto, mas não eram novas. A pele dos punhos do casaco tinha toques de brilho. Era evidente que Shepherd não estava atrás de seu dinheiro. Sobre os ombros, usava uma estola de pele bastante gasta, que parecia feita com a pele de um animal que estava trocando o pelo. Ela a empurrara para trás, pois a sala estava quente, revelando uma fita branca em volta de seu pescoço, que parecia tão macio e pálido como alabastro. Imaginei que seria frio como o mármore se o tocasse com meus dedos.

– Boa tarde – eu disse. – Senhorita Adams, imagino. Disseram-me que está esperando o doutor Shepherd.

– Isso mesmo, embora ele não esteja me esperando.

– Evidentemente que não. Receio que ele esteja muito ocupado com as pacientes. Talvez eu possa ajudá-la. Sou o doutor Gargery. – Foi o primeiro nome que me veio à cabeça, saído diretamente do texto que Jane Pomba havia lido, *Grandes esperanças*. Senti uma pontada no estômago ao me lembrar de que havia abandonado a pobre Jane e que ela estaria enfrentando a avaliação de Morgan sozinha. Sem a minha ajuda, talvez já tivesse sido devolvida à sala das mortas-vivas. Mas afastei esse pensamento, pois isso não importava, não se eu não conseguisse achar uma saída para a situação em que me encontrava. Se eu não conseguisse me livrar daquela mulher, não haveria ninguém para fazer a experiência do Tratamento Moral com a pobre Jane. A própria ideia do tratamento cairia em total descrédito junto comigo.

Procurei me concentrar no papel que estava representando e senti um arrepio de excitação. Eu teria adorado essa mudança de personagens, de médico morto a um que nunca existiu, se não fosse pelo medo constante de que alguém – o próprio Morgan, O'Reilly, talvez, ou qualquer funcionária – pudesse entrar na sala a qualquer momento e me chamar de Shepherd.

Percebi que ela estava olhando fixamente para mim.

– Desculpe, mas como é mesmo seu nome?

Senti um apagão momentâneo. Que nome eu havia dito? Não conseguia lembrar. Acalme-se, eu disse a mim mesmo. Pense. Tudo o que me veio à mente foi Jane Pomba lendo para o doutor Morgan. Por que havia pensado nisso? Então me lembrei de *Grandes esperanças*.

– Gargery – eu disse.

Ela me examinou com o olhar e pensei que fosse derreter sob seu escrutínio. Senti um calor no pescoço e passei o dedo em volta do colarinho para afrouxá-lo.

– Algum problema? – perguntei por fim.

– Desculpe, não quis ser grosseira. É que o senhor me parece familiar. Parece que já nos encontramos antes. Já esteve alguma vez em Ohio?

– Não, nunca, mas as pessoas estão sempre dizendo que pareço com alguém. Acho que tenho um tipo de rosto comum. – Ficamos em silêncio. Ela pareceu satisfeita com minha explicação. – Como eu estava dizendo, receio que o doutor Shepherd estará ocupado demais durante todo o dia e não poderá atendê-la antes do horário de partida do barco que levará os visitantes de volta.

Ante a má notícia, Caroline Adams ficou em silêncio, mordendo o lábio inferior.

– Talvez eu possa ajudar em algo – disse eu. – Desculpe pela intromissão, mas o doutor Shepherd, John, e eu acabamos nos tornando bons amigos, e ele me confiou, bem, comentou sua situação.

– Sei.

Seu rosto enrubesceu ligeiramente.

– Por favor, me perdoe. Acho que não devia ter dito nada.

Ela começou a chorar.

– Não, não, não precisa se desculpar – disse ela, soluçando. Então mexeu na pequena bolsinha, cuja alça estava pendurada em seu punho, e tirou um lenço para limpar os olhos e assoar o nariz. Esperei até que ela conseguisse se recompor. – Eu não deveria ter ido tão longe, eu sei – disse, encarando-me corajosamente. – Mas não tenho família, não tenho mais ninguém no mundo além de John. Imagino que esteja pensando que sou idiota, vindo atrás de um homem desta maneira.

Levantei a mão levemente, com um gesto que não endossava nem repudiava aquela ideia, e ela continuou.

– É que ele me pareceu tão estranho na última carta. – Ela tirou da bolsa um envelope e cheguei a pensar que me daria a carta, mas ela apenas o mostrou. Pude ver meus rabiscos no lado de fora. – Parece outra pessoa. Eu simplesmente não o reconheci nesta carta.

Procurei mostrar uma expressão muito séria.

– Bem, é claro que ele deve ter tido muita dificuldade para escrever, considerando o ferimento da mão.

– Não é a letra. Isso eu entendo. É... é... bem, a ausência total de qualquer emoção. A frieza. – Ela olhou pela janela para a neve que caía lá fora e estremeceu. Sua voz estava trêmula. – Não era a carta que esperava receber do homem que amei.

Uma lágrima escorreu por seu rosto e ela balançou a cabeça, incapaz de prosseguir. Aproximei-me e coloquei a mão em seu braço.

– Por favor, não fique tão angustiada.

Ela pegou o lenço de novo e voltou a se recompor.

– Estou fazendo papel de idiota. O que vai pensar de mim?

– Garanto que não pensarei nada de ruim, senhorita Adams, pelo contrário. Eu... eu tenho... mas não, é melhor não dizer nada. Não tenho esse direito. Apesar de que isso não me foi dito como confidência, pelo simples fato de que jamais imaginamos que algum dia poderia ocorrer um encontro entre nós dois.

Ela ergueu a cabeça e me olhou nos olhos.

– O que foi que John lhe disse exatamente?

Ela parecia ao mesmo tempo ansiosa e temerosa em relação ao que poderia descobrir.

Eu estava apenas meia página à frente dela no roteiro, só que não havia um roteiro, é claro. Teria de inventar à medida que a cena se desenrolasse, sempre elaborando as respostas de acordo com as perguntas que ela disparasse. Abri a boca, mas não consegui produzir nenhum som. Estava tentando pensar em qual seria o próximo ato. Foi quando ouvi passos no lado de fora. Alguém se aproximava pelo corredor. Esqueci o que iria dizer. Na verdade, eu não estava conseguindo sequer respirar. Eram passos de mulher, e pensei que se fosse O'Reilly e ela entrasse na sala o melhor seria me enforcar ali mesmo e acabar com o problema de uma vez. Ficamos olhando um para o outro; percebi que Caroline Adams estava ainda mais tensa do que eu, pois estava prestes a descobrir os motivos de Shepherd para agir daquela forma.

Os passos chegaram até a porta e se afastaram sem parar. Esperamos enquanto o eco diminuía com a distância. Eu ainda não tinha pensado no que iria dizer.

– Escute – disse eu, por fim, aproveitando a interrupção provocada pelos passos. – Não podemos conversar direito porque esta sala é muito usada e certamente seremos interrompidos.

– Talvez possamos ir para um lugar mais reservado?

Fingi que estava pensando, franzindo a testa, uma atuação amadorística; mas o que era aquilo senão um melodrama pavoroso?

– Na verdade, não... – comecei a falar, então apontei para a janela. – A menos que conversemos lá fora, apesar do tempo não muito favorável.

– Eu não me importo com a neve. O frio não me incomoda nem um pouco. Será que podemos encontrar um lugar tranquilo lá fora?

– Sim, os gramados são bastante extensos e as pessoas ficam dentro do prédio em um dia como este. Há um gazebo na parte detrás onde podemos procurar um pouco de abrigo.

– Muito bem então; se puder fazer a gentileza de permitir que eu tome um pouco mais do seu tempo, vamos até lá.

Naquele momento, admirei-a por sua coragem e determinação. Ela estava disposta a suportar qualquer coisa pelo homem que amava. Caminhei em direção à porta, seguido por ela; abri a porta e dei uma olhada no corredor. Vazio.

– O senhor me parece muito cauteloso – ela disse. – Algum problema?

– Bem, é melhor que não me vejam com a senhorita. Eu não gostaria que fossem contar a Shepherd. Quer dizer, John.

– Sim, talvez seja melhor eu ir na frente sozinha e depois encontrá-lo em algum lugar lá fora.

– Ótima ideia! Eis o que deve fazer: siga por este corredor até a porta principal, por onde deve ter entrado quando chegou aqui. Ao sair do edifício, vire à esquerda e continue andando até chegar à parte detrás. Vou sair pela porta dos fundos e a encontro lá atrás.

– Está certo.

Afastei-me para lhe dar passagem e ela seguiu pelo corredor. Depois de uns dez passos ela parou de repente e olhou para trás.

– Doutor Gargery?

Instintivamente, olhei por cima do ombro, imaginando que ela estivesse se dirigindo a outra pessoa, esquecendo que Gargery era eu. Felizmente, lembrei-me a tempo, antes que ela tivesse notado alguma coisa. Mas por que notaria o que quer que fosse? Que motivos teria aquela mulher para pensar que eu não era quem dizia ser? Sorri.

– Sim?

– Obrigada.

Ela pronunciou a palavra quase sussurrando, fiel à necessidade de mantermos segredo; então, virou-se e continuou pelo corredor. Voltei para a sala de estar dos funcionários, fechei a porta e fiquei ali parado, as costas contra a porta. Respirei profundamente. Até ali estava indo tudo bem. Eu a levaria para um lugar onde dificilmente nos veriam juntos. Se nos vissem, seria a distância, e para qualquer observador seriamos apenas o doutor Shepherd e sua jovem visitante. Tudo poderia dar certo, desde que ela não falasse com mais ninguém; nesse caso, sim, a brincadeira estaria acabada. Isso significava que eu teria de ficar fora por algumas horas, até o horário em que o barco partia para levar as pessoas de volta à cidade. Não seria fácil. Eu teria que fazer que ela se dispusesse a ficar naquele frio congelante e, para piorar a situação, estava começando a nevar de novo. Mas se ela voltasse para dentro do edifício, eu estaria correndo perigo.

Então percebi que, mesmo que a mantivesse ocupada, afastada dos outros durante todo esse tempo, o problema não estaria resolvido. Ela era uma mulher determinada; mesmo que eu inventasse uma história mirabolante para explicar os motivos de Shepherd, talvez não ficasse satisfeita até conseguir falar com ele pessoalmente, e isso, evidentemente, seria impossível. Pelo menos neste mundo. Assim, cedo ou tarde a verdade seria descoberta e eu estaria exposto. Mesmo que conseguisse evitar ser descoberto desta vez – e isso ainda estava longe de acontecer –, eu provavelmente não conseguiria sobreviver a outra situação desse tipo. Precisava encontrar uma solução permanente ou, se isso não fosse possível, uma solução que durasse pelo menos até a próxima visita. Isso tudo estava passando pela minha cabeça quando voltei a abrir a porta, examinei o corredor e corri para a porta dos fundos. Se alguém estivesse olhando por alguma janela, não me veria seguindo os passos da senhorita Adams.

O céu parecia ameaçador e a neve continuava caindo. Encontrei-a debaixo de uma árvore, como um fantasma na penumbra, pois a tarde avançava e a luz do sol perdia sua força. Esbocei um sorriso fraco.

– Mas o senhor está sem casaco. Pode até morrer neste frio – disse ela.

– Não estou sentindo frio – menti, imaginando como faria para não bater os dentes. Grandes flocos brancos caíam sobre nós, cobrindo nossas cabeças e ombros, ameaçando nos transformar em bonecos de neve.

– Vamos caminhar para longe do edifício. Assim corremos menos risco de encontrar alguém e ainda poderemos nos manter aquecidos.

Não havia ninguém lá fora, como eu havia imaginado; mas a total ausência de qualquer ser humano ressaltava ainda mais a loucura daquela ideia. Nem mesmo as loucas do hospital seriam capazes de sair do prédio naquelas condições. Comecei a andar em direção a uma pequena área coberta por um bosque. Ficava a uns trezentos ou quatrocentos metros de distância. Tinha pensado o tempo todo em levá-la até a borda desse lado da ilha, perto da água escura, mas percebi imediatamente que não era uma boa ideia; apenas despertaria mais questionamentos.

– Podemos não falar enquanto caminhamos? – ela disse.

Estávamos enfiando os pés em vários centímetros de neve enquanto o caminho por onde andávamos desaparecia sob a camada branca. Normalmente, ninguém andaria por aquele lado da propriedade. Não havia jardineiros suficientes e aquela área era mais ou menos deixada por conta da própria natureza.

– Pensei que tivesse falado em um gazebo? Não estou vendo nenhum – ela disse, mais intrigada do que preocupada.

Acelerei o passo e passei por ela, deixando-a sem alternativa a não ser vir atrás de mim.

– Bem, não estou tão familiarizado com esta parte da propriedade, mas acho que deve estar em algum lugar por aqui.

– Mas doutor Gargery, acha mesmo que devemos continuar? A neve está ficando muito alta.

– Vamos pelo menos até o bosque. Não podemos conversar aqui; ainda podemos ser vistos. Debaixo das árvores teremos mais privacidade e alguma proteção contra a neve.

Continuei andando e logo ouvi o barulho de seus passos atrás de mim. Depois de mais cinco minutos de luta com a espessa camada de neve que a essa altura cobria o chão, eu continuava determinado a prosseguir.

– Doutor Gargery, doutor Gargery – disse a voz atrás de mim –, tem certeza de que é seguro? A neve está ficando cada vez mais alta. Minhas meias estão encharcadas.

– Falta pouco agora. – Pude ouvir a falsa animação em minha voz. – Encontraremos menos neve assim que chegarmos ao bosque, pode ter certeza.

Continuei andando o mais depressa que podia e ela não teve outra escolha a não ser me seguir. Finalmente chegamos à área coberta por árvores. Ela se aproximou de mim, ofegante, com água caindo de seu chapéu. Protegido pelas árvores, o chão estava apenas salpicado pela neve. Virei-me para olhá-la de frente.

Ela continuou passando a mão no casaco para tirar a neve enquanto eu a observava, calado. O silêncio era mortal, aquele tipo de silêncio possível apenas sob a neve, quando todos os sons parecem abafados. Ela deve ter sentido meus olhos sobre ela porque parou com a mão em pleno ar e olhou para mim.

– O que foi, doutor Gargery? O senhor parece estranho.

Eu não disse nada. Estava apenas pensando no quanto era tentador o pedacinho de pele que mal podia adivinhar acima da gola do casaco. Estava me lembrando de como era branca e macia a pele escondida sob aquela gola. Estava saboreando a lembrança daquela fita branca de seda.

– Doutor Gargery? Algum problema? Por que está me olhando desse jeito?

Sem dizer uma palavra, dei um passo em sua direção. Ela parecia estar ficando assustada.

– Doutor Gargery, por que não diz nada? Parece tão estranho. O que está fazendo? Não gosto disso. Por favor, leve-me de volta para o hospital. O senhor está me assustando.

Estávamos separados por alguns passos apenas. Dei um passo à frente e ela começou a recuar, dando um passo atrás todas as vezes que eu dava um passo à frente até que, sem saber, quase encostou em uma árvore localizada às suas costas. De repente, dei três passos rápidos e ao recuar ela encostou na árvore. Estendi as mãos, agarrando-a pela gola do casaco; abri o casaco à força, fazendo os botões voarem como estilhaços.

– Não!

Ela tentou gritar, mas eu não podia permitir que fizesse isso. Larguei o casaco e agarrei sua garganta para obrigá-la a se calar. De qualquer forma, ela estava chocada demais para dizer qualquer coisa. Seus lábios se mexeram sem produzir som algum, parecendo balbuciar o que ela acreditava ser meu nome. Coloquei os polegares em sua garganta e apertei com toda a minha força. Seus olhos começaram a saltar das órbitas, como sempre acontecia. Ela caiu de joelhos. Aumentei a pressão, mas ela conseguiu soltar um grito débil e eu sussurrei, sem crueldade:

– Fique calma, querida, pois devo lhe dizer que está tudo bem. Muito em breve, em menos de um minuto, talvez menos de meio minuto, você estará com seu adorado John Shepherd para sempre.

Um grande tremor percorreu seu corpo, que logo em seguida, ficou completamente mole. Eu estava tremendo, como é comum em situações como essa. Devo ter sucumbido à tontura e quando recobrei a consciência senti seu peso morto sobre meus pulsos. Minhas mãos ainda estavam em volta de seu pescoço. Eu a soltei e ela caiu em cima das minhas pernas. Afastei-me e ela ficou estendida sobre o fino tapete de neve. Senti calor e limpei a testa suada com o lenço.

Ela havia caído com a cabeça virada para um lado, o rosto purpúreo e contorcido. Odeio essa imagem e procurei não olhar. Inclinei-me e coloquei a mão em sua nuca, à procura do lugar onde a fita branca estava amarrada. Procurei me acalmar respirando fundo várias vezes, até minhas mãos pararem de tremer e eu conseguir desamarrar o nó. Tirei a fita e guardei-a no bolso. Era apenas uma fita, nada que pudesse me ligar a ela; queria apenas ter uma coisa que me lembrasse daquele momento, quando sua vida frágil sucumbiu aos caprichos dos meus dedos.

Mais senhor de mim mesmo, comecei a pensar no que fazer. Olhei ao redor. Tudo quieto; eu tinha certeza de que não havia testemunhas do que eu havia feito. Caminhei alguns passos, espiando entre as árvores. Logo estaria escuro. Eu precisava correr. Voltei até onde havia deixado Caroline Adams, agora apenas um corpo sem vida. Eu não podia deixá-la assim, onde poderia ser facilmente encontrada caso alguém decidisse ir até o bosque. Abaixei-me e peguei sua bolsa, cuja alça ainda estava presa a seu punho. Examinei seus pertences e encontrei minha carta; guardei-a no bolso. Peguei as notas que levava na carteira, pois ela não precisaria de dinheiro. Deixei as moedas, mas peguei também um pequeno caderno que devia conter informações que poderiam identificá-la. Depois de me certificar de que não havia mais nenhum papel na bolsa, fechei-a e prendi-a ao seu punho.

Agachei-me e coloquei os braços debaixo do corpo, levantei-o e fiquei em pé. Ela era alta, mais pesada do que a maioria, mas encontrei aquela força sobre-humana que sempre aparece nessas ocasiões. Levei-a até o outro lado do bosque, cambaleando com os pés enfiados na neve. Arrastei-me por quarenta ou ciquenta metros e a neve ficou ainda mais funda. Então percebi que havia um declive no chão. Soltei o corpo e fiquei de joelhos, tirando a neve, cavando furiosamente até fazer um buraco razoável. Empurrei o corpo e depois comecei a jogar neve por cima dele. Com a ajuda da neve que continuava a cair, em pouco tempo ela ficou completamente coberta. Graças ao declive, não havia uma elevação reveladora; a superfície continuava lisa.

Afastei-me. Tirei o paletó e, caminhando para trás, puxei-o de um lado a outro para apagar o rastro das minhas pegadas. Talvez fosse uma precaução desnecessária, já que a neve que continuava a cair cobriria as pegadas rapidamente, mas com isso, mesmo que ficassem as pegadas entre o hospital e o bosque, ninguém conseguiria segui-las mais além. Depois de terminar o outro lado do bosque, vesti o paletó e voltei para o edifício o mais depressa possível.

A essa altura já havia escurecido quase por completo, não havia lua ou estrelas, e a neve não parava de cair. Tinha acabado de chegar aos fundos do hospital quando ouvi vozes vindo da porta da frente.

Segui pela parede lateral e dei uma espiada. Os visitantes estavam indo embora, caminhando em direção ao rio para pegar o barco. Tive um súbito momento de pânico ao pensar no barco. E se alguém sentisse falta de Caroline Adams? Será que alguém perceberia que ela não havia voltado com os outros passageiros? Então fiquei mais calmo. A viagem era tão curta que dificilmente a senhorita Adams teria tido tempo para fazer amizade com alguém que pudesse sentir sua falta na volta. E ela havia dito que não tinha família. Tinha certeza de que estaria seguro.

Olhei na direção do bosque; só os últimos metros mais próximos do edifício tinham alguma iluminação das luzes do interior. A neve continuava caindo. Caroline Adams descansaria em seu casulo gelado até a chegada da primavera. E quando isso acontecesse eu pretendia estar muito longe dali, a centenas de quilômetros a oeste.

Eu não tinha tempo para ficar ruminando a respeito disso. Jane Pomba! Eu não havia pensado nela um único segundo daquela última hora. Senti o coração apertado; até mesmo a sensação de triunfo por ter tirado a senhorita Adams do caminho se desfez ante a ideia de que Jane poderia ter sido desmascarada, nosso plano descoberto, e que eu provavelmente seria demitido de modo sumário. Entrei correndo.

Minhas roupas estavam um desastre, é claro. Eu estava completamente encharcado. Subi até meu quarto, onde havia uma lareira sempre acesa no fim da tarde. Tirei o paletó e as calças e coloquei-os sobre uma cadeira bem próxima do fogo para secarem. Vesti as outras calças de Shepherd. Tirei do paletó a carta que havia enviado para Caroline Adams, li-a com um sorriso de satisfação e joguei-a no fogo.

Depois dei uma olhada no caderno. Havia alguns endereços, a maioria com nomes de mulheres, que imaginei serem velhas amigas de escola. Também havia alguns rascunhos de cartas para Shepherd, todos riscados com violência. Gostaria de ler todos eles, mas agora não havia tempo. As páginas seguintes estavam em branco; eu já ia jogar o caderno no fogo quando alguns papéis caíram no chão. Uma passagem de trem de Columbus com a data do dia anterior; era evidente que ela havia viajado durante a noite. Havia um recibo do depósito de bagagens da estação, o que me fez sorrir. Isso significava que ela havia chegado naquela manhã, deixara a bagagem na estação e viera direto para a ilha; não havia passado por nenhum hotel ou estalagem, onde poderia ter conversado com alguém, ou onde dariam por sua falta caso não voltasse naquela noite.

O outro papel era uma página de jornal dobrada; ao abri-lo dei com a primeira página, cuja manchete dizia: ASSASSINO CONDENADO ENTRE OS MORTOS DO DESASTRE DE TREM. Sob a manchete, o subtítulo: "Acidente poupa trabalho ao executor do Estado". Embaixo, uma foto que a polícia havia tirado logo após a minha prisão, com meu cabelo espetado e os olhos esbugalhados olhando para a câmera. Agora eu entendia por que Caroline Adams acreditava que já me conhecia de algum lugar. A foto simplesmente não era boa o bastante para que ela tivesse certeza. Havia também uma foto minha no papel de Otelo, com o rosto pintado de preto, e nesse caso o reconhecimento seria impossível. Além da manchete sensacionalista e da abertura a meu respeito, a matéria trazia detalhes das possíveis causas do acidente e uma lista dos mortos e feridos que haviam sido identificados; tinha sido publicada alguns dias após o acidente. Ocorreu-me que a falecida senhorita Adams devia estar mais interessada nessa lista do que nas manchetes sensacionalistas e que, tendo se certificado de que Shepherd não estava entre os mortos, provavelmente não se dera ao trabalho de olhar novamente para aquela folha de jornal desde então. Por isso não conseguiu lembrar por que eu lhe parecia familiar. Além disso, por que me ligaria a um homem morto?

Rasguei o caderno e atirei-o ao fogo. Guardei o recibo da bagagem. Quando deixasse a ilha, talvez tivesse alguma utilidade. Se por acaso algum dia me encontrasse em uma situação em que o recibo pudesse me incriminar estabelecendo a ligação com a mulher morta, poderia engoli-lo rapidamente. Estava prestes a jogar no fogo o pedaço de jornal quando alguma coisa me deteve, um sentimentalismo tolo; percebi que aquilo era tudo o que me restava do meu passado, a foto do mouro e aquela fotografia horrorosa da polícia. Agora eu tinha uma nova identidade como John Shepherd e logo, antes que o inverno acabasse e a neve derretesse, revelando meu último delito, teria outra. Mas por enquanto descobri que não estava pronto para abrir mão do meu passado; ainda não estava preparado para me despedir de uma vez por todas do meu antigo eu.

Disse a mim mesmo que estava sendo um tolo. Aquele pedaço de papel poderia me levar à forca. Sabia que devia ter escutado essa voz, mas não escutei. Dobrei o artigo de jornal e procurei um lugar onde pudesse escondê-lo. Não podia guardá-lo em uma gaveta ou no bolso das calças extras. Tinha medo de que alguém pudesse remexer nas coisas do meu quarto e, quando me perguntei o porquê dessa cisma, pensei em O'Reilly. Havíamos nos tornado inimigos por causa de Jane Pomba, e eu sabia que ela era bem capaz de remexer nas minhas coisas. Olhei ao redor e meus olhos pousaram sobre o volume do *Tratamento moral*, que estava em minha mesa de cabeceira. Coloquei o recorte no meio de suas páginas. Gostei da ideia, com o livro aberto ao lado da minha cama. Seria o último lugar onde alguém iria procurar.

Olhei pela janela. Havia escurecido completamente, mas pela luz que saía do prédio eu podia ver que a neve continuava caindo, tão forte que o ar parecia espesso. Os caminhos que haviam sido limpos já estavam cobertos por outra camada com vários centímetros de altura. Os galhos das árvores pendiam com o peso da neve. Eu tinha certeza de que Caroline Adams dormiria profundamente até a primavera.

Virei-me para o fogo e estava observando os últimos pedaços de papel se transformarem em cinzas quando ouvi o sino anunciando o jantar. Meu paletó já estava quase seco. Vesti-o e desci as escadas correndo em direção à sala de jantar dos funcionários, onde encontrei Morgan já sentado, bebericando um copo de vinho.

– Ah, Shepherd, aí está você – disse ele, recebendo-me com um sorriso. – Deixe-me servi-lo. – Ele colocou um pouco de vinho em outro copo enquanto eu me sentava.

Eu estava com medo de perguntar a respeito de Jane Pomba. A essa altura já conhecia Morgan suficientemente bem para saber que não podia me sentir seguro pelo simples fato de ele estar bem-humorado. Era bem capaz de brincar de gato e rato antes de desferir o golpe fatal.

Como ele não dizia nada, comecei a imaginar que era exatamente isso o que aconteceria, que estava apenas me provocando, mantendo o suspense para prolongar a tortura. Mas não aguentei. Pigarreei nervosamente.

– Como foram as coisas, quer dizer, a leitura de Jane Pomba?

– Ah, isso? – disse ele, pegando o garfo e a faca para cortar um pedaço de carne em seu prato. – Tenho de dar o braço a torcer. Ela lê extremamente bem. – Ele fez uma pausa e, deixando a carne de lado, olhou para mim. – Gostei imensamente. Em especial dos trechos de *Hamlet*.

Minha mão tremeu tão violentamente que derramei vinho do copo, manchando a toalha branca. Eu jamais havia ensinado qualquer coisa de *Hamlet* a Jane Pomba; não era algo que ela tivesse aprendido.

21

Passei metade da noite acordado; quando enfim consegui dormir, virei-me de um lado para outro, atormentado por uma sucessão de sonhos em que era assombrado pelo rosto de Caroline Adams, a pele arroxeada, os olhos saltados. Acordei banhado em suor depois de sentir minhas mãos no pescoço úmido e arrepiado de uma galinha depenada que de repente se transformava no rosto de tia Martha, que certamente merecia esse destino, pois nunca interferiu para tentar evitar os excessos violentos de meu tio com seu cinto. Curiosamente, quando a manhã enfim surgiu, e o sol voltou a brilhar, minha maior preocupação não foi nem a infeliz senhorita Adams, nem qualquer coisa ligada a ela, mas Jane Pomba. O fato de ela ter lido *Hamlet* para Morgan significava que havia enganado todos nós – quer dizer, a mim – fingindo que não sabia ler. Fiquei me perguntando o que mais ela poderia estar escondendo e por que estaria fazendo isso. Havia algum mistério ali e eu pretendia descobrir o que estava acontecendo. Gostava imensamente daquela garota. Sentia-me atraído por sua aparência esguia, seus olhos escuros, o pescoço gracioso; mas nada disso tinha importância. Eu não permitiria que me fizesse de bobo; não seria usado.

Assim que pude escapar, depois de cumprir minhas obrigações, fui até seu quarto. Ela estava sentada perto da janela, observando a paisagem invernal, com o volume de *Grandes esperanças* ao seu lado. Fiquei me perguntando se estaria lendo o livro; poderia tê-lo fechado rapidamente ao ouvir a batida na porta. Ela sorriu para mim.

– Olhe para a neve – disse ela. – Não é linda?

Apenas acenei com a cabeça e ela subitamente pareceu ansiosa.

– Ah, senhor, eu não passei no teste?

– Ah, passou, passou com certeza. Passou até bem demais.

– Eu não entendo – disse ela, agora parecendo confusa. – Como poderia passar bem demais?

– Nós precisamos ter uma conversa muito séria. Tentei fazer de tudo para ajudá-la. Tirei-a da vida indigna e enfadonha a que estava relegada neste lugar e em troca você tirou proveito da minha ajuda e me enganou.

– O que está dizendo? Do que está me acusando?

– O doutor Morgan me disse que você leu *Hamlet* para ele. Como poderia ter feito isso se não aprendeu?

Ela começou a rir.

– O que...?

– Mas eu aprendi, com o senhor, quando leu e encenou para mim. Eu lembrei parte do texto. "Ser ou não ser: eis a questão." Ficou guardado na minha cabeça.

– O doutor Morgan disse que você leu para ele. Como poderia saber qual era o trecho referente ao solilóquio se não entende as palavras?

– Não foi assim que aconteceu. Quando terminei *Grandes esperanças*, o doutor Morgan me pediu que lesse outra coisa. Eu me desesperei, como bem pode imaginar, pois não tinha outros trechos preparados. Pensei que seria descoberta. Ele pegou o único livro que viu no quarto e me disse para ler alguma coisa. Meu coração começou a acelerar e pensei que fosse explodir, posso lhe garantir, pois tinha certeza de que ele iria descobrir tudo; mas então enxerguei uma possibilidade, uma pequena chance. Abri o livro ao acaso, pois, como o senhor bem disse, não poderia distinguir uma página da outra; mas ele estava sentado diante de mim. Levantei o livro de tal forma que ele só podia ver a capa. Recitei alguns trechos de *Hamlet* e também de *Macbeth*. Tenho certeza de que não li tão bem, pois falei tudo de memória e não tão bem quanto o texto decorado do livro de Dickens. Mas acho que ele não percebeu. Para falar a verdade, senhor, acho que o doutor Morgan não conhece Shakespeare muito bem.

Balancei a cabeça, admirado com sua esperteza e sua capacidade de improvisação; para não falar da audácia. E pensar que Morgan achava que aquela garota era uma imbecil. Ela havia mostrado que era muito mais inteligente do que ele, aquele velho idiota.

– Muito bem pensado. Sinto muito por ter duvidado de você.

Ela ignorou o que eu disse e voltou a olhar pela janela, evitando meus olhos.

– Senhor, tenho um pedido a lhe fazer.

– Um pedido? O que é?

– Eu gostaria de patinar no gelo.

– Patinar!

Ela se virou para mim, os olhos brilhando.

– Por favor, senhor. Eva tem os patins; ela disse que me empresta. Sei que não há um lago de verdade por aqui, mas há um laguinho nos fundos da casa, senhor, e os jardineiros limparam a neve para Eva, e ela costuma patinar ali. Por favor, senhor. Precisa dar sua permissão.

Eu ia dizer não, pois não podia imaginar o que Morgan pensaria da ideia, mas então pensei: por que não? Que mal poderia haver? Além disso, eu não precisava pedir permissão a Morgan. Ele havia me dado carta branca para realizar minha experiência, mais ou menos.

– Está certo – concordei. – Vou levantar uma hora mais cedo amanhã e você poderá patinar antes do café.

Eu estava começando a pensar no futuro próximo, a me preparar para a partida, que precisava acontecer antes que a neve derretesse e revelasse o corpo de Caroline Adams. Contando o dinheiro que eu havia tirado de sua bolsa, descobri que tinha sessenta dólares. Com o que arrancaria de Morgan a título de salário, teria uma bolada considerável para financiar minha fuga rumo ao oeste. Estava ficando cada vez mais ansioso com o futuro e a nova vida que imaginava para mim, pois a vida que levava no hospital parecia cada vez mais sublinhada por uma vaga sensação de medo. Receava que dessem por falta da senhorita Adams e que ela pudesse ter contado a alguém para onde estava indo. Todas as vezes que me aproximava de uma janela com vista para o rio, não conseguia evitar um olhar ansioso na direção do bosque, como se esperasse a qualquer momento um barco da polícia. É claro que eu havia vivido muitos anos com esse tipo de medo, mas desta vez era diferente. O fato de ter tido a corda praticamente em volta do meu pescoço havia causado essa mudança. Antes, eu estava convencido de que era invencível; agora eu sabia que não. Eu não era tolo o bastante para acreditar que o acidente de trem havia sido obra da providência divina para me proteger, ou do demônio, cuidando dos seus. Eu sabia que tinha sido pura sorte, um *royal flush* na primeira mão, uma sorte tão grande que eu não podia evitar a sensação de que havia usado todas as reservas dessa substância e que agora não me restaria mais nada.

Na manhã seguinte a neve deu uma trégua e o sol brilhou no céu claro e frio. Jane e eu saímos em direção ao pequeno lago; ela ia tagarelando e rindo, usando aqui e ali uma palavra estranha naquele seu modo peculiar de falar. Em vez de médico e paciente, parecia que éramos uma criança e seu tio favorito, ou dois amantes, algo que às vezes não parecia estar tão longe da verdade.

Os jardineiros certamente haviam começado a trabalhar bem cedo, pois não havia nem um pouco de neve cobrindo o lago. Estremeci ao pensar que estávamos tão perto do lugar onde eu havia enterrado a infeliz senhorita Adams, que jazia a cerca de vinte ou trinta metros. Mas quando vi que não havia nenhum sinal que pudesse indicar a existência de um corpo ali perto, comecei a apreciar a ideia de sua proximidade. Enquanto Jane se sentava na borda da água congelada para colocar os patins que Eva tinha lhe emprestado, caminhei descontraidamente até chegar ao local onde estava a senhorita Adams. Com os pés enfiados na neve, fiquei olhando sem conseguir evitar um sorriso ante a ideia de que estava diante de minha vítima e que eu era o único que sabia.

Era evidente que Jane Pomba sabia patinar muito bem, que não era uma novata. Deslizou sem esforço pelo gelo, graciosa como um cisne, a cabeça sustentada por aquele pescoço deliciosamente longo. Ela ziguezagueou pela superfície, aproximando-se perigosamente das beiradas – algo inevitável, pois o lago era muito pequeno, com certeza muito diferente daquele que havia mencionado –, mas sempre sabendo onde estava. Ela deslizou pelo pequeno círculo do perímetro do lago com uma confiança que desmentia sua personalidade normalmente tímida. E então, subitamente, ela parou de patinar e ficou quieta, mais ou menos no centro do gelo. Ficou ali parada, olhando para a frente, o cabelo ao sabor do vento, completamente desgrenhado. Eu não sabia o que tinha acontecido, mas senti uma sensação de vazio no peito. Algo do fundo de suas entranhas parecia ter vindo à superfície.

Fui tropeçando na neve até chegar à beira do lago.

– Jane! Jane! O que aconteceu?

Sua expressão parecia tão imóvel quanto seu corpo; ela parecia não ter ouvido. Então, tive uma súbita inspiração.

– Florence! – gritei. – Florence!

Ela virou a cabeça imediatamente e olhou para mim e, ao fazer isso, começou a tremer. Seus pés escorregaram em direções opostas e ela caiu.

Tive dificuldade para chegar até ela rapidamente. Meus sapatos escorregavam no gelo e quase caí de costas por mais de uma vez. Ela continuou sentada no gelo, olhando para mim como se eu fosse um estranho.

– Está tudo bem, Florence, estou chegando – gritei.

Ela não pareceu se importar.

Finalmente consegui chegar perto, por trás dela. Coloquei as mãos debaixo de seus braços e levantei-a. Os patins começaram a escorregar e cheguei a pensar que nós dois iríamos cair, mas consegui me equilibrar e segurá-la em pé.

– O que aconteceu? O que aconteceu?

Ela olhou para mim como se não soubesse quem eu era e disse uma única palavra:

– Theo.

Esperei um pouco, mas ela não disse mais nada.

– Quem é Theo? Alguém com quem você costumava patinar?

Seus olhos estavam olhando para mim, mas eu sentia que ela não estava vendo nada. Era como se um mecanismo dentro deles estivesse voltado para dentro, olhando para algo guardado há muito tempo.

Lentamente, ela concordou com a cabeça.

– Sim. Ele era alto.

Ela ficou em silêncio de novo, por isso tentei induzi-la.

– Talvez seja o irmão de quem você falou? Theo é seu irmão?

Ela sacudiu a cabeça vigorosamente, como um cachorro se sacudindo para tirar a água do pelo molhado.

– Meu irmão? Sim, acho que era. Ele era alto como eu. Sim, ele devia ser meu irmão.

Achei estranho o fato de ela falar desse Theo no passado, apesar de eu ter me referido a ele no presente. Seria porque havia acontecido alguma coisa com ele ou porque estaria falando de sua vida antiga como algo muito distante? Eu não saberia dizer.

Com meu braço em torno de seus ombros, comecei a caminhar lentamente até a borda do gelo. Ela não tentou patinar; em vez disso, foi caminhando desajeitadamente com os patins. Quando chegamos na beirada e ela se sentou para tirar os patins, eu disse:

– Está certo, fale mais sobre esse Theo.

Mais uma vez, ela ficou olhando para um passado distante por não sei quanto tempo. Por fim, olhou para mim e falou, como se tivesse acabado de perceber que eu estava ali.

– Eu... eu não posso. Eu tinha uma foto de um garoto patinando em um lago, mas sumiu. Ele não está mais lá.

– Tente – insisti. – Vamos lá, Florence, você precisa tentar.

Ela ficou em pé, olhou para mim e disse:

– Não deve me chamar por esse nome, senhor. Não sou mais essa pessoa. Aqui sou Jane Pomba.

E dizendo isso, começou a caminhar de volta para o hospital. Fui atrás dela e a alcancei, mas, apesar de todas as minhas tentativas para conversar, ela não disse mais nada.

Foi quando estávamos nos aproximando do prédio que um movimento repentino em uma das janelas do andar de cima chamou minha atenção. Vi o que parecia a figura de uma mulher vestida de preto olhando para nós, mas naquele momento tropecei em algo, talvez um galho coberto pela neve, e quando consegui me equilibrar de novo, a mulher, se é que existia, havia desaparecido.

22

Talvez fosse minha imaginação doentia, é claro, minha ansiedade, o medo constante de ser descoberto e exposto, mas essa imagem da mulher na janela começou a mexer com minha cabeça, pois parecia confirmar uma sensação que vinha me perseguindo ultimamente, a de estar sendo observado. Nas ocasiões mais estranhas, sentia o peso de outros olhos sobre mim, apesar de nunca encontrar ninguém quando me virava para procurar.

A única pessoa que poderia estar fazendo isso era O'Reilly. Sempre que me encontrava em sua presença, fosse na sala do dia, fosse na sala de jantar das pacientes, e olhasse para ela, encontrava-a observando-me atentamente, o que sugeria que era ela quem estava me espiando das outras vezes, quando não podia vê-la.

Ela havia se tornado minha inimiga, disso eu tinha certeza. Eu não conseguia pensar em outra justificativa para seu desagrado, a não ser a questão envolvendo Jane Pomba, que ela parecia encarar como um desafio à sua autoridade, e realmente era, pois, se fosse bem-sucedida, certamente colocaria em xeque a continuidade da dura disciplina que ela impunha no hospital e a qual apreciava, como eu bem sabia.

Além disso, temia que ela tivesse encontrado o rascunho da carta que eu havia escrito para Caroline Adams e que suspeitasse que eu não era quem dizia ser. Se isso fosse verdade, precisava descobrir que tipo de jogo era aquele e por que não havia revelado tudo e me exposto de uma vez. Talvez pensasse que eu poderia lhe ser útil de alguma forma e, apesar de ainda não ter entendido toda a história, achasse que valia a pena ter essa carta na manga. Também podia ser que ela simplesmente gostasse de ter poder sobre outro ser humano. Essa alternativa parecia menos lógica, mas eu já testemunhara o prazer selvagem com que saboreava sua crueldade com as pacientes. Apesar de não ser um sádico, eu entendia perfeitamente a emoção de dispor do poder divino de ditar o destino de outra pessoa.

Decidi que não devia me deixar desencorajar pelo incidente no depósito; precisava fazer alguma coisa para recuperar minha vantagem em relação a ela e neutralizar o que quer que tivesse contra mim. Ela representava um sério risco à minha esperança de conseguir sair dali incólume. Isso não seria possível se estivesse sob vigilância permanente. Decidi descobrir o que estava por trás daquelas fugas até o terceiro andar.

Quando decidi segui-la, não consegui chegar a lugar algum – ou melhor, consegui ficar preso em um depósito –, pois ela era muito esperta. Teria de examinar o terceiro andar quando ela não estivesse por perto. Esse era o problema, pois a mulher parecia que não descansava nunca. Sempre que olhava ao redor, ela parecia estar por perto, materializando-se do nada, como se fosse um fantasma maligno. Podia ir a um quarto do hospital, mesmo que para uma visita inesperada e não anunciada; quando chegava, ela já estava lá, como se estivesse esperando por mim.

Mas havia uma ocasião em que ela ficava longe da ilha por uma noite inteira. Isso acontecia quando uma interna fugia ao controle e precisava ser levada para o hospício da cidade, onde havia melhores condições de conter as pacientes violentas. O'Reilly era a responsável pelo acompanhamento dessas mulheres. Levava outra atendente com ela, e as duas carregavam a paciente, geralmente imobilizada por uma camisa de força ou sedada, ou ambas as coisas, no barco que diariamente trazia novas pacientes e suprimentos. Como o barco só retornava no dia seguinte, elas passavam a noite na cidade e esperavam o barco voltar.

Nessas ocasiões O'Reilly ficava fora por quase vinte e quatro horas. O problema era que esses eventos ocorriam apenas esporadicamente e talvez eu tivesse de esperar muito até o próximo. Desde a minha chegada, isso havia acontecido apenas uma vez.

Estava matutando sobre isso quando a sorte me sorriu; ocorreu um incidente que exigiu a remoção de uma paciente. Tudo aconteceu por causa das condições meteorológicas. Havia nevado muito durante todo o dia e a noite inteira; os jardineiros não conseguiram limpar os caminhos para que as pacientes pudessem fazer seu exercício. Sem o passeio diário, as internas ficaram inquietas, cada vez mais intratáveis. Houve muitas brigas principalmente no horário das refeições, com as mulheres disputando a comida com mais ferocidade do que de costume, atirando os pratos ou usando-os como armas. As atendentes corriam de um lado para outro, tentando resolver as disputas antes que se transformassem em algo mais sério. Mas elas não conseguiam dar conta, pois, quanto maior a perturbação, maior a agitação da população como um todo. E durante o jantar a situação fugiu completamente ao controle; uma paciente, mulher muito robusta, que só poderia manter aquele peso roubando regularmente a comida das companheiras, pegou um pedaço de pão da mulher que estava ao seu lado, que se vingou enfiando o garfo no olho da ladra. A gritaria foi generalizada enquanto a mulher ferida rugia como um leão alvejado por um caçador, dispersando as que estavam perto dela, que estavam morrendo de medo. Ela agarrou sua inimiga e atirou-a sobre a mesa, jogando pratos e comida para todos os lados; depois tentou estrangulá-la, inutilmente, pois faltava-lhe a habilidade.

Levaram meia hora para dominá-la e acalmar as demais, com O'Reilly marchando para cima e para baixo pela sala, golpeando as costas das revoltosas com uma vara. É claro que isso apenas exacerbou a tensão e as coisas caminharam de mal a pior.

Como era o encarregado da sala de jantar naquela noite, decidi assumir o comando. Aproximei-me de O'Reilly pelas costas e tirei a vara de sua mão quando ela se preparava para bater em outra paciente. Antes que ela percebesse o que estava acontecendo, peguei a vara e quebrei-a no joelho. Ela se virou e me olhou com o olhar cheio de ódio. Ignorei-a e disse para uma das atendentes:

– Vá até a cozinha e diga para trazerem mais comida... tudo o que puderem mandar, e depressa.

Pouco depois, cozinheiras e criadas entraram correndo, trazendo cestos com pães, pratos com carne fria e até um grande cesto com maçãs, coisa rara no hospital. Começaram a distribuir a comida aleatoriamente, colocando-a sobre as mesas. As mulheres famintas pararam de brigar de repente e começaram a pegar a comida. É claro que isso gerou mais rusgas entre elas, mas havia tanta comida que elas logo perceberam que não havia necessidade de brigar por ela e que até saíam perdendo com isso. O lugar ficou calmo rapidamente, pois estavam ocupadas demais com a comida para causar problemas. À medida que o caos foi diminuindo, as atendentes ajudaram as mulheres a voltar para seus lugares e a ordem foi mais ou menos restaurada. Depois de lutar com quatro atendentes, a mulher que havia começado tudo foi colocada na camisa de força. A outra, que a golpeara, estava sentada no chão, soluçando, evidentemente horrorizada com o que havia feito; mesmo assim foi levada para a ala das pacientes violentas no terceiro andar. Seu abatimento mostrava que essa medida era absolutamente desnecessária, mas a política do hospital determinava que, quando uma paciente se mostrasse capaz de uma atitude extremamente violenta, não se podia lhe dar a chance de repetir o gesto.

O olho ferido da outra mulher ficou em tal estado que, depois de examiná-lo, Morgan disse que não poderia fazer nada por ela e que a paciente deveria ser levada para o hospital da cidade; isso significava que O'Reilly teria de acompanhá-la.

Na manhã seguinte, postei-me diante da janela de meu quarto e observei o trio formado por O'Reilly, sua assistente e a mulher ferida, ainda na camisa de força e com um curativo sobre o olho ferido, preparando-se para partir. Quando chegaram à entrada principal do hospital, O'Reilly parou e olhou na minha direção, como se tivesse percebido meu olhar. Senti um calafrio só pelo fato de imaginar que ela sabia que eu estava lá, mas não tentei me esconder e olhei resolutamente para ela. Calculei que estivesse se lamentando por ter de me deixar livre para vagar por seus domínios.

Eu precisaria de muito tempo para explorar o terceiro andar em segurança; pelo menos uma hora, quando tivesse certeza de que Morgan não me pegaria por ali; passei boa parte da noite trabalhando para conseguir isso. Depois de encerradas as terapias matutinas, com várias infelizes quase congelando na água fria ou gritando presas a uma cadeira, entreguei a ele uma pilha enorme de relatórios de pacientes. Geralmente eu lhe dava alguns de cada vez, como e quando eu os examinasse, e nisso eu estava mais ou menos atualizado. Mas durante aquela noite preenchi dezenas de relatórios, fazendo inúmeras anotações fictícias porque não examinara novamente as pacientes desde que fizera o último relatório; Morgan não teria como saber disso, sobretudo com O'Reilly fora do caminho. Além disso, em muitos dos relatórios fiz observações e perguntas que exigiriam tempo para serem respondidas. Calculei que ele levaria algumas horas para responder a tudo. Depois de todo aquele tempo no hospital, eu estava começando a entender alguma coisa de psicologia, pelo menos no que dizia respeito a Morgan. Com sua paixão pela pontualidade e sua obsessão com a eficiência, ele não conseguiria deixar a pilha de relatórios sem antes concluir a análise de todos eles.

Era inevitável que questionasse a quantidade de trabalho que eu lhe entreguei de uma só vez e pedi desculpas por isso; disse que havia me atrasado com os relatórios e que havia feito um grande esforço para colocá-los todos em dia, enfatizando que tinha consciência de sua importância. Morgan me repreendeu pela lentidão, como eu sabia que faria, e disse que trabalharia após o jantar naquela noite, que era exatamente o que eu esperava que fizesse; as pacientes estariam dormindo e haveria apenas algumas atendentes por ali. Os corredores estariam vazios e eu poderia me movimentar sem levantar suspeitas e sem encontrar obstáculos.

23

O hospital estava mergulhado em um silêncio mortal quando pus os pés para fora do meu quarto naquela noite. Senti aquela maravilhosa sensação que faz o sangue correr mais rápido de vez em quando, a sensação de que era poderoso e que nada nem ninguém poderia me deter. O'Reilly estava fora do caminho, exilada do outro lado do rio, e Morgan estava sobrecarregado de trabalho. Tudo conspirava a meu favor. Não coloquei o pé sobre uma única tábua que pudesse ranger, não bati em uma única peça do mobiliário nem tropecei no escuro. Tinha apenas uma vela para iluminar meu caminho e a chama bruxuleante desenhava sombras dançantes nas paredes, mas nada disso me deixou nervoso.

Desci e parei diante do escritório de Morgan; encostei o ouvido na porta. O barulho da pena arranhando o papel me deu a certeza de que estava embrenhado no trabalho. Voltei para a escada e esperei um pouco, o ouvido atento. Não queria dar com alguém de repente, quando estivesse subindo; seria difícil explicar o que estava fazendo.

Não ouvi barulho algum, apenas a minha própria respiração e, em algum lugar lá fora, o lamento solitário de uma coruja, esse fantasmagórico predador da noite. Mas foi engraçado, pois senti um arrepio. Lembrei de repente da pobre Caroline Adams, deitada lá fora sob uma mortalha gelada, e desejei em silêncio que ela dormisse tranquilamente. Jurei, da mesma maneira que havia jurado quando a sorte me libertou do trem, que enterraria a parte da minha natureza que me levava a fazer essas coisas. Procurei me acalmar, dizendo a mim mesmo que não havia quebrado o juramento. A eliminação da senhorita Adams havia sido absolutamente necessária para minha segurança, e não o resultado de um impulso perverso. Satisfeito com a certeza de que não havia ninguém por perto, subi a escada para o terceiro andar.

Parei diante de um longo corredor com portas em ambos os lados. Pude ouvir vozes murmurando a distância e fui atrás desse som. Encontrei uma porta ligeiramente aberta. Estava me sentindo muito confiante e nem um pouco disposto a recuar. Coloquei o olho na fresta e vi duas atendentes sentadas em duas cadeiras, cada uma de um lado de uma mesa, encostadas na parede; pareciam bem tranquilas. Havia uma garrafa de uísque sobre a mesa e cada uma tinha seu copo. Conversavam calmamente. Eu me afastei sem fazer barulho e tentei abrir as portas do corredor; estavam trancadas. Agucei os ouvidos e consegui perceber o som de várias respirações, roncos, pessoas se mexendo nas camas e até uma mulher que falava durante o sono. Então aqueles eram os quartos onde dormiam as pacientes difíceis, muitas delas em isolamento devido à sua natureza imprevisível e até violenta. Não havia como saber se a louca que eu procurava estava em um desses quartos, ou como entraria se ela estivesse. Voltei pelo corredor na direção da escada e estava prestes a descer, dando a missão como fracassada e o mistério como não resolvido, quando ouvi o ranger do piso acima da minha cabeça. Olhando atentamente para o outro lado do vão da escada, percebi que continuava a subir, apenas ficava mais estreita; concluí que deveria levar a um sótão.

Estava pensando se devia subir e continuar minha investigação ou descer o mais rápido possível enquanto a sorte estava do meu lado quando ouvi um som absolutamente diabólico, uma risada ensandecida, desprovida de toda alegria e comicidade que costumamos associar ao riso e transformada em algo tão terrível, tão impregnado de perversão e desejo assassino, que quase deixei cair a vela. O murmúrio das vozes das atendentes cessou de repente. Ouvi o barulho da cadeira sendo empurrada e uma voz comentando:

– Parece que ela está ficando inquieta. Isso me deixa nervosa. Minha vontade é ir até lá e lhe dar um castigo, e eu iria mesmo, mas não tenho a chave.

– Se fizesse isso, ficaria sem emprego, não tenho a menor dúvida de que é o que aconteceria se O'Reilly a pegasse – foi a resposta da outra mulher. – Nós nem deveríamos saber que há alguém lá em cima.

– O'Reilly vai passar a noite em terra firme.

– Isso não importa, dá no mesmo. Não veja o mal, não toque no mal e aguente a necessidade de ter de ouvir um pouco do mal, é o que eu digo – declarou a mulher, rindo do próprio senso de humor.

– Bem, isso é verdade – disse a outra. – Eu nunca a vi e nunca a toquei, mas com certeza a ouço.

– Quem sabe mais um copo não ajude a bloquear os ouvidos?

Ouvi o barulho dos copos brindando e depois o reinício dos murmúrios. Eu me abaixei e peguei o estreito vão da escada para o sótão, o que não foi nada fácil, pois ela fazia uma curva e passava embaixo do beiral inclinado do telhado, algo complicado para alguém da minha altura, ainda mais carregando uma vela. Cheguei ao topo, onde havia um único corredor central com portas de cada lado. Abri a primeira e encontrei um quarto grande, com uma pilha de madeira, cadeiras de madeira dobradas, caixas, uma cama desmontada e coisas assim. Tudo estava coberto por uma espessa camada de pó. Meu nariz começou a coçar e tive muito trabalho para evitar um espirro, o que certamente me delataria. Fechei a porta e examinei os outros quartos desse lado do corredor; estavam todos vazios ou com sobras de madeira, como no primeiro. Voltei pelo longo corredor, prestando atenção aos quartos do lado oposto, que também não estavam trancados e pareciam iguais aos outros. Mas quando alcancei a última porta, a que ficava mais perto da escada, e virei a fechadura, a porta não abriu. Empurrei com o ombro, para o caso de estar apenas emperrada, mas ela não cedeu; estava realmente trancada. Encostei o ouvido na porta e prendi a respiração. Silêncio. De repente, antes que eu pudesse me mexer, uma súbita corrida de passos do outro lado e a porta quase explodiu em cima de mim, batendo contra meu ouvido, quando alguma coisa – ou alguém – batia vigorosamente do outro lado. Caí para trás, assustado, e a vela apagou.

– Me deixe sair, seu demônio, me deixe sair!

Parecia a voz de uma mulher, mas impossível ter certeza, pois não soava como a voz de um ser humano e sim como uma alma penada saída do inferno. Senti o sangue gelar. Estava completamente no escuro e quase podia sentir os dedos da louca tentando alcançar minha garganta. Ela começou a gemer e a choramingar e a bater na porta. Eu não sentia segurança nenhuma naquele lugar. Parecia inteiramente possível que o monstro do outro lado daquele frágil pedaço de madeira – e tinha certeza de que era a louca que eu estava procurando – poderia arrebentá-lo a qualquer momento para sair de sua prisão.

Em meu estado de choque com o furor da prisioneira, esqueci completamente da precariedade da minha situação e que ela não era a única coisa com que devia me preocupar; despertei do meu estupor ao perceber uma luz no vão da escada, sinal de que alguém estava subindo.

Minha situação era desesperadora. Em poucos instantes a pessoa que estivesse subindo a escada chegaria ao topo, a luz iluminaria o corredor e eu seria descoberto em um lugar onde não deveria estar. Tateei no escuro, procurando a maçaneta da porta do quarto oposto ao da prisioneira, mas encontrei apenas a parede. Nesse instante, a pessoa chegou à curva da escada porque a intensidade da luz aumentou o suficiente para que eu enxergasse a maçaneta. Abri a porta e entrei, procurando fazer o mínimo de barulho possível, apesar de saber que, diante do alvoroço feito pela criatura no outro quarto, o som de uma porta se fechando seria perfeitamente inaudível.

Encostei o ouvido na porta e fiquei escutando. Os passos pararam diante da porta da frente. Então, aconteceu uma coisa surpreendente, aquilo que eu jamais imaginaria que pudesse acontecer. Ouvi uma voz, tranquila e paciente, certamente falando com a mulher através da porta, sem abri-la. Era uma voz que eu conhecia muito bem.

– Calminha, calminha, minha cara, acalme-se – Morgan sussurrou. – Vamos lá, fique quieta. Se for uma boa menina, tenho um presente para você, algo de que vai gostar muito.

Ele ficou em silêncio, e a algazarra no outro quarto cessou. Os gritos da mulher se transformaram em uma espécie de queixume.

– Assim é melhor – ele disse. – Agora, minha cara, é melhor você voltar para sua cama. Se não fizer isso, eu não entro. E se eu não entrar, não poderei lhe dar um chocolate, não é?

Houve um longo silêncio e então ouvi o barulho de uma chave na fechadura, a porta se abrindo e fechando, e o barulho da chave de novo. Segurei a respiração, pensando no que fazer. Morgan teria entrado no quarto ou ainda estaria esperando no corredor? Talvez tivesse aberto a porta apenas para atirar o chocolate, fechando-a em seguida. Ele poderia estar no corredor. Abaixei-me e olhei pelo buraco da fechadura; o corredor estava escuro, de forma que deduzi que Morgan, com sua vela, estava dentro do quarto da mulher. Abri a porta e saí depressa. Atravessei o corredor e encostei o ouvido na outra porta.

Ouvi o som mais estranho do mundo: a voz de Morgan, não havia dúvida quanto a isso, mas sussurrando, cantarolando uma velha canção, dessas músicas populares apresentadas em *shows* de *vaudeville*, apesar de eu não conseguir situá-la com precisão. Também consegui ouvir uma espécie de acompanhamento, um murmúrio que por algum motivo me lembrou o ronronar de um gato, sugerindo que a louca também estava sussurrando enquanto mordiscava o chocolate.

Isso sim era realmente muito estranho. Morgan, o pequeno tirano ríspido, o homem que sentia prazer em quase afogar aquelas mulheres indefesas, ou deixá-las amarradas em uma cadeira durante horas a fio, sentado e cantarolando para aquele monstro?

Eu queria ficar e ouvir mais, para o caso de Morgan dizer alguma coisa que pudesse esclarecer o que estava acontecendo, mas o risco era grande demais. Ele poderia sair a qualquer momento e eu não teria desculpa nenhuma para justificar minha presença naquele lugar. Precisava ir embora e rápido, enquanto isso ainda era possível. Não ousei acender minha vela. A fresta de luz que saía por baixo da porta do quarto da mulher, apesar de fraca, era suficiente para mostrar o caminho até o alto da escada. Comecei a descer os degraus cuidadosamente, apavorado com a possibilidade de todo aquele barulho ter chamado a atenção das atendentes que estavam bebendo no andar de baixo. Eu não saberia o que dizer se fosse questionado por elas. Apenas rezei para que isso não acontecesse.

Por fim, depois de alguns minutos que me pareceram uma eternidade, desci a escada e dei uma espiada no corredor. Estava vazio. A luz que saía pela porta aberta do quarto das atendentes era suficiente para que eu continuasse a descer o outro lance da escada. Assim que pude, peguei os fósforos e acendi a vela. Demorei alguns segundos para me acostumar, mas depois continuei a descer e em poucos minutos já estava em uma parte do hospital onde minha presença não despertaria suspeitas. Se encontrasse alguém, poderia alegar que estava indo até a biblioteca.

Na segurança do meu quarto, tentei entender tudo o que havia acontecido. Era evidente que as atendentes sabiam da existência daquela mulher – como poderiam não saber com todo aquele barulho, que parecia ocorrer com certa frequência? –, mas também era evidente que eram obrigadas a fechar os olhos e não sabiam muito mais do que eu a respeito dela. Eu, pelo menos, já a tinha visto e tocado nela, ou melhor, havia sentido suas mãos me tocando. A mulher era a paciente especial de O'Reilly. Era ela quem levava suas refeições, isso eu também havia visto. E pelo que havia visto nessa noite, nas raras ocasiões em que estava fora, o próprio Morgan assumia a incumbência. Mas era um Morgan muito diferente daquele que eu conhecia no dia a dia. Ele havia acalmado essa paciente especial falando com uma voz suave e tranquilizadora, não com ameaças ou amarrando-a. Refletindo sobre sua atitude, eu diria que seu comportamento em relação a essa mulher era bem parecido com aquele preconizado pelo Tratamento Moral. Morgan, nesse caso em particular, parecia praticar o que eu pregava.

Mas por quê? O que havia de tão especial em relação àquela mulher para merecer um tratamento diferente do que era dado às outras pacientes? Por que sua presença era cercada de tanto segredo? Por que Morgan e O'Reilly haviam mentido para mim, fingindo que a pessoa que me atacou no escritório era apenas mais uma das loucas do terceiro andar?

Fui dormir sentindo que não havia dado nenhum passo significativo para encontrar a solução daquele enigma. Eu havia confirmado a existência da mulher, mas não encontrara nenhuma explicação para o mistério que a cercava.

24

Estávamos nos aproximando do fim de novembro e as condições do tempo haviam piorado. A neve caía pesadamente e, olhando por uma janela nos fundos do segundo andar, tive a agradável certeza de que os restos da senhorita Adams continuavam soterrados por uma grande quantidade de neve. Ela jamais seria encontrada naquelas condições, mas seu mausoléu não era permanente e eu sabia que precisava estruturar meus planos para a partida. Calculei que a melhor época seria o fim de janeiro. Eu teria pelo menos um mês de vantagem antes de haver qualquer possibilidade de degelo e da descoberta do corpo, e provavelmente muito mais tempo até que alguma investigação policial pudesse fazer uma ligação comigo. Eu sabia que eles logo fariam a ligação com Shepherd. Eva, e talvez alguma outra funcionária, havia visto a senhorita Adams e sabia que ela havia feito uma visita ao meu *alter ego*.

Mas eu imaginava que depois disso eles não teriam como seguir meu rastro. Estariam procurando por Shepherd, e não por Jack Wells, que havia sido dado como morto e enterrado. Se investigassem e conseguissem encontrar uma foto de Shepherd, as únicas pessoas que poderiam dizer que o homem da foto não era o mesmo que havia trabalhado no hospital seriam Morgan e o restante da equipe. Mas nem mesmo isso podia ser dado como certo. Éramos razoavelmente parecidos e uma foto poderia mostrar semelhanças suficientes para enganá-los e fazê-los pensar que o "médico" que conheciam era quem dizia ser. Eles não tinham motivos para suspeitar do contrário. A conclusão natural seria a de que ele havia matado a noiva no calor de uma discussão e depois fugira.

Na manhã seguinte, durante o café, Morgan comentou:

– Tive uma noite cansativa examinando seus relatórios, Shepherd, mas estava tudo em ordem. Parece que você está pegando o jeito das coisas.

– Obrigado, senhor – respondi. – Pensei que não fosse ter tempo.

– E por que não teria? Eu não lhe disse que examinaria todos eles?

– Sim, senhor, é que fui procurá-lo em seu escritório e não o encontrei.

Ele corou e tomou um gole do café.

– Bem, você deve ter aparecido durante uma saída rápida. A natureza faz suas exigências, você sabe.

Não consegui evitar mais uma provocação.

– É que fiz duas tentativas, e o senhor não estava lá. Mal havia começado a mexer nos relatórios.

Ele olhou para mim, com aquele olhar familiar de raiva mal controlada fervendo dentro dele. Depois desviou os olhos e começou a passar manteiga em uma torrada como se essa atividade exigisse total concentração.

– Ah, sim, agora me lembro. Estava cansado e precisava arejar a cabeça e me preparar para o longo trabalho que tinha pela frente. Por isso decidi sair e caminhar um pouco.

– O senhor saiu para andar na neve? Por mais de uma hora?

Ele me encarou. Desafiando-me.

– Sim. Acho o ar frio muito estimulante.

– Pois eu não acho – falei, sacudindo os ombros.

Voltamos a atenção para a comida, sem olhar um para o outro. Por fim, ele pigarreou sonoramente.

– Mas o que é que você tanto queria falar comigo?

– Falar com o senhor?

– Sim. Concentre-se, homem. Se foi ao meu escritório duas vezes, é porque tinha alguma coisa importante que dizer. O que era?

Meu questionamento o deixara em situação desfavorável. Imaginei que assim estaria mais aberto à minha sugestão, para afastar as suspeitas que meu tom de voz havia sugerido.

– Jane Pomba. Eu estava pensando em como é bom para ela estar afastada das outras pacientes, distante de toda a loucura, podendo se dedicar a outras coisas, como bordado e costura e... – tentei pensar em outras coisas.

– Leitura – ele disse. – Não se esqueça da leitura. Ela está fazendo grandes progressos.

– Sim, é claro – eu disse, deixando escapar um sorriso nervoso. – Como poderia esquecer isso?

– Você pode estar certo, ou não. Reconheço que ocorreram alguns desenvolvimentos benéficos, mas no geral não se pode dizer que houve qualquer tipo de cura.

– Está absolutamente certo, senhor. Ainda não estou satisfeito. Por isso andei pensando que o fato de mantê-la afastada das outras talvez possa ser prejudicial também.

– Como assim?

– Bem, afora o tempo limitado que posso passar com ela e as visitas ocasionais de uma das atendentes, que está lhe ensinando a trabalhar com as agulhas, ela na verdade está em regime de confinamento.

– Não é bem assim, homem. Ela tem um quarto bastante confortável, poltronas, livros... não é exatamente uma cela de prisão, como a expressão "regime de confinamento" pode sugerir.

– O senhor está absolutamente certo, senhor. O que estou querendo dizer é que ela fica trancada e sozinha por longos períodos durante o dia. Estava pensando se não poderíamos deixá-la sair um pouco.

– Sair? Sair?

– Sim. Se o senhor recorda, essa é a ideia que está na base do Tratamento Moral.

– Ah! Tratamento Moral!

Eu havia esquecido que essas palavras tinham sobre ele o mesmo efeito que um pano vermelho tem sobre um touro.

Tentei novamente.

– A ideia da experiência é que ela seja tratada da maneira mais próxima possível a uma pessoa normal para que se torne uma pessoa normal. Bem, não se pode dizer que é normal passar a maior parte do dia sentada, sozinha, olhando para as mesmas quatro paredes. Para que a experiência tenha alguma chance de dar certo, ela precisa ter um pouco de liberdade, deve ter permissão para sair um pouco.

Ele tomou mais um pouco do café e balançou a cabeça de um lado para o outro, ruminando.

– Não sei se podemos ter uma paciente andando pelo prédio sem supervisão.

– Concordo, senhor – disse eu, concentrando-me na fatia de presunto no meu prato. – Ela não poderia subir as escadas, por exemplo. – Fiz uma pausa, sentindo seu olhar penetrante. Esforcei-me para não rir. Ele devia estar imaginando se essa observação tinha alguma importância, estabelecendo mentalmente uma ligação com a minha ida ao seu escritório na noite anterior. – Ou entrar em seu escritório. Teríamos de definir quais seriam os períodos em que ela poderia sair do quarto e aonde teria permissão para ir. No mínimo porque seria contraproducente para minha experiência não saber onde encontrá-la quando quisesse falar com ela.

Ele pegou o guardanapo e limpou a boca. Depois empurrou a cadeira para trás e ficou em pé.

– Muito bem! Organize os detalhes e depois conversamos.

– Obrigado, senhor. Sei que este é um grande passo e realmente agradeço sua disposição em me dar todas as oportunidades para que minha experiência funcione, mesmo que não concorde com ela.

– Nada disso – disse ele, olhando para o relógio e franzindo a testa. – Só estou lhe dando corda para se enforcar, só isso.

Enquanto engolia rapidamente um pouco mais de café e ficava em pé, não pude evitar um tremor diante daquela frase com um significado tão infeliz.

Passei os dias seguintes pensando em como viabilizar a liberdade paulatina de Jane Pomba e, quando consegui elaborar um plano, negociei-o com Morgan. Ela já tinha o exercício da tarde; as manhãs é que eram extremamente longas para ela. As pacientes tomavam o café às seis e meia da manhã e depois disso eu ficava muito ocupado, supervisionando os tratamentos, examinando as novas pacientes e fazendo relatórios. Antes do almoço, raramente conseguia mais do que alguns minutos com ela, e às vezes nem isso. Fazia sentido que ela tivesse permissão para sair nesse período.

Morgan estabeleceu os limites. Ela não poderia estar nos mesmos lugares que as outras pacientes; ele achava que algumas poderiam ficar contrariadas por ver que uma delas estava livre quando as demais tinham tantas limitações. Poderia andar pelo corredor do segundo andar enquanto as outras estavam embaixo, na sala do dia. Poderia usar a escada principal, mas não poderia de maneira alguma subir para o terceiro andar; poderia sair, desde que ficasse nos caminhos em torno da casa. Qualquer infração a essas regras resultaria no fim imediato dos privilégios. Não seria aceita desculpa alguma e não haveria uma segunda chance.

Depois que acertamos todos os detalhes e eu já estava saindo do escritório, Morgan disse:

– Espere um pouco. Que tolice a nossa. Esquecemos de falar do lugar mais óbvio.

Acho que devo ter feito uma cara de espanto.

– Ora, homem, a biblioteca, é claro.

Abri a boca para dizer que isso não teria qualquer utilidade, pois ela não sabia ler, mas recuei bem a tempo.

– Ela pode examinar os livros e escolher o que quiser. Com sua facilidade para a leitura, encontrará um mundo inteiramente novo ali.

Eu sorri.

– É claro, não consigo imaginar por que não pensei nisso.

Ali, Jane poderia pelo menos se distrair e passar algumas horas folheando os livros ilustrados que encontrasse.

Na verdade, assim que conquistou sua liberdade, a biblioteca tornou-se o lugar onde passava a maior parte do tempo. Sempre que não conseguia encontrá-la no quarto ou caminhando perto do prédio, eu sabia onde procurar. Ela passava as longas horas da manhã folheando os volumes negligenciados e, encontrando-a um dia com um livro ilustrado nas mãos, disse que não adiantava ter liberdade se passava o tempo como prisioneira entre livros empoeirados da mesma forma que antes ficava trancada no quarto.

– Ah, mas eu gosto daqui – ela respondeu. – Eu me sinto em casa com todos estes livros em torno de mim. É como estar entre amigos. São tantas histórias que posso imaginar me baseando nas imagens. Quem tem imaginação, senhor, nunca será prisioneiro.

Eu poderia ter discutido, mas peguei o livro que ela estava olhando. Era uma bela edição de *Robinson Crusoé*, com belas ilustrações coloridas das aventuras do náufrago.

– Que história você imaginou baseada nesse livro? – perguntei, devolvendo-o.

– Comecei a olhar agora, senhor. O senhor conhece este livro?

– Ah, sim, é muito famoso. – Eu disse a ela qual era o título.

Ela abriu o livro em uma das páginas ilustradas.

– É este homem na ilustração?

– Sim. Ele é um marinheiro que vai parar em uma ilha deserta depois de sobreviver ao naufrágio de seu navio. Fica preso na ilha durante muitos anos. Não tem como fugir.

– Então ele é como nós, não é?

Eu não respondi.

– Quer dizer, estamos em uma ilha e não podemos ir embora.

– Bem, acho que isso vale para você, mas eu tenho liberdade para ir quando quiser, se abrir mão do meu cargo.

Ela não respondeu. Olhou para mim, um olhar preocupado.

– O que foi, Jane?

– Eu faria qualquer coisa para fugir daqui. Sonho com isso todos os dias. Ir para longe deste lugar miserável, não ser mais tratada como louca. E um dia conseguirei.

– Tenho certeza de que esse dia vai chegar, Jane. É para isso que estamos trabalhando, para que seja solta.

Ela voltou a examinar a ilustração e suspirou.

– Senhor, nós dois sabemos que isso nunca vai acontecer. Ninguém sai deste lugar, só quando vai para um lugar ainda pior. O doutor Morgan jamais me deixará ir embora. Preciso encontrar outra forma.

Fiquei pensando no que ela estaria imaginando. Deduzi que havia criado um problema para mim mesmo com aquela estúpida experiência. Se Jane Pomba decidisse fazer alguma coisa para escapar, eu estaria encrencado com Morgan. O caso repercutiria e colocaria minha própria vida em perigo. Eu me amaldiçoei por ter permitido que o tédio e a estranha atração que sentia por aquela garota me colocassem em uma situação arriscada. Seu potencial para a imprudência era algo que eu não havia levado em consideração. Aos poucos, porém, fui me acalmando, pois me ocorreu que seria impossível para ela deixar a ilha. O rio tinha correntes fortes, impedindo que alguém tentasse atravessá-lo a nado, mesmo que soubesse nadar muito bem; a única maneira de chegar até a costa era por meio do barco que trazia diariamente suprimentos e novas pacientes, e do que trazia visitantes aos domingos. Ninguém viajava no primeiro, exceto quando as pacientes eram levadas por O'Reilly para o hospício da cidade, sempre com passes assinados por Morgan. Os visitantes de domingo traziam um bilhete de regresso para o barco e não podiam embarcar de volta sem ele para evitar que qualquer paciente tentasse fugir. No fundo do coração, eu sabia que a pobre garota provavelmente estava certa, ficaria enterrada ali para sempre. Mas precisava fingir que não seria assim, por isso respondi:

– Isso talvez seja verdade no curso normal das coisas, mas a situação não se encaixa nos padrões normais. Se a nossa experiência for um sucesso e conseguirmos convencer o doutor Morgan de que você está curada, tenho todos os motivos para acreditar que ele a deixará partir.

Ela voltou sua atenção para outra ilustração do livro. Vi que era Crusoé descobrindo as pegadas na areia, mas não disse nada. Nem por um momento acreditei que havia conseguido enganá-la.

Certa manhã, subi para pegar um caderno que havia deixado em meu quarto e no qual havia anotado algumas observações sobre uma paciente que iria ver naquele dia. Assim que virei no corredor vi Jane Pomba saindo do meu quarto. Ela me pareceu furtiva e espantada ao fechar a porta e ver que eu a estava observando. Colocou uma das mãos sobre a boca e exclamou:

– Oh!

Aproximei-me dela e perguntei de modo rude:

– O que é que você estava fazendo no meu quarto, Jane? Sabe que não deveria estar aqui. Se romper nosso acordo, Morgan irá trancá-la de novo.

– Mas, senhor, eu não estava em seu quarto – disse ela. – Estava procurando pelo senhor. Eu bati, mas como ninguém respondeu, abri a porta para ter certeza de que não estava lá dentro.

Ela ficou parada, mordendo o lábio, mudando o peso de um pé para outro.

– Está certo – eu disse, deixando-a remoer sua ansiedade por alguns segundos, pois sabia que ela estava mentindo; era evidente que ela estava saindo do meu quarto e não apenas olhando. – Mas nunca mais faça isso.

– Sim, senhor, nunca mais.

Ela saiu andando rapidamente em direção às escadas.

– Jane! – chamei.

Ela parou e virou-se para mim.

– Sim, senhor?

– O que é que você queria?

– Queria?

– Sim, por que é que veio me procurar?

– Ah! – Era evidente que a pergunta a pegara de surpresa. Ela balançou a cabeça e disse: – Ah, nada importante, senhor. Desimportante. Posso esperar para falar mais tarde.

E antes que eu pudesse fazer outra pergunta ela desapareceu escada abaixo.

Entrei no meu quarto e olhei ao redor. Não havia nenhum sinal de que alguma coisa tivesse sido remexida. Examinei as gavetas da cômoda; abri uma por uma. Nada parecia ter sido tocado. Dei de ombros. Afinal de contas, o que ela poderia querer? Ao pegar o caderno que estava em cima da mesinha de cabeceira bati os olhos no *Tratamento moral*, que estava ao lado. Seria imaginação ou alguém havia mexido nele? Eu tinha o hábito de sempre colocá-lo cuidadosamente junto da borda da mesa, de forma que sua lombada ficasse absolutamente paralela à borda da mesa. Era uma mania, eu sempre fazia isso. Alguém havia mexido, minimamente, pois não estava perfeitamente alinhado com a borda. Faltava-me a certeza absoluta, porém, de que não havia sido um descuido meu ou de que Jane Pomba não fosse inteiramente inocente. Poderia afirmar com certeza que ela havia estado em meu quarto? Eu poderia ter tido a impressão errada. Era perfeitamente possível que ela estivesse dizendo a verdade. Tinha uma expressão franca, uma ingenuidade; era difícil acreditar que estivesse mentindo. Fiquei mais tranquilo. Depois me lembrei de como ela havia enganado Morgan em relação à leitura, improvisando *Hamlet*.

Peguei o livro. Se tivesse entrado no quarto, ela provavelmente teria mexido no livro à procura de ilustrações. Folheei as páginas, como se isso pudesse provar alguma coisa, e um pedaço de papel caiu no chão. Eu o peguei. Era o recorte de jornal. Agora eu percebia o quanto era arriscado deixar o recorte ali ou em qualquer outro lugar. Que importância teria se Jane Pomba o visse? Mesmo que tivesse me reconhecido na foto, não saberia ler a matéria e não teria a menor ideia do que se tratava. Mas, e se outra pessoa, O'Reilly talvez, entrasse no quarto e mexesse nas minhas coisas? Era muita arrogância da minha parte acreditar que eram todos ignorantes demais para examinar o livro. Se alguém que soubesse ler – e O'Reilly sabia – fizesse o que eu suspeitava que Jane Pomba havia feito, eu seria descoberto na hora. Coloquei o recorte no bolso e depois, enquanto estava sozinho na sala do dia durante o horário de exercício das pacientes, joguei-o em um dos fogareiros e assisti satisfeito enquanto queimava até ser reduzido a cinzas. Não havia mais nenhuma prova contra mim agora. Sorri ao pensar na ironia; se Jane Pomba tivesse mesmo visto o recorte, na verdade me fizera o favor de me alertar para o risco que eu estava correndo. Inadvertidamente, havia me ajudado a continuar em segurança.

Como era de esperar, O'Reilly não ficou muito satisfeita com o novo arranjo envolvendo Jane Pomba. Ela chegou até mesmo a reclamar com Morgan, o que descobri quando fui até seu escritório alguns dias depois e estava prestes a bater na porta quando ouvi sua voz irritada.

– Não consigo imaginar o que é que o senhor estava pensando – disse ela. – Acha sensato permitir que ande por aí? Não pensou no risco de ela ir aonde não deve e revelar tudo?

Era evidente que O'Reilly estava falando da mulher do sótão.

Ouvi um murmúrio do doutor, mas não consegui entender o que ele disse.

– Exagerando! Eu, exagerando? – disparou a voz de O'Reilly. – Quero ver isso estourar na sua cabeça. Não me culpe se tudo explodir na sua cara.

Depois disso, seus passos começaram a vir na direção da porta; afastei-me rapidamente de forma que, quando ela saiu, parecia que eu estava chegando naquele momento e não tinha ouvido nada. Ela fez uma careta e passou por mim de modo insolente. Bati na porta semiaberta e coloquei a cabeça na fresta.

– Aconteceu alguma coisa, senhor? – perguntei, quando Morgan notou minha presença. Ele parecia velho e cansado, diferente do habitual.

– Ah, é a senhora O'Reilly. Ela não é exatamente uma entusiasta do seu Tratamento Moral. Se pudesse fazer as coisas do seu jeito, trancaria Jane Pomba com as outras pacientes.

– Acredito que o senhor não vá ceder à pressão dela.

– Ceder? Ceder, senhor? É claro que não. Sou eu quem dirige este hospital, e não a senhora O'Reilly. Receio que às vezes ela se esqueça disso.

Mas eu estava preocupado com a fúria de O'Reilly em relação a Jane Pomba. Seria um erro confrontá-la quando ela poderia me desmascarar. Se eu estava certo e ela havia encontrado o rascunho da carta que eu tinha escrito para Caroline Adams, como poderia explicar? Como justificaria para Morgan o fato de ter fingido que estava com a mão quebrada? Talvez pudesse dizer que inventei a mentira para não ter de demonstrar sentimentos que já não estava mais seguro de estar sentindo... Bem, com isso eu estaria forçando demais a situação e mesmo que Morgan engolisse essa desculpa, eu ficaria em uma situação delicada, pois estaria sendo deselegante e desonesto. O que poderia começar a plantar as sementes da suspeita em sua cabeça.

Pensei em todas as possibilidades. Eu poderia confrontar O'Reilly com o que sabia a respeito da misteriosa paciente, mas aonde chegaria com isso? Morgan também estava envolvido no ocultamento daquela mulher e, considerando a maneira como O'Reilly havia falado com ele a respeito daquela situação, como se tivesse algum tipo de poder, parecia-me impossível contar com ele.

Ao pensar na expressão insolente de O'Reilly, na maneira como olhava e falava comigo, cogitei em simplesmente eliminá-la, da mesma maneira como nos livramos de uma aranha venenosa. Meus dedos estavam coçando, ansiando por torcer aquele pescoço e despachá-la da mesma forma com que havia despachado Caroline Adams – mas eu sabia que qualquer coisa nessa linha estava fora de cogitação. A polícia baixaria naquele lugar como um falcão sobre um coelho, e eu estaria perdido. A única alternativa era tentar colocar as mãos no rascunho da carta.

Esse pensamento foi suficiente para me lembrar da noite em que arrisquei tudo para tentar encontrar o formulário com a letra de Shepherd no escritório de Morgan. Não sentia a menor disposição para me esgueirar até o quarto de O'Reilly, correndo o risco de que ela me encontrasse ali. Eu me amaldiçoei por não ter pensado nisso enquanto ela estava fora, mas era perfeitamente plausível que ela tivesse levado a carta consigo. Não, não havia nenhuma perspectiva de alguma coisa nesse sentido.

De qualquer forma, eu não podia ter certeza de que O'Reilly estava com a carta. Eu tinha apenas uma observação sugestiva. Poderia estar imaginando demais; talvez fosse apenas paranoia da minha parte. A melhor coisa a fazer por enquanto era tentar não bater de frente com ela, pois, se estava mesmo com a carta, até então não havia feito nada. Eu ainda não estava disposto a sacrificar Jane Pomba para apaziguá-la, mas havia me resignado à ideia de que, se a situação ficasse crítica e não houvesse outra forma de me proteger, talvez tivesse de fazer isso.

25

Nessa altura, já tinha elaborado meu plano de fuga. Em dezembro eu receberia meu primeiro pagamento trimestral, o que, juntando com o dinheiro herdado de Caroline Adams, seria mais do que suficiente para chegar ao extremo oeste. Em janeiro, quando estivesse tudo pronto, diria a Morgan que queria me demitir. Já havia ensaiado a conversa mentalmente inúmeras vezes: eu diria a ele, de forma inequívoca, o que achava da dureza e ineficácia de seu método e como não mais podia suportar fazer parte de tudo aquilo. Diria que pretendia partir imediatamente. Como faria a comunicação sem o aviso prévio de um mês exigido pelo contrato de trabalho, não esperava que me pagasse nenhum outro valor em salário; dessa forma, não teria nada que perder com minha franqueza. Faria isso em um domingo e pegaria o barco dos visitantes para voltar ao continente na mesma tarde; depois iria até a estação de trem mais próxima e pegaria um trem para a liberdade.

A única mosca na sopa, quando revia todo o meu plano, era O'Reilly, se ela tivesse o rascunho da carta. Depois que eu tivesse ido embora e o corpo de Caroline Adams fosse revelado com o derretimento da neve e do gelo, O'Reilly mostraria a carta e logo ficaria evidente para a polícia que o "doutor Shepherd" era falso. Imaginava que eles não demorariam a descobrir que Shepherd estava no trem que sofrera o acidente, o mesmo trem que levava Jack Wells. Considerando a forma como a senhorita Adams morrera, o passo seguinte seria a descoberta da troca de identidades; então começaria a caçada, com minha antiga foto policial estampada na primeira página dos jornais.

Mais uma vez, amaldiçoei meu descuido por não ter destruído aquele rascunho; era o único erro que eu havia cometido, mas esse único erro poderia me custar tudo. Sem ele, haveria um simples caso de assassinato, possivelmente – mesmo que não definitivamente – cometido por um médico sem antecedentes criminais; um crime passional. Existia também a possibilidade de que, ao encontrarem o corpo da senhorita Adams, ninguém fizesse a ligação com a mulher que havia me procurado e que, até onde todos sabiam, tinha voltado no barco que a trouxera. E se Shepherd fosse procurado, as fotos que a polícia usaria para caçá-lo seriam do homem errado.

Como parte dos preparativos para minha fuga, comecei a deixar a barba crescer; imaginei que assim ficaria ainda mais difícil alguém me reconhecer como Jack Wells. Com isso, tive a oportunidade de propiciar a Morgan algum divertimento.

– Ah, talvez acredite que parecerá mais velho e mais sábio se esconder metade do rosto debaixo de pelos – disse ele.

– O senhor adivinhou meu propósito – confessei com um sorriso.

– Bem, talvez isso lhe dê um ar mais grave. Mas, se quer saber mesmo o que penso, nunca entendi qual é a necessidade da barba. Em minha opinião, um bom bigode é o máximo que um homem deveria se permitir nesse sentido – disse, acariciando o próprio, que parecia uma lagarta embaixo do seu nariz.

– O senhor talvez esteja certo. Ainda não estou inteiramente convencido. Verei o que acontece em um mês; se achar que não fica bem, adeus à barba.

Jane também ficou curiosa ao ver os pelos florescendo.

– Ora, senhor – brincou ela um dia, pois estava ficando cada vez mais ousada no modo de falar comigo, com uma intimidade que beirava o flerte. – Juro que não o reconheci. Se essa floresta no seu rosto ficar mais espessa, aposto que nem os seus amigos conseguirão reconhecê-lo.

– Você acha que não? Devo deduzir por esse ar zombeteiro que não aprova o uso de barbas, mesmo com o número de adeptos aumentando a cada dia?

Ela ficou pensativa por alguns segundos.

– Parece me lembrar de alguém que conheci – não me pergunte quem, quando nem onde, pois não sei –, mas alguém me disse um dia que um homem que cobre o rosto com pelos está tentando se esconder.

Ela disse aquilo com um sorriso, como se fosse uma observação sem importância, mas eu não poderia rebater da mesma forma, pois o que ela dissera havia chegado muito perto da verdade.

Peguei o livro que havia trazido da biblioteca pensando em ler para ela. Não tinha ilustrações, mas pensei que fosse gostar.

– Como se chama, senhor?

– *Jane Eyre* – disse eu, abrindo o livro.

– Jane, senhor, como eu.

– Sim, eu sei, como você.

26

Apesar de passar a maior parte da sua liberdade em um só lugar, a biblioteca, quando o dia estava claro e ensolarado ela também gostava de sair; um dia, cerca de uma semana depois, eu a vi pela janela da sala de contenção, onde estava supervisionando a tortura de outra pobre criatura. Ela estava fazendo um boneco de neve. Estava tão entretida em sua atividade, que parecia ignorar completamente o resto do mundo. Pegava grandes punhados de neve e colocava na base que havia construído, rindo e falando como se estivesse conversando com outra pessoa. Parecia uma criança brincando, inocente e despreocupada. Senti uma dor no peito ao observá-la, como uma facada no coração ao recordar uma cena muito antiga, de quando eu também era uma criança pequena, fazendo um boneco de neve, junto com uma mulher cujo rosto não conseguia visualizar, mas que eu sabia que devia ser minha mãe; percebi que aquela devia ser uma lembrança muito profunda, de uma época feliz, antes de sua morte, antes de ter sido condenado aos horrores daquela granja. Senti meus olhos se encherem de lágrimas ao pensar em como minha vida poderia ter sido. "Algum bem pretendo fazer, apesar da minha própria natureza." As palavras surgiram na minha cabeça, como costumava acontecer com os textos que eu decorava. Edmundo, em *Rei Lear*: um papel fundamental, sob vários aspectos. As palavras não poderiam ser mais adequadas ao que eu estava sentindo naquele momento; decidi que, se conseguisse organizar as coisas sem causar prejuízo a mim mesmo, tiraria aquela criança desse lugar e daria a ela a chance de ter uma vida que nunca tive.

No dia seguinte, interrompi minha leitura de Jane Eyre e disse a ela:

– Estive pensando no que poderíamos fazer para conseguir sua liberdade.

Ela suspirou.

– Impossível, senhor. Sou tão prisioneira quanto Jane e Helen Burns em Lowood. Não há escapatória.

– Mas pode haver. Se conseguirmos convencer Morgan de que está curada, talvez eu consiga convencê-lo a deixá-la sair.

– Desejo-lhe sorte com isso, senhor.

– Não, escute. Estive pensando. Quais são seus sintomas de loucura? Você ataca as pessoas? Delira ou fala sozinha? Tira as roupas em público?

Ela corou.

– Sinto muito. Não quero que se sinta envergonhada. A questão é que você não apresenta os sinais típicos da insanidade. O que a trouxe aqui – quer dizer, o mais importante – é sua amnésia. Você não consegue se lembrar do passado. Esse é o principal motivo. Perder a memória não é o mesmo que enlouquecer, embora no seu caso essas duas coisas tenham se misturado. O que precisamos fazer é recuperar sua memória.

Ela se encolheu, como um animal encurralado.

– Já lhe disse, senhor, eu deslembro tudo.

– Está certo, acalme-se. Eu sei. Você não consegue se lembrar do seu passado, por isso teremos de lhe dar um.

– Eu não entendo.

– Inventaremos um! Podemos convencer Morgan de que você recuperou a memória com o tratamento; ele não terá justificativa para mantê-la aqui. Na verdade, eu diria até que ele talvez queira se livrar de você porque sua sanidade representaria um desafio para os métodos dele. Acho que nessas circunstâncias, ele teria de deixá-la ir embora.

Os olhos dela se iluminaram.

– O senhor realmente acha que isso é suficiente?

– Bem, não posso garantir nada, mas certamente vale a pena tentar. É melhor do que nada, você não percebe?

– E se ele não ficar convencido? O que acontece? Ele dirá que seu tratamento, seu "Tratamento Moral", falhou e vai me mandar de volta para morrer entre as mortas-vivas?

– Você não vê que cedo ou tarde é isso o que vai acontecer? Ele não permitirá que esta experiência continue para sempre.

Seus lábios tremeram, seus olhos ficaram marejados e uma lágrima escorreu por seu rosto.

– Não quero pensar nisso – disse ela, soluçando e chorando copiosamente.

– Jane, temos de pensar nisso. Precisamos agir agora, antes que seja tarde demais.

– Está bem, o que preciso fazer?

– Deve inventar um passado para si mesma. Comece pensando nisso; imagine a vida que gostaria de ter, se não estivesse aqui. Pense na casa em que poderia estar morando; imagine os quartos, pense nos pequenos detalhes da mobília, coisas assim. Invente uma família, as pessoas que viveriam nessa casa com você.

Seus olhos brilharam de entusiasmo.

– Farei isso, senhor! Tentarei imaginar a vida que eu poderia ter tido. Vou deitar na cama hoje à noite com os olhos bem fechados e imaginar como poderia ser e amanhã lhe conto.

– Só precisamos de um esboço para começar, uma espécie de moldura onde possamos pendurar mais detalhes. Depois teremos de inventar uma história para explicar como foi que você começou a vagar sozinha pelas ruas da cidade e uma razão para sua família não existir mais. O objetivo é construir uma vida anterior realista para podermos apresentá-la a Morgan.

Ela agora estava sorrindo.

– Ah, senhor, é um plano brilhante! Vou adorar inventar tudo isso. Amanhã, eu prometo, já terei um passado.

O dia seguinte foi um daqueles presentes da natureza que o levam a se sentir grato por estar vivo, especialmente se não tem o direito de estar. O céu azul e o sol brilhando, um brilho de inverno, não muito quente, é verdade, mas um regalo de alegria e esperança. Tudo se destacava nitidamente, como costuma acontecer sob a luz: os galhos esqueléticos nas árvores, os tijolos do edifício. Olhei pela janela para o homem de neve que Jane Pomba havia feito no dia anterior. Ela enfeitara os olhos e a boca com pedras e ele parecia estar sorrindo. Senti que uma onda de otimismo tomava conta de mim e respondi ao sorriso. Tudo estava indo muito bem. Em um dia como aquele eu até era capaz de acreditar que meu estratagema para libertar Jane daria certo. Eu estava seguro por enquanto. Já tinha elaborado todo o plano da minha fuga. Então, quando estava pensando exatamente nisso, meu olho captou um movimento – uma sombra de algo passando acima da minha cabeça, manchando a neve imaculada – e ao olhar para cima vi uma gralha solitária voando na direção do rio. Senti um tremor e de repente o dia me pareceu frio e sem graça. O'Reilly, era ela a gralha. Eu tinha de descobrir uma forma de lidar com ela, mas não conseguia pensar em nada. Só sabia que não poderia deixar nada nas mãos do acaso. Tudo precisava ser perfeito.

A gralha desapareceu no horizonte e com ela se foi o medo que senti momentaneamente. Eu daria um jeito em O'Reilly, tinha certeza disso. Alguma coisa iria acontecer, sempre acontecia. O que poderia ser mais desesperador do que estar em um trem a caminho do corredor da morte? Quem poderia imaginar que um acidente de trem iria me salvar? No entanto isso havia acontecido. Eu jamais acreditaria que seria poupado da morte por causa de um bisbilhoteiro intrometido.

Estava assobiando ao entrar no quarto de Jane, e ela parecia tão alegre quanto eu.

– Muito bem, Jane, você já tem um passado?

Ela pareceu não ter entendido a brincadeira e respondeu inocentemente:

– Acho que sim, senhor. Passei metade da noite acordada pensando nele. Foi muito estranho. Quando eu pensava em uma coisa, uma outra pulava na minha cabeça, e depois outra. No início elas pareciam desconectadas, depois foram se encaixando, como peças de um quebra-cabeça; mas ainda não consegui preencher alguns buracos.

– Não se preocupe com isso por enquanto. É melhor não apressar as coisas, deixe que se formem aos poucos; caso contrário sua história poderá parecer muito artificial, e nesse caso não irá convencê-lo. Diga o que temos até agora.

– Eu me chamo Florence.

– Sim, você já me disse isso. Florence do quê?

Ela me olhou desconfiada. Duvidosa.

– Apenas Florence até agora, senhor. E eu moro em uma casa muito grande.

– Muito grande? Como uma daquelas casas da cidade?

Ela riu.

– Ah, não, senhor. Muito maior. Tão grande quanto este hospital. Só a biblioteca mede cento e quatro passos de comprimento e trinta e sete passos de largura. A casa tem muitos quartos, mas ninguém vive ali além de nós, meu irmão e eu.

– Você tem um irmão?

– Sim, o nome dele é Giles, e é três anos mais novo do que eu.

– E quantos anos você tem?

Ela hesitou, desviou o olhar.

– Eu… eu deslembro, senhor.

– Você deve ter dezesseis.

– É o que acha, senhor?

– Não, eu não tenho ideia de qual seja a sua idade. O que estou dizendo é que você *precisa* dizer que tem dezesseis anos. Acho que ninguém acreditará se disser que é mais velha. Mas precisa dizer que tem dezesseis.

– Por quê? Que importância tem isso?

– Porque com dezesseis anos você é considerada legalmente capaz de cuidar de si mesma. Se disser que é mais nova, mesmo que Morgan concorde em deixá-la ir embora, terá de entregá-la para as autoridades. Você acabará em um orfanato. Se tiver dezesseis anos, estará livre.

– Está certo, tenho dezesseis anos.

– O que mais você "lembrou"? E os seus pais?

– Meus pais estão mortos, senhor. Estou sob a proteção do meu tio, que nunca vejo porque a casa fica no campo, em uma região distante, e ele mora longe, na cidade de Nova York. A casa tem uma longa entrada, cercada de carvalhos. Um homem cuida dos cavalos, e a governanta cuida da casa.

– Nomes?

– O nome dele é John, e ela se chama senhora Grouse. Temos uma criada chamada Mary e uma cozinheira chamada Meg, que faz bolos deliciosos.

Estava tudo prontinho; o modo como ela respondeu às minhas perguntas, tudo tão engenhoso; aquela garota deveria ser escritora... quer dizer, se ela mal conseguia ler, como conseguiria escrever? Mas ela realmente sabia inventar uma história com naturalidade. Sabia relacionar as coisas, como se estivesse olhando tudo com os olhos da mente, e acreditando que era tudo real.

– Não há mais ninguém nessa casa? Ninguém para cuidar de vocês?

– Já lhe disse, senhor, temos a senhora Grouse e as criadas.

– E quanto à sua educação?

Ela se conteve.

– Sabe muito bem que não tenho.

– Mas por quê? Morgan vai querer saber.

– Já lhe disse que é impermitido. Meu tio se apaixonou por uma mulher que se tornou toda culta e letrada e depois trairou.

– Sei. – Logo me ocorreu que eu teria de dar um jeito em sua maneira de falar. Se ela continuasse a usar os verbos como bem entendesse, Morgan diria que ela é louca. – Por isso ele não permitiu que você e seu irmão...

– Giles, senhor.

– Por achar que o estudo em excesso havia transformado a amada, seu tio não deu uma educação a você e a Giles.

– Ah, não, senhor. Só eu. Porque meu tio achava que o problema era permitir que as mulheres estudassem. Não se aplicava a Giles.

– Então Giles foi para a escola?

– Por algum tempo, depois que a primeira governanta morreu.

– Você tinha uma governanta que...

– Eu não, senhor, Giles...

– Giles teve uma governanta que morreu?

– Tragicamente, no lago.

– No lago em que você costumava patinar?

– Esse mesmo, senhor. Que memória o senhor tem! – Ela fez essa observação com um sorriso zombeteiro.

– E como foi que ocorreu a tragédia?

– Um acidente de barco, senhor. Ela caiu na água e se afogou, a coitada.

Confesso que estava espantado e admirado com o modo como ela havia pensado em tudo aquilo em apenas uma noite, construindo uma narrativa estranha, porém convincente – exatamente por ser tão singular.

– E isso representou o fim da educação de Giles, imagino?

– Ah, não, senhor. Ele teve outra governanta. Ou talvez fosse a mesma…

Ela mordeu o lábio e olhou para mim ansiosa, em dúvida.

– O que você quer dizer? Como poderia ser a mesma se a mulher havia morrido?

Ela me olhou com seriedade.

– Diga, senhor, o senhor acredita em fantasmas?

– Eu o quê? Jane, pare com isso. Isso tudo já está parecendo maluquice.

Ela ficou inteiramente rígida de repente.

– Desculpe, usei a palavra errada. O que eu quero dizer é que, se você começar a falar de fantasmas, Morgan dirá que isso é um sinal de loucura. Você precisa controlar sua imaginação. Está indo muito longe. Isto não é um romance barato, uma história sensacionalista que você está inventando. Tem de parecer real. De certa forma, em alguns aspectos, quanto mais maçante, melhor.

Ela voltou os olhos para o chão. Eu não saberia dizer no que estava pensando.

– Foi como as coisas apareceram na minha cabeça, senhor, como uma história que alguém me contou.

– Estou vendo e acho que você criou uma história maravilhosa, mas o mais importante é torná-la verossímil. Há uma coisa nessa "sua vida" que é muito estranha, talvez até um pouco fantasiosa, e é essa proibição do seu tio, impedindo-lhe de aprender a ler e escrever. É claro que ainda hoje existem pessoas que acreditam em coisas não muito diferentes, que o lugar da mulher é na cozinha, coisas assim. Mas já é algo muito estranho na vida de uma pessoa. Precisamos manter o resto da história mais normal. Por exemplo, você precisava afogar a governanta?

– Ah, sim, senhor! – Ela respondeu tão depressa que mal teve tempo de tapar a boca com a mão assim que percebeu o que havia dito. – Quer dizer, foi assim que aconteceu na minha imaginação. Mas o senhor está certo. Para o nosso propósito, ela não precisa morrer.

– Ótimo. Ela pode ficar e ensinar Giles.

– Está certo.

– Isso é tudo? Você pensou em algo que pudesse explicar como foi que você acabou vindo para cá?

– Não, senhor. Ainda não cheguei aí. Essa pensação toda me deixou cansada. Desculpe.

– Não se desculpe. Você foi muito bem. Em apenas uma noite criou uma identidade para si mesma.

– Acha que está bom, senhor?

– Até aqui, sim. Mas teremos de desenvolver sua história. Teremos de explicar como você deixou a vida nessa casa e ficou vagando pelas ruas da cidade. Precisamos de uma história para isso.

– Vou tentar de novo esta noite.

– Não – disse eu. – Não se apresse. É importante fazer as coisas direito. Se não estivermos bem preparados, Morgan irá farejar algo errado. Quero que se concentre nessa vida que você inventou. Quero que ande pela casa, que perceba os detalhes dos móveis, que invente conversas com a governanta e com a cozinheira, que imagine o que fazia todos os dias. É o que os atores fazem quando estão se preparando para um papel. Tentam imaginar como é ser a personagem que estão interpretando. Inventam um passado para essa personagem e quase se tornam essa pessoa.

– Caramba, o senhor sabe muita coisa. Parece até que é ator de verdade.

Ela arregalou os olhos cheios de admiração inocente, quase veneração, ao olhar para mim. Ocorreu-me que seria melhor não dar muita importância. Não queria que ela ficasse pensando nisso. Estava perto demais para que eu pudesse me sentir tranquilo.

– Não é bem assim. Todo o mundo sabe disso e já ouvi atores comentando. De qualquer forma, preciso ir. Agora lembre do que eu lhe disse. Não tente forçar as coisas. Feche os olhos e ande pela casa; torne-se a Florence que vivia ali. Viva e respire essa garota; trabalharemos juntos no resto da história.

E assim teve início uma nova fase de nossa existência. Todas as tardes, ao encontrar com Jane para acompanhá-la no horário do exercício, eu perguntava: "E o que Florence andou fazendo hoje?". Então ela se punha a relatar as atividades de seu *alter ego* como se tivessem realmente ocorrido e fizessem parte de sua própria história. Ela tinha um talento natural para a invenção e um modo peculiar de usar as palavras para descrever as imagens para o ouvinte; era como se eu pudesse ver as coisas que ela descrevia acontecendo diante dos meus olhos.

Ela inventou essa personagem chamada Theo, filho de um vizinho, que tinha mais ou menos a mesma idade que ela e que parecia uma grande garça desengonçada; ele não podia ficar sozinho na sala, pois era muito desajeitado e podia quebrar e derrubar coisas, mas – e esse detalhe é que o tornava muito mais real –, assim que colocava os patins e pisava no gelo, ele se transformava. Foi ele quem lhe ensinou a patinar, num dia em que ela insistiu para que se encontrassem do lado de fora para proteger os objetos da casa, que ela agora chamava de Blithe. Eles patinaram no lago que ficava atrás da casa e esse rapaz "deslizou sobre o gelo como um cisne" e conquistou sua admiração.

Com o passar dos dias, Theo foi ganhando cada vez mais espaço na narrativa. Ele se apaixonou por ela e, considerando-se um grande poeta, começou a bombardeá-la com versos românticos, que na verdade eram absolutamente horrorosos, mal elaborados. Ela chegou até a lembrar alguns, como o que dizia: "Quem seria tão idiota a ponto de não se apaixonar loucamente por Florence?".

Aquele pobre rapaz "poetava" para arrancar-lhe um beijo, ela disse, algo que nunca lhe deu, não tanto por considerá-lo pouco atraente, mas porque não via razão para recompensar versos ruins. Somente mais tarde, quando estava sozinho, é que refleti sobre seu instinto natural, sobre o fato de ela conseguir reconhecer um verso ruim ao ouví-lo. Mas então, pensei, quando poderia ter ouvido versos bons?

Nesse momento dei um tapa na testa e comecei a rir. Eu realmente tinha me deixado enganar! Estava tão envolvido com a narrativa que ela havia construído – com a minha ajuda em alguns pontos, é verdade – que comecei a acreditar que fosse sua verdadeira história. Mas não era, tudo não passava de ficção. Quem poderia dizer o que realmente havia acontecido no passado, o que ela não conseguia lembrar? Era perfeitamente possível que naquela outra vida deslembrada ela tivesse quem lhe mostrasse poesia de verdade, um parente, talvez; ela poderia assim ter desenvolvido a capacidade de distinguir o bom do ruim.

Esse incidente me convenceu, quando novembro deu lugar a dezembro, de que o relato de sua história de vida era sólido, sem brechas, e que enganaria até mesmo Morgan. Só não estava completamente pronto por um detalhe. Não tínhamos uma explicação plausível para justificar o fato de Florence ter deixado para trás a vida em Blithe.

O que teria acontecido para que ela abandonasse uma vida aparentemente idílica e acabasse sendo tratada como louca? Como havia saído daquele lugar distante, na zona rural, para vagar pelas ruas da cidade?

E havia também outras perguntas para as quais precisávamos encontrar as respostas. Onde estava seu tio? Não haveria como localizá-lo e entrar em contato para que viesse buscá-la? Era evidente que não, pois não havia nenhum tio, esse era o problema. Por isso, alguma coisa precisava acontecer com ele. A história mais plausível seria a da morte. Ele teria de morrer. Mas como? E se morresse, por que Florence ficaria sozinha? Teria parentes que a acolheriam – e fariam isso mesmo agora – ou não teria ninguém, e nesse caso seria a herdeira da bela casa e da fortuna que provavelmente vinha com ela? E onde estava o pequeno Giles, seu irmão? Sugeri a Jane que esta última dificuldade poderia ser facilmente resolvida; bastava desinventar o garoto, removê-lo completamente da história porque não era necessário.

Ao ouvir a sugestão, no entanto, ela ficou bastante agitada.

– Não, não, não, não podemos fazer isso. Impossível ter todo o resto sem Giles.

Por mais que eu tentasse mostrar que era um problema perfeitamente possível de ser resolvido, ela não se deixou convencer e o garoto continuou vivendo, um estorvo adicional.

Continuávamos sem conseguir produzir um cenário que explicasse o que havia acontecido para que a vida de Florence tivesse sofrido uma reviravolta tão dramática. A cada dia que passava, sentíamos aumentar a sensação de derrota e aos poucos, enquanto nos aproximávamos do Natal, fomos dedicando cada vez menos tempo ao assunto e voltando para o livro que eu estava lendo para ela.

27

O hospital estava agora transformado, sem o aspecto triste e monótono de todos os dias. As atendentes andavam ocupadas, colocando correntes de papel e enfeites, produzindo uma espécie de alegria triste; era tão estranho, tão em desacordo com o lugar no resto do ano. Na sala do dia, uma das pacientes, que sabia tocar piano, tinha começado a ensaiar músicas natalinas, preparando-se para o entretenimento que era oferecido às internas todos os anos no dia de Natal; quando começava a tocar uma melodia, as outras acompanhavam cantando a letra – ou em alguns casos, uma letra inventada – com sucesso musical variado. A maioria murmurava ou resmungava, cantando horrivelmente fora do tom; algumas delas, no entanto, cantavam muito bem. Uma vez, ao entrar na sala, fiquei parado onde estava, incapaz de dar mais um passo, ao ouvir uma voz solitária cantando "Escutai! Os anjos do arauto cantam!" com uma voz cristalina como a água pura de uma fonte. Foi como se tivesse levado um murro no peito; fiquei sem respiração, os olhos cheios de lágrimas. Senti-me absolutamente impotente enquanto ela continuava a cantar. Parecia resumir toda a esperança do mundo, e isso me fez sentir muita compaixão por alguém ainda poder expressar tanta esperança mesmo preso em um lugar como aquele.

O dia de Natal surgiu claro e iluminado, alegrando a atmosfera geral no hospital. Havia uma grande expectativa no ar, como se alguma lembrança atávica tivesse sido remexida no passado das internas, uma excitação com o que esse período festivo poderia lhes trazer, apesar de que, para elas, não havia muito o que esperar. O almoço foi um regalo mesquinho. Serviram sopa de lentilhas com bacon, seguida de frango assado em porções parcimoniosas, suficientes para abrir o apetite, mas não para saciá-lo. Havia mais batatas do que de costume, e até legumes cozidos, coisas que normalmente não se via ali, e também potes com molho, considerado uma verdadeira iguaria; as atendentes eram obrigadas a interromper seu trabalho para evitar que algumas pegassem o molho e o tomassem como se fosse cerveja.

Terminado o almoço, as internas foram para a sala do dia, onde a pianista iniciou a execução de seu repertório de músicas natalinas, acompanhada por um pequeno coro formado por atendentes e pacientes capazes de cantar bem, embora a apresentação tenha sido acompanhada por alguns membros da plateia, o que gerou uma inevitável cacofonia. Ainda assim, a atmosfera era alegre e, depois de darmos nossa contribuição para a cantoria, Morgan e eu nos retiramos para a sala de jantar dos funcionários para o nosso almoço.

Foi um repasto suntuoso com ganso assado, a primeira refeição desse tipo que eu saboreava em um ano ou mais, e me atirei a ela com prazer. Tomamos um ótimo vinho tinto e Morgan ficou tão descontraído que pediu uma segunda garrafa, que viramos sem fazer uma pausa sequer. Sob a influência do álcool, todas as minhas ansiedades, toda a tensão das minhas armações, foram como que se desfazendo; eu me senti envolvido pelo espírito acolhedor daquela época do ano ao olhar para Morgan, sentado à minha frente com as maçãs do rosto coradas, entretendo-me com histórias dos longínquos dias de faculdade e, além dele, no cenário de cartão-postal, o boneco de neve feito por Jane Pomba sob um sol radiante, no mesmo lugar em que estava havia algumas semanas.

Enquanto olhava para ele, tive a sensação de que havia alguma coisa diferente, alguma coisa errada. Ele não parecia ser o mesmo de antes. A princípio, eu não seria capaz de jurar. Mas então percebi que havia alguma coisa estranha em seu nariz... isto é, no graveto que Jane havia usado para representá-lo. Não estava mais empinado como antes, mas caído sobre a pedra que representava sua boca. Seus olhos também estavam estranhos. Os dois pedaços de carvão tinham escorregado, dando-lhe um ar de palhaço triste. Senti um aperto no peito, não conseguia respirar. Meu estômago parecia um buraco vazio, apesar de toda a comida que eu tinha acabado de ingerir. Senti uma espécie de pavor que a princípio me pareceu incompreensível. E então, de repente, entendi tudo.

Percebi que Morgan tinha parado de falar. Tentei me recompor. Ele estava olhando para mim.

– Santo Deus, homem, o que foi? Parece que você viu um fantasma.

Quase ri ao ouvir isso, mas aparentemente havia perdido a capacidade de produzir qualquer som. Empurrei a cadeira para trás e me levantei, mas não consegui ficar em pé; senti as pernas tremerem e tive de me apoiar na mesa.

– O que foi? – perguntou Morgan de novo. – Está se sentindo mal? Tomou vinho demais?

Ignorei o que ele dizia e fui tropeçando até a porta. Atravessei o corredor em desabalada carreira e, ao sair pela porta principal, quase caí. A superfície coberta pela neve estava escorregadia. Antes não estava assim. Cambaleando e me apoiando na fachada do edifício, eu me aproximei do homem de neve. Podia ouvir ao longe a voz de Morgan, chamando-me de volta. Olhei para o homem de neve e ele parecia estar zombando de mim. Coloquei a palma da mão em seu rosto e deixei escapar um suspiro ao ver uma gota escorrendo em seu nariz. Era verdade. Ele estava derretendo.

Morgan tinha vindo atrás de mim e parou do meu lado.

– O que é que está havendo com você, Shepherd? Por que está agindo dessa forma?

– Não pode ser! Não pode! Isso não poderia estar acontecendo agora. Não pode ser verdade.

Mas era. O degelo estava começando.

Morgan colocou o braço em torno do meu ombro, de maneira surpreendentemente carinhosa, e me virou para que eu não visse o homem de neve; depois me levou de volta para dentro do prédio. Estava escurecendo. Em meio ao silêncio mortal, eu conseguia ouvir o barulho dos pingos caindo dos galhos enquanto passávamos. Ao chegarmos à porta da frente, perguntei a Morgan:

– O gelo deve durar até fevereiro, não? Foi o que o senhor me disse, que sempre ia até fevereiro.

Ele sorriu, sem graça, tentando me tranquilizar.

– Bem, falei baseado em minha experiência anterior. Não sou um especialista em clima. O gelo costuma durar até fevereiro, mas não é incomum a temperatura começar a subir antes disso. É muito raro, posso lhe garantir. Hoje tivemos um dia excepcionalmente quente, mas se o degelo vai continuar ou não ninguém pode saber. Vamos torcer para que isso aconteça.

Olhei para ele como se estivesse louco.

Por dentro, fui recuperando os sentidos aos poucos, o suficiente para me preocupar com o que poderia ter dito. Repassei tudo mentalmente. Não estava inteiramente seguro, mas tinha certeza quase absoluta de que não havia deixado escapar nada. Quando voltamos para a sala de jantar, Morgan me ajudou a sentar e me serviu um copo de conhaque. Já ia pegá-lo, pois estava tremendo e precisando muito de algo para acalmar meus nervos, quando tive o bom senso de recusar.

– Obrigado, senhor, mas não. Acho que já bebi demais por hoje. Não estou acostumado. Minha família sempre foi muito severa em relação à sobriedade.

Não sei por que me ocorreu essa reação; foi absolutamente fortuita, mas despertou a simpatia de Morgan.

– Sinto muito, eu não sabia. E fui enchendo seu copo durante todo o almoço! Deveria estar mais atento às suas inclinações *quaker*.

– Não é culpa sua, senhor. Eu mesmo deveria estar mais atento e ir com calma. Nem sei como me desculpar por meu comportamento. Não sei o que deu em mim.

– Não precisa exagerar, meu velho. Todos nós bebemos um pouco mais além da conta uma vez ou outra. – Ele olhou para mim, examinando-me por alguns segundos, e depois olhou pela janela. – Foi alguma coisa ligada ao homem de neve, não foi? Algo que o deixou contrariado?

– Acho... acho que me lembrou um palhaço – disse eu. – Eu não os suportava quando era criança. Tinha muito medo. Até hoje não consigo ir a um circo por causa deles.

– É mesmo? Muito estranho. O que poderia ter causado isso? – disse ele, erguendo uma das sobrancelhas e me observando com um interesse forense.

Eu estava em pânico. Consegui fingir uma aparência de normalidade diante de Morgan, mas não foi fácil. O constante pingar do gelo derretendo nos galhos das árvores era uma tortura que dificultava minha concentração em qualquer outra coisa. De vez em quando, ouvíamos o barulho de neve caindo do telhado e batendo no chão.

Por fim, aleguei uma dor de cabeça por causa do vinho e pedi sua licença para me retirar. Precisava ficar sozinho; tinha de encontrar uma saída para a armadilha em que havia me colocado; precisava encontrar uma forma de escapar antes que a neve se transformasse em água e revelasse o corpo da falecida Caroline Adams para o mundo.

Depois que escureceu, saí e observei os gramados ao redor até onde podia enxergar sob a luz do luar. Após o pôr do sol, o tempo havia ficado mais frio. Seria ilusão ou a frequência dos pingos havia diminuído realmente? Contornei o edifício e olhei na direção em que a senhorita Adams esperava deitada pela ressurreição. A luz era muito fraca para enxergar tão longe, mas fiquei aliviado com o fato de as camadas mais profundas de neve não terem diminuído em nada. Calculei que devia haver pelo menos um metro de neve por cima da senhorita Adams e imaginei que isso levaria algum tempo para derreter. Pelos meus cálculos, teria um dia ou dois, pelo menos, mesmo que a temperatura continuasse elevada.

Ao voltar, ocorreu-me que com toda aquela preocupação eu havia me esquecido de Jane Pomba, que devia ter tido um dia bastante solitário. Eu lhe havia sugerido que vestisse seu velho uniforme e se juntasse às outras pacientes para participar das celebrações do dia, mas ela havia ficado horrorizada com a ideia.

– Jamais voltarei para aquele lugar, senhor – disse ela, com raiva –, nem mesmo por um dia. Nem por uma hora, ou um minuto, nem por um único segundo. Não sou uma delas.

Por isso havia passado o dia de Natal sozinha; a única nota relativa ao período de festas eram os livros de Natal, de Charles Dickens, que eu havia encontrado na biblioteca e deixara com ela para que pudesse ver as ilustrações. Era o que ela estava fazendo, sentada junto à janela.

– Meu homem de neve está derretendo. – Foi a primeira coisa que disse, e eu senti um arrepio.

– Bem, ele não iria durar para sempre – disse eu, fazendo-me de forte. – Mas confesso que esperava tê-lo conosco por mais tempo.

Aproximei-me e parei ao seu lado; ficamos olhando para a figura que se desmanchava lá fora. Era uma visão sombria.

Ela ergueu o livro na minha direção.

– O senhor teria tempo para ler um pouco para mim? Não consigo entender a história, por mais que tente; só consegui ver que termina com uma refeição de Natal.

O livro era *Um conto de Natal*.

– Jane, aconteceu algo mais importante. Precisamos nos planejar.

– É alguma coisa ruim? O senhor parece preocupado.

– Sim, receio que sim. Tive uma conversa com o doutor Morgan a respeito da sua recuperação e receio que ele não tenha reagido da maneira que esperávamos.

O livro escorregou de suas mãos e caiu no chão. Nenhum de nós tentou pegá-lo.

– Mas ele concorda que o principal motivo para eu estar aqui era a minha falta de memória?

Comecei a caminhar pelo quarto, em parte para pensar mas também para evitar que me olhasse diretamente nos olhos.

– Você pode pensar assim, mas essa não é a maneira como ele vê as coisas. Ele insiste que esse foi apenas um entre muitos fatores que o fizeram acreditar que você está louca. Diz que isso não seria suficiente para trazer uma paciente até aqui.

– Mas… como pode?

Olhei de esguelha para ela e vi que estava olhando diretamente para mim. Era como se estivesse sendo interrogado em um tribunal. Tive de baixar os olhos de novo e voltar a andar.

– Mas, senhor. Não foi apenas a minha memória que melhorou. Agora sei ler. Ele se esqueceu disso?

Parei e decidi encará-la.

– Eu o lembrei desse fato, mas ele se recusou a mudar de ideia. Disse que a maioria das pessoas sabe ler, até mesmo a maioria das loucas. Não é uma indicação de saúde mental.

Ela demorou alguns minutos para absorver essa informação. Depois disse:

– Mas isso não mostra que eu poderia voltar a ocupar meu lugar no mundo? Que posso cuidar de mim mesma? O fato de ter feito tantos progressos não mostra que estou curada?

Eu me aproximei dela, abaixei-me e apoiei um dos joelhos no chão; segurando sua mão, eu disse:

– O problema é esse, Jane. Foi o que não percebi quando decidimos que você fingiria que sabe ler, quando decidimos inventar seu passado. Morgan nunca permitiria que alguém se curasse. Isso contraria seu credo. Ele acredita num possível autocontrole, mas na cura jamais. Ninguém consegue sair deste lugar. É uma sentença de prisão perpétua sem direito a liberdade condicional.

Ela corou de raiva e, apoiando-se nos braços da poltrona, ficou em pé.

– Então qual é o sentido de tudo isso, da sua experiência com o Tratamento Moral? Por que ele permitiu todo esse desperdício de tempo e... e... de esperança, quando não tinha a intenção de reconhecer minha cura?

– Em parte, tratou-se de uma indulgência comigo, mas foi principalmente uma forma de provar que eu estava errado e de me convencer de suas ideias para que eu adotasse seus métodos bárbaros com mais entusiasmo.

Ela voltou a afundar na poltrona com o rosto coberto de lágrimas, soluçando.

Observei-a, satisfeito. Era exatamente isso o que eu esperava que acontecesse. Por fim, ela deixou cair as mãos e olhou para mim.

– Então a experiência acabou? Vou voltar para o meio das outras?

Fiz que sim com a cabeça. Ela mordeu o lábio, esforçando-se para conter outra crise de choro, incapaz de falar. Depois do que me pareceu uma eternidade, ela sussurrou:

– Quando?

– Assim que terminar o período de festas, depois que todos os funcionários que tiveram licença voltarem. Em alguns dias.

– Senhor, sei que não conseguirei suportar isso! Eu não suportarei um único dia!

– Não vai precisar. – Soltei sua mão e fiquei em pé. – Vou tirar você daqui.

– Me tirar daqui? Como? – perguntou ela incrédula, erguendo a cabeça.

– Fugindo. Vou ajudar você a fugir. Iremos embora daqui juntos.

Ela olhou para mim.

– Mas como ficaria sua situação com Morgan? Isso lhe custaria seu emprego!

– Vou lhe explicar tudo e você terá de fazer exatamente o que eu lhe disser e fazer sua parte direitinho. Quanto ao emprego, pretendo fugir com você. Não tenho a intenção de voltar para cá nunca mais.

– O senhor faria isso por mim? Mas por quê? Não entendo por que abriria mão de tudo para me ajudar.

Eu ri.

– Vim para cá para ajudar as pessoas porque pensei que esse era o trabalho de um médico, mas descobri que sou inútil. Não, pior do que isso. Estou aqui apenas para ajudar a oprimir pobres infelizes encarceradas. Não tenho interesse em ficar se não estou fazendo bem algum. Mais cedo ou mais tarde eu acabaria me demitindo e essa notícia em relação a você, bem, apenas apressou o que eu já estava pensando em fazer. Pelo menos assim poderei salvar uma paciente; será algo de que poderei me orgulhar após minha vergonhosa passagem por aqui.

Ela olhou para mim com um ar de adoração. Era como se estivesse sendo aplaudido de pé.

– Ah, senhor – disse ela, com as lágrimas voltando a escorrer em seu rosto. – Eu agradeço do fundo do meu coração.

Peguei uma cadeira, sentei ao lado dela e sussurrei:

– Agora ouça, vou lhe dizer o que deve fazer...

28

Quando terminei de explicar meu plano a Jane, já passava da hora do início da refeição noturna das pacientes e, naquela noite, era eu o encarregado da supervisão. Passei antes no meu quarto, onde peguei o pesado atiçador de ferro do fogo da lareira. Peguei um par de meias na gaveta e cobri a ponta do atiçador que ia ao fogo, pois estava coberta de cinzas. Com a outra meia, prendi a primeira no lugar. Depois coloquei o atiçador na cintura das calças e cobri com o paletó para que ninguém pudesse ver. Então me dirigi à sala de jantar das pacientes, torcendo para que ninguém reparasse na rigidez das costas. Parei antes de entrar e me preparei para o que estava por vir. Eu precisava exibir uma expressão impassível.

Fui recebido com um olhar insolente por O'Reilly.

– Está atrasado – disparou ela.

– Desculpe, senhora O'Reilly. Prometo que isto não se repetirá nunca, nunca mais – respondi, com um grande sorriso.

Fiquei satisfeito ao ver que ela havia estranhado minha reação e que durante toda a refeição me dirigiu olhares fugidios, tentando entender o que estava acontecendo comigo. Mantive o sorriso, apesar de o coração estar martelando no meu peito e o sangue latejando nas têmporas. Era um plano desesperado, que me ocorrera no calor do momento, e podia dar tudo errado. Em minha mente, revisava todas as possibilidades febrilmente, tentando descobrir alguma falha. Eu não consegui encontrar nenhuma, mas sabia que isso não significava que elas não existissem.

A refeição das pacientes chegou ao fim. Por causa da data, elas não iriam para a cama de imediato; teriam uma hora de música na sala do dia. Enquanto as atendentes organizavam as pacientes para que saíssem em fila, O'Reilly desapareceu pelo corredor detrás. Esperei até que todas as pacientes tivessem saído da sala e fui atrás de O'Reilly pelos fundos. Pude ouvir o barulho na cozinha; era evidente que estava preparando a bandeja que levaria para cima.

Escondi-me outra vez no depósito vazio e fechei a porta. Imaginei que O'Reilly não pensaria que eu era idiota o bastante para tentar o mesmo truque duas vezes; se ela me trancasse de novo, tudo estaria perdido.

Ouvi os passos se aproximando pelo corredor e depois se afastando escada acima. Saí do depósito na ponta dos pés e fui subindo a escada lentamente; prestei atenção e percebi que ela estava na escada do terceiro andar. Fazendo o máximo de silêncio possível, subi o lance de escada do segundo andar. Parei novamente, para ter certeza de que já estava no corredor de cima, prestes a subir a escada para o sótão. Então, ignorando toda a cautela, subi a escada correndo; surpreendi O'Reilly no alto da escada, com a bandeja nas mãos, surpresa com o barulho dos passos.

– Você!

– Sim, eu!

Ao subir o último degrau, coloquei a mão nas costas e tirei o atiçador.

– O que pensa...

Ela tentou recuar, mas caiu para trás. A bandeja voou na minha direção, derrubando sopa e água por toda parte; prato, xícara e jarra de água desceram tilintando pelos degraus de madeira. Quando o barulho finalmente cessou, ficamos olhando para uma maçã solitária que foi rolando como uma bola até desaparecer escada abaixo.

– Vim para lhe dar o tratamento que você merece! – gritei, erguendo o atiçador.

Ela se virou e tentou chegar à escada, justamente o que eu queria que fizesse. Acertei-a na nuca com o atiçador; bati com tanta força que pude ouvir o osso se quebrando. Foi tudo tão repentino que ela não teve tempo sequer de gritar, desabando na escada com um barulho surdo e um gemido abafado. Examinei sua nuca e fiquei satisfeito ao ver que a meia havia impedido qualquer corte, o que encaixaria perfeitamente na minha história. Em vez de uma ferida profunda, não havia nada além de uma profunda depressão na parte detrás do crânio.

Coloquei um dedo em sua garganta para sentir se ainda havia respiração. Minha vontade era torcer aquele pescoço e ver os olhos saltarem enquanto eu tirava sua vida, mas isso de nada me serviria. Eu a virei de forma que ficasse de costas para a escada acima, como se tivesse caído – ou sido empurrada. Recolhi algumas coisas que haviam caído da bandeja, um pedaço de pão e uma caneca de metal. Coloquei-as nos últimos degraus, depois coloquei a bandeja no alto da escada, perto da porta da louca, como se O'Reilly a tivesse deixado cair ali. Era muito importante que ela parecesse estar no topo da escada ao cair.

Só então, quando comecei a ficar um pouco mais calmo, percebi um barulho atrás de mim e me dei conta de que a louca estava gritando do outro lado da porta, sem dúvida agitada com o barulho. Ignorei-a e examinei o cenário que havia montado até ter certeza de que estava tudo certo. Voltei para perto de O'Reilly e enfiei a unha em seu rosto, descendo o suficiente para provocar um arranhão perverso.

Tirei a argola com o molho de chaves de seu cinto e testei na primeira porta até encontrar a chave certa, mas não abri; deixei a porta trancada, com a chave na fechadura e as outras penduradas na argola. Coloquei o atiçador sob o paletó de novo e desci rapidamente.

A sala de jantar estava vazia e passei para o corredor da frente sem ser visto. Eu podia ouvir ao longe o som da cantoria. Aproximei-me da escada principal sem encontrar ninguém no caminho e subi correndo. Entrei em meu quarto, tirei as meias da ponta do atiçador e coloquei-as de volta na gaveta. Depois coloquei a arma do crime em seu lugar habitual.

29

Quando parei de tremer, desci até o escritório de Morgan. Também dessa vez não encontrei ninguém no caminho, pois as pacientes a essa hora estavam se preparando para dormir e a reduzida equipe formada pelas atendentes que não haviam tirado folga estava ocupada com essa última tarefa do dia. Do lado de fora da porta, desarrumei o cabelo, entortei a gravata e rasguei a parte da frente da camisa. Depois bati e abri a porta antes que Morgan tivesse a chance de responder. Ele estava sentado em sua cadeira e olhou para mim; quase engasgou diante da minha figura desgrenhada.

– Por Deus, homem! O que aconteceu com você?

– Aconteceu... aconteceu – Fiquei parado, ofegante, como se tivesse corrido até ali. Eu já havia representado um número suficiente de mensageiros levando más notícias para ser convincente no papel.

Morgan ficou me olhando boquiaberto, acenando involuntariamente com a cabeça, esperando alguma explicação.

– Desculpe, vim correndo até aqui – murmurei, arfando, como se não conseguisse respirar. – O senhor precisa vir comigo. Acho que a senhora O'Reilly está morta.

– Morta? – Ele parecia atordoado, como qualquer pessoa ficaria diante de uma notícia tão chocante, para fazer qualquer outra coisa além de repetir a palavra. – Como? – perguntou, levantando-se. – O que aconteceu?

– Morta, senhor, pela louca que colocou fogo em seu escritório e me atacou.

Ele ficou lívido. Parecia um fantasma, o sangue desapareceu de seu rosto.

– O senhor precisa vir comigo imediatamente, antes que outra pessoa encontre o corpo.

Eu me virei e saí da sala; ouvi seus passinhos apressados atrás de mim, correndo até me alcançar.

– Como foi que ela morreu? – perguntou, sem parar de andar.

– Foi empurrada na escada, senhor. Cheguei no momento em que aconteceu, mas tarde demais para salvá-la.

A essa altura estávamos no corredor dos fundos e comecei a subir a escada.

– Eu não entendo – disse ele. – Você disse que viu, mas o que estava fazendo aqui?

– Queria fazer uma pergunta à senhora O'Reilly sobre uma das pacientes – respondi, fazendo a volta para o segundo lance da escada. – Queria falar com ela antes de me recolher. Percebi que ela saiu pela porta detrás da sala de jantar e fui atrás dela. Infelizmente, estava muito atrás para impedir o que aconteceu. É melhor continuarmos em silêncio, senhor, para não chamar a atenção das atendentes que ficam de guarda na ala de segurança.

De fato, podíamos ouvir suas vozes no andar de cima, gritando com as internas para que se aquietassem e dormissem.

Chegamos ao pé do último lance da escada, a que levava do terceiro andar para o sótão. Fui na frente e peguei a maçã, que continuava no degrau onde havia caído. Morgan ficou olhando como se nunca tivesse visto uma maçã na vida.

– A senhora O'Reilly estava levando uma bandeja com comida para a paciente. As coisas se espalharam com o ataque.

– Ataque – Morgan murmurou. Não parecia uma pergunta; tive a impressão de que ele estava registrando a palavra e seu significado.

Assim que fizemos a curva da escada, demos com o corpo sem vida da senhora O'Reilly estendido nos degraus de cima. Morgan passou por mim e se agachou para verificar o pulso como eu havia feito, na garganta; depois encostou o ouvido em seu peito. Por fim, balançou a cabeça, olhando para mim.

– Você tem razão. Ela está morta.

Ele precisou fazer um esforço para se levantar e eu lhe estendi o braço para ajudá-lo. Nossos rostos se aproximaram e ele me olhou nos olhos, como um homem assustado.

– Como foi que aconteceu? O que foi que você viu?

– Eu estava no fundo da escada, abaixo da curva. Ouvi o barulho de chaves sacudindo e depois o barulho de uma chave abrindo uma fechadura. Assim que cheguei ao meio da escada e olhei para cima, vi uma porta se abrindo e a louca correndo para cima de O'Reilly. A bandeja voou e as coisas se espalharam pela escada. O'Reilly foi pega de surpresa e, com as mãos ocupadas pela bandeja, não conseguiu oferecer resistência ao ataque. Quando a bandeja caiu, a mulher já estava enfiando a unha e arranhando seu rosto. A fúria do ataque levou O'Reilly a perder o equilíbrio e cair na escada. Ela parou alguns degraus abaixo e eu ouvi... ouvi...

– Sim?

Olhei bem nos olhos dele e disse:

– Senhor, foi um barulho horrível, de osso quebrando.

Ele piscou os olhos várias vezes. Ficamos ali parados, olhando para o corpo. Os olhos vidrados de O'Reilly olhando para nós. Eu não gostei de seu olhar, que parecia contradizer minha história. Inclinei-me e fechei seus olhos. Ergui sua cabeça e examinamos sua nuca.

– Parece que fraturou no choque com a madeira da escada.

Antes que eu pudesse responder, ouvimos um barulho na porta acima. Morgan olhou naquela direção.

– A paciente...

– Está presa em seu quarto – disse eu, apontando para minha camisa rasgada. – Tive um pouco de dificuldade... ela estava realmente furiosa, mas consegui dominá-la e trancar a porta novamente.

Morgan ficou olhando para a porta longamente, depois se virou sentou no degrau, segurando a cabeça entre as mãos.

– Que confusão. Que confusão terrível!

– É verdade, senhor – falei, com uma voz complacente. – A senhora O'Reilly era, bem, longe de mim falar mal de uma pessoa morta, ela era uma mulher dura, mas não merecia ser assassinada.

Que mentiroso!, pensei. Se havia uma bruxa que merecia morrer, era aquela que agora jazia na escada diante de mim.

– Não é disso que estou falando. Você não sabe o que significa isso.

– Sei mais do que pensa, senhor – disse eu calmamente. – Sei que aquela mulher é sua esposa.

– Como sabe disso? – Morgan perguntou, virando a cabeça no mesmo instante.

– Era a única explicação para mantê-la escondida.

Ele piscou os olhos algumas vezes, esforçando-se para conter as lágrimas.

– Eu a amei por vinte e três anos. Ela estava sempre tensa. Desde a primeira vez em que a vi, seus olhos pareciam sempre um pouco selvagens, apesar de nunca ter visto loucura neles. Pensava até que era muito romântico, quando eles lampejavam como fogo. Hah! – Ele parou para enxugar a lágrima que escapara dos olhos marejados. – Os primeiros anos do nosso casamento foram, bem, maravilhosos, eu diria. Ela era uma mulher muito apaixonada. Mas tinha um temperamento muito forte e seus ataques foram ficando cada vez mais intensos e difíceis de controlar. Ela me desgraçou em público mais de uma vez com seus gritos e linguagem inadequada.

Ele fez uma pausa, como se estivesse revivendo aquelas situações dolorosas e precisasse de um tempo para se recuperar.

– Com o tempo ela foi perdendo a razão. Dizia coisas sem sentido, afirmava que estava sendo perseguida, que estava sendo atacada por fantasmas. Ela os via em toda parte. Tornou-se violenta durante seus acessos de raiva, cada vez mais. Até chegar ao ponto de se tornar um perigo para si mesma e para os outros, e precisar ser internada.

– Mas o senhor não pôde interná-la.

– Não, eu não pude. – Ele olhou para mim, com olhos suplicantes. – Eu havia trabalhado no sanatório da cidade. Sabia como era o tratamento naquele lugar. Não podia condenar a mulher que eu amava àquele tratamento. Foi então que me indicaram para este cargo. Ninguém me conhecia aqui ou sabia que eu era casado. Por isso eu a trouxe e a mantive escondida. Assim poderia vê-la e, no lugar do duro tratamento que receberia no sanatório, poderia lhe dar amor e tratá-la com ternura. Pensei que assim poderia evitar que piorasse.

Então ele parou, tomado pelos soluços. Fiquei em silêncio, esperando que continuasse.

– Não funcionou – disse eu, quebrando o silêncio. – A ternura não funcionou e ela ficou cada vez mais louca e violenta.

– Sim – sussurrou ele.

– É por isso que o senhor não aceita o Tratamento Moral? Porque não funcionou com ela?

– Sim. Ela foi tratada com toda a gentileza e consideração, mas foi piorando, ficando cada vez mais louca. A contenção física era a única maneira de mantê-la sob controle.

– E O'Reilly tornou-se sua cúmplice para esconder tudo?

– Eu precisava de alguém para cuidar dela, alguém em quem eu pudesse confiar. Alguém que mantivesse a boca fechada e que fosse forte o bastante para lidar com ela. Fiz um acordo com O'Reilly. Eu lhe pagava um pouco mais e ela ficava quieta. É claro que algumas funcionárias sabiam ou ouviam os boatos a respeito dessa louca misteriosa, mas ninguém sabia quem era ela ou por que estava aqui. O'Reilly era confiável e discreta, conseguia manter Bella sob controle, apesar de estar praticamente começando a me chantagear, exigindo cada vez mais dinheiro.

– Mas qual a necessidade de tanto segredo? Por que ela precisava ficar escondida?

Ele pareceu surpreso com a pergunta.

– Não é óbvio, homem? Um psiquiatra que não consegue sequer administrar a doença mental de sua própria esposa? O que é que as pessoas iriam pensar se eu desse a ela um atestado de insanidade? O que aconteceria com a minha reputação? E o que é que as pessoas diriam se a vissem aqui? Que a esposa do médico-chefe era a paciente mais louca do hospital?

– Por isso o senhor assumiu o risco de trancá-la desse jeito?

– Assumi o risco e de nada adiantou – disse ele, balançando a cabeça. – Agora terei de assumir a culpa. Acabou. Minha carreira está acabada. Tudo porque tentei agir corretamente em relação à pessoa que eu amava. Foi isso o que levou à morte de O'Reilly. Estou acabado.

Exausto, ele se levantou pesadamente e se arrastou escada abaixo.

– Espere! – chamei. – Há uma saída.

Ele parou e se virou para mim, cautelosamente.

– O que você quer dizer?

– Bem, sou a única pessoa que sabe como O'Reilly morreu. Não vejo nenhuma necessidade de mais alguém saber. Afinal, de que serviria isso? Sua esposa não pode ser responsabilizada legalmente, pois não está em seu juízo perfeito. O que está feito, está feito. Seria outra tragédia se isso também acabasse com o bom trabalho que está realizando aqui.

– O que você está dizendo?

– O'Reilly morreu ao cair da escada. Não precisa ser esta escada. Se a levarmos até a escada principal, ninguém saberá que ela foi ao encontro da morte em outro lugar. Somos médicos. O senhor pode assinar o atestado de óbito e eu ratificarei.

– Está sugerindo que falsifiquemos um atestado de óbito?

– Esse é o ponto, não estaremos fazendo isso. A causa da morte foi a queda da escada. Não é mentira.

Ele não disse nada. Senti que ele devia recusar. Era um homem tão correto, tão exigente, tão apegado às regras.

– Pense no seu trabalho. Em tudo o que fez aqui e que irá se perder. Não pense em si mesmo. O senhor deve isso ao hospital, a todas as suas pacientes.

– Acha mesmo? Que o que faço aqui é mais importante do que a verdade?

– É claro! Quem poderia discordar? Além disso, que bem traria a verdade? O senhor perderia seu emprego, e sua esposa teria de ser levada embora de qualquer maneira.

– Levada embora?

– Mas é claro. O senhor não poderia mantê-la aqui. Podemos fazer tudo certo desta vez, se concordar com meu plano, porém cedo ou tarde ela poderá fazer algo parecido novamente. Mesmo que não leve esse fato em consideração, o senhor teria de encontrar outra pessoa para substituir O'Reilly; precisaria de alguém para cuidar dela, alguém em quem pudesse confiar seu segredo. E pode não ser tão fácil.

Ele ficou pensando, mas não disse nada.

– Senhor, sua esposa precisa ser mantida em um lugar seguro. Ela precisa ser levada para o sanatório da cidade.

– Não sei se posso...

– Independentemente do que faça, é onde ela irá acabar. Assim, poderia ir sem o peso do rótulo de assassina.

Ele colocou a cabeça entre as mãos novamente, pensando no assunto.

– Senhor – disse eu, por fim –, eu me ofereci para ajudá-lo a ocultar a sequência dos eventos ocorridos aqui. Só farei isso se concordar com a transferência imediata de sua esposa, ou seja, no próximo barco, amanhã pela manhã. Podemos tirá-la daqui sem que ninguém perceba. Assim, se fizerem perguntas sobre a morte de O'Reilly, se houver algum tipo de investigação, ela nem sequer estará neste local.

Ele continuou em silêncio.

– Senhor, insisto para que ela saia daqui amanhã de manhã.

Ele ergueu os olhos.

– Mas ainda sofrerei a pecha de ter uma esposa louca e violenta.

– Não, senhor, já pensei nisso. Nós a enviaremos não como sua esposa, mas como uma paciente fictícia. Podemos criar um relatório e fazer anotações sobre uma paciente que inventaremos. Ninguém saberá.

– Sim, sim, isso pode funcionar. – Então ele engasgou. – Mas... mas isso significaria que eu não poderia vê-la novamente.

Pensei a respeito.

– Não necessariamente. Como médico, o que o impediria de visitá-la no sanatório da cidade para ver como está sua antiga paciente? Não haveria nada de suspeito nessa atitude e qualquer coisa que ela dissesse durante suas visitas seria considerada alucinações de uma maluca.

Ele empalideceu ao ouvir essa palavra.

– Senhor, a outra alternativa dará no mesmo. Se contarmos o que aconteceu aqui esta noite, ela será levada para longe do senhor de qualquer maneira.

– Não é um plano ruim. Como disse, o mal já está feito. Ninguém poderá trazer a pobre O'Reilly de volta. Precisamos nos preocupar com outras coisas, e com meu trabalho neste lugar. Farei isso por um bem maior. – Ele fez uma pausa. – Há um problema. Como poderemos colocá-la no barco? O'Reilly era a encarregada dessa tarefa.

– Eu a levarei. O senhor assina a autorização e eu a levo no barco. Ela estará fora da ilha antes que as pessoas descubram o que aconteceu com O'Reilly.

Ele acenou com a cabeça.

– Ela terá de ser levada em uma camisa de força. Caso contrário, você não conseguirá controlá-la.

– Está certo. Agora, vamos até o escritório criar nossa história para ela. Quando todo o mundo estiver dormindo, voltaremos e levaremos O'Reilly para a escada principal; amanhã de manhã, uma das atendentes a encontrará, enquanto ainda estivermos na cama. Já teremos colocado a senhora Morgan na camisa de força; meia hora antes da saída do barco, o senhor reunirá toda a equipe para falar sobre o infeliz acidente que pôs fim à vida da senhora O'Reilly. Enquanto todos estiverem reunidos, levarei sua esposa para o barco. Deixaremos a ilha sem que ninguém saiba.

Enquanto terminava de falar, percebi que estava olhando para mim estranhamente.

– Estou impressionado, Shepherd. Nunca teria me passado pela cabeça que você seria capaz de imaginar, bem... um plano tão *diabólico*... e com tanta rapidez. Mas tem tudo para dar certo. Vamos lá, vamos preparar o relatório dessa paciente.

30

Não foi difícil criar um relatório, pois Morgan teve a ideia de pegar as anotações relativas a uma paciente que morrera há muito tempo e apenas adaptá-las. Nós simplesmente copiamos, fazendo algumas alterações aqui e ali. Havia uma certa tensão no ar, pois não podíamos ter certeza absoluta de que ninguém encontraria o corpo sem vida de O'Reilly, apesar de Morgan ter garantido que isso era bastante improvável, pois ninguém, a não ser ele mesmo e O'Reilly, jamais havia subido aquela escada para ir até o sótão. Ainda assim, senti um grande alívio quando, por volta da meia-noite, retornamos à cena do crime e encontramos o corpo exatamente como o havíamos deixado.

– É melhor recolhermos tudo o que caiu da bandeja enquanto estamos aqui – disse eu, apontando para as coisas espalhadas pela escada.

– Santo Deus! Ela não comeu! – Morgan exclamou, atônito, no momento em que ouvimos um lamento surdo vindo do quarto acima. – Não posso permitir que morra de fome, independentemente do que tenha feito.

Ele começou a pegar os pedaços de queijo e pão. Coloquei a mão em seu braço.

– Pare. É muito arriscado. Se entrar lá agora, poderá provocar uma comoção e acordar as atendentes do andar de baixo; não podemos correr esse risco. Deixe estar. Pode parecer cruel, mas se estiver com fome, talvez seja mais fácil lidar com ela pela manhã.

Ele dirigiu um olhar relutante na direção da porta.

– Está certo. Não me agrada fazer uma coisa dessas, mas você talvez tenha razão. Poderemos usar a comida para forçá-la a cooperar.

Colocamos todas as coisas de volta na bandeja e deixamos do lado de fora da porta. Não podíamos correr o risco de que nos vissem pegando comida na cozinha logo cedo; por isso o queijo e o pão amanhecido teriam de ser suficientes para alimentar a mulher pela manhã; não havia alternativa.

Voltamos para a escada e pegamos O'Reilly, eu pela cabeça e ombros, Morgan pelos pés. O corpo era surpreendentemente leve para alguém que parecia tão forte quando viva. Tínhamos começado a carregá-la quando Morgan sussurrou:

– Espere!

Fez sinal para que eu a colocasse no chão e subiu a escada. Voltou um segundo depois, trazendo a argola com as chaves.

– Seria estranho se as chaves não estivessem em seu cinto. Ela nunca ia a lugar algum sem elas – disse, baixinho, tirando uma das chaves. – Precisamos desta para abrir a porta logo cedo.

Ele colocou a chave no bolso e prendeu a argola no cinto de O'Reilly.

Pegamos o corpo de novo e começamos a descer a escada. Eu estava em pânico, com medo de encontrarmos alguma funcionária, apesar de estarmos no meio da noite e não haver nenhum motivo para alguém estar acordado àquela hora. Um silêncio sinistro seguia nossos passos e, quando algo o ameaçava – como o pio de uma coruja, ou o vento empurrando o galho de uma árvore contra a janela –, eu ficava arrepiado. Não encontramos ninguém ao longo do caminho e acabamos chegando ao pé da escada principal, onde pousamos o corpo de O'Reilly, arrumando-o em uma posição condizente com a queda.

Feito isso, ficamos parados em pé, olhando um para o outro, unidos por um sentimento de cumplicidade oriunda da culpa pelo delito compartilhado. Significava também que Morgan e eu jamais trabalharíamos juntos novamente. Seria impossível continuar depois disso. Estava pensando nisso quando fui surpreendido pela mão estendida de Morgan.

– Obrigado, Shepherd. Eu não esquecerei, prometo.

Limitei-me a um aceno de cabeça. O homem forte. O salvador. Concluído o aperto de mão, antes de nos separarmos combinamos que nos encontraríamos às cinco da manhã, para colocá-la na camisa de força.

ᔕ

Dormi pouco naquela noite. Assim que fechei os olhos, Caroline Adams apareceu diante de mim, um fantasma grisalho, coberto da cabeça aos pés por uma camada de gelo, e quando desapareceu ouvi o tilintar das chaves de O'Reilly. O vento castigava a casa; parecia que todas as janelas estavam sacudindo nos caixilhos, que todas as portas estavam batendo e que todas as tábuas do piso estavam rangendo, uma sinfonia nervosa que parecia inspirada no meu pavor. Senti um grande alívio quando finalmente amanheceu o dia. Até olhar pela janela. O céu estava azul e o sol brilhava como uma grande bola dourada. Apesar do pavor, olhei para o lugar onde deveria estar o homem de neve. Mas ele havia desaparecido durante a noite. Os gramados diante da casa estavam praticamente sem neve, com algumas manchas que teimavam em ficar aqui e ali. O calor que passava pela janela parecia lembrar o calor de julho, e não o frio de dezembro. Amaldiçoei os deuses que viravam as condições do clima contra mim. Percebi que era inteiramente possível que o corpo de Caroline Adams já estivesse exposto; se não, logo estaria. Precisava deixar a ilha rapidamente, antes que fosse descoberto.

Vesti-me apressadamente e fui ao encontro de Morgan. Ainda era muito cedo, por isso o hospital continuava mergulhado no silêncio. Ele estava esperando por mim do lado de fora da porta do quarto de sua esposa. Estava com um copo de água em uma das mãos e uma pequena valise na outra.

– Imaginei que talvez não tivesse uma valise para a estada de um dia no sanatório da cidade, por isso lhe trouxe esta. Coloquei os papéis da paciente e a autorização de viagem aqui dentro, junto com a camisa de força. Você precisa mostrar os documentos para o capitão para provar que pode levar a paciente para terra firme.

Agradeci. Então ele ergueu o copo.

– É um sedativo. Isto irá acalmá-la por algum tempo, espero, até que a leve para o outro lado do rio. Não sei quanto tempo irá durar o efeito. Tive o cuidado de não exagerar, pois não queremos que fique tão sonolenta que não consiga andar, mas, caso fique animada demais durante a viagem, encontrará mais um pouco na valise. É um pó solúvel, quase sem gosto; basta colocar em um pouco de água. Mas não use tudo de uma vez ou ela poderá desmaiar. Tome, segure o copo enquanto abro a porta.

Fiquei atrás enquanto ele inseria a chave na fechadura e a virava cuidadosamente para não fazer nenhum barulho. Era exatamente o que faria um cuidador com um animal enjaulado. Ele abriu a porta lentamente. Eu me preparei para o caso de a mulher sair gritando, imagem que havia ficado na minha cabeça desde que contei a história da morte de O'Reilly para Morgan, mas não houve nenhum movimento ou nenhum barulho no interior do quarto. Morgan entrou e eu o segui com cuidado. A louca estava dormindo tranquilamente em posição fetal, como uma criança inocente. Estava vestida com as roupas do dia, pois era O'Reilly quem a trocava todas as noites, ou Morgan, quando O'Reilly estava na cidade. Na noite anterior ele não ousara entrar.

Ele se sentou na beirada da cama e passou a mão em seu braço.

– Bella, está na hora de acordar, minha querida. Eu lhe trouxe algo para beber.

Ela piscou os olhos e acordou. Foi algo tão súbito que eu dei um pulo, derrubando um pouco do líquido. Morgan estendeu o braço e eu lhe dei o copo, enquanto ele colocava um braço atrás da cabeça da mulher. Um olhar de pânico assomou em seus olhos e por um momento pensei que ela fosse empurrar o copo. Em vez disso, porém, ela inclinou a cabeça e sorveu a água avidamente. Morgan olhou para mim e, com os lábios, pronunciou em silêncio a palavra "sede". É claro, a mulher não tinha comido nem bebido qualquer coisa desde a noite anterior.

Morgan me devolveu o copo vazio e ajudou-a a se sentar, exatamente como alguém faria com uma pessoa inválida; vendo-o tratá-la com tanta ternura, em contraste com a maneira como tratava as pacientes nas salas de terapia, entendi que era assim que ele a via, como alguém doente, não como uma louca.

– Pegue a comida – disse ele.

Fui pegar a bandeja onde a tínhamos deixado na noite anterior e coloquei-a sobre a cama. A mulher agarrou o pedaço de pão imediatamente, arrancando pedaços com os dentes. Ela devorou o pão e o queijo em poucos minutos e depois olhou em volta freneticamente, como se quisesse mais.

Morgan colocou as mãos nos ombros dela, acalmando-a com sons carinhosos. Ela sorriu e pareceu mais calma. Podia ver que o remédio estava fazendo efeito.

– Olhe na valise – Morgan disse para mim, com a voz baixa e calma.

Saí e abri a valise. Encontrei uma camisa de força, junto com o relatório da paciente e a autorização de viagem; também vi um saquinho de papel, que imaginei ser o sedativo em pó. Peguei a camisa de força e fechei a valise. Tive o cuidado de levar a camisa de força escondida atrás de mim ao voltar para dentro do quarto.

Morgan estava falando suavemente com a esposa; ela estava olhando para ele e não prestou atenção em mim.

– Agora! – Morgan gritou subitamente, e eu abri a camisa de força diante dela. Ele agarrou o braço direito da mulher, que estava mais perto dele, e o estendeu em direção a mim. A mulher tentou lutar, mas agarrei seu pulso e coloquei a manga da camisa de força em seu braço. Era evidente que estava com um pouco de sono, sem forças para resistir e, quando levantou o braço esquerdo para me atacar, coloquei a outra manga. Em poucos segundos Morgan estava prendendo as fivelas; antes que pudesse entender o que estava acontecendo, ela já estava presa. Ela começou então a chutar e a gemer.

– Deixe-nos a sós por um momento – Morgan falou.

Ele fechou a cara diante do meu ar de perplexidade.

– Por favor, meu bom homem. Eu gostaria de me despedir.

Saí e fechei a porta suavemente. Entre os gritos da mulher, pude perceber que Morgan estava murmurando alguma coisa para ela. O barulho finalmente diminuiu e alguns minutos depois a porta se abriu; Morgan me disse para entrar. A mulher estava sentada em uma poltrona ao lado da cama. Morgan foi até o armário que ficava no canto da sala, abriu e tirou um casaco feminino.

– Cubra-a na hora de ir embora – disse ele. – E não se esqueça de cobrir a cabeça com o capuz.

Nós a deixamos ali, sentada na poltrona, cochilando sob a influência do sedativo. Morgan consultou o relógio enquanto descíamos a escada rapidamente, ao menos dessa vez não pelo hábito, mas por necessidade.

– Precisamos voltar para nossos quartos antes que descubram o corpo de O'Reilly – disse ele. – Depois que nós dois a examinarmos, convocarei a reunião da equipe na sala do dia; assim que começar essa reunião, você deverá sair por trás e levar Bella para o barco.

31

Menos de quinze minutos após voltar para meu quarto e colocar algumas roupas em uma maleta, ouvi uma gritaria e muita correria no andar de baixo. Fiquei quieto, como Morgan havia aconselhado, até ouvir uma batida na porta. Guardei a mala no guarda-roupa e abri a porta. Era Eva quem estava batendo.

– Venha rápido, senhor. Aconteceu um acidente. É a senhora O'Reilly, senhor. Acho que é sério.

Fui atrás dela pelo corredor e depois descendo a escada, ao pé da qual estavam reunidas várias atendentes. "Afastem-se, afastem-se, ela precisa de ar!", ouvi a voz de Morgan dizer. Senti o sangue congelar, o coração disparar. O'Reilly estaria viva? Se isso fosse verdade, seria meu fim. Olhei para um lado e para outro, pensando em fugir, mas consegui me controlar. É claro! Morgan estava apenas representando seu papel, o que fazia sentido; como poderia deduzir que a mulher estava morta se ainda não sabia? Abri caminho entre as atendentes e me ajoelhei ao seu lado. Ele estava com o estetoscópio no peito de O'Reilly, tentando ouvir o coração. Os murmúrios e sussurros produziam um zumbido incessante. Então ele ergueu a cabeça, o rosto vemelho de raiva, e gritou:

– Fiquem quietas! Como esperam que eu ouça qualquer coisa com tanto barulho?

O zumbido cessou imeditamente, sendo substituído por um silêncio mortal, como se todas estivessem segurando a respiração.

Depois do que pareceu uma demora inconcebível – a meu ver, demorada demais em termos de segurança –, Morgan levantou-se lentamente, balançando a cabeça.

– Não. Está morta. – Ele olhou para mim. – Shepherd, ajude-me a levá-la para a enfermaria. Precisamos examiná-la para determinar a causa da morte, mas acho que parece bastante óbvia. Ela caiu da escada e bateu a cabeça.

Ao me inclinar para levantá-la, tive uma inspiração para um improviso, dando a impressão de que não conseguiria carregá-la; depois levantei-a cambaleando com o peso, como se nunca tivesse carregado um corpo na vida. Morgan percebeu a encenação, de forma que demonstramos grande dificuldade durante todo o procedimento. O engraçado foi que, instintivamente, pegamos a mesma parte do corpo que havíamos carregado antes. Percebi que o rosto de O'Reilly estava quase roxo, como se ao morrer estivesse com tanta raiva quanto a que demonstrava quando estava viva. Eu não consegui me arrepender do que havia feito.

Enquanto as pessoas se afastavam para nos deixar passar, Morgan falou:

– Muito bem, não há mais nada para ver. Por favor, retomem seus afazeres. A atendente-chefe de cada departamento deve se encarregar das tarefas que costumavam ficar a cargo da senhora O'Reilly. Falarei com todas daqui a pouco. – Ele baixou a voz e falou com uma das atendentes que estava perto dele: – Por favor, todas as pacientes devem ser trancadas no quarto após o café. Quero toda a equipe reunida na sala do dia às oito em ponto.

Ao chegar à enfermaria, colocamos o corpo em uma cama. Morgan virou-se para mim e estendeu a mão.

– Boa sorte, Shepherd. Não imagina o quanto sou grato a você. Se tudo correr de acordo com o plano, nos veremos amanhã de manhã.

Após o aperto de mão, voltei para meu quarto enquanto as pacientes tomavam o café da manhã. De acordo com o cronograma de Morgan, eu deveria esperar ali mesmo até o início da reunião e, enquanto estivessem todos ali, pegar sua esposa e levá-la até o barco. A questão é que eu já não estava mais interessado no cronograma de Morgan; a partir daquele momento, pretendia seguir meu próprio cronograma.

Peguei a mala no guarda-roupa e terminei de colocar minhas coisas. Esperei um pouco, enquanto as pacientes eram levadas da sala de jantar para seus quartos. Eu podia ouvir algumas delas reclamando por causa dessa mudança na rotina. Não pude deixar de pensar o quanto era estranha a rigidez institucional. Elas estavam discutindo porque não era isso o que faziam normalmente, apesar de o ambiente na sala do dia ser tão maçante que certamente devia ser preferível passar a manhã cochilando na cama.

Quando o barulho nas escadas finalmente cessou, fui até o sótão. Abri a porta cuidadosamente, ainda apreensivo com a possibilidade de que a louca viesse para cima de mim como um furacão. Mas ela estava como a deixamos, sentada na poltrona, o olhar vazio. Peguei-a com um braço e coloquei-a em pé. Ela era pesada e não foi tarefa fácil, pois estava muito drogada para colaborar. Quando consegui deixá-la em pé, coloquei o casaco em torno de seus ombros e cobri sua cabeça com o capuz, deixando seu rosto nas sombras.

– Vamos lá, querida – disse eu –, vamos dar uma voltinha.

Ela estava dócil e não ofereceu resistência. Descemos as escadas, tarefa nada fácil, pois, em seu sonambulismo, ela tropeçava a todo momento e quase caiu algumas vezes, mas consegui colocá-la contra a parede e estabilizá-la. Demoramos um século para chegar ao térreo.

Não havia ninguém no corredor principal. Tanto as atendentes quanto as pacientes estavam fora do caminho; não sabia o que Morgan estava fazendo. E eu, a essa altura, deveria estar saindo pela porta detrás; se ele me encontrasse ali, certamente ficaria desconfiado. Corri com a mulher, praticamente arrastando-a até a segurança das salas de tratamento. Entrei com ela na sala de contenção e fechei a porta.

Ela começou a dar sinais de consciência e percebi que Morgan não havia lhe dado sedativo suficiente para toda a viagem; no entanto, como eu não pretendia levá-la, era melhor assim. Se tivesse lhe dado mais, ela poderia ter desmaiado antes que eu conseguisse descer a escada com ela. Ela olhou ao redor, ansiosa como um animal encurralado. Fiquei tentado a colocar as mãos em seu pescoço e apertá-lo até matá-la, o que certamente facilitaria minha vida nos minutos seguintes; mas isso poderia ser perigoso no longo prazo, pois acabaria por trazer à tona a verdadeira história de John Shepherd. Se é que essa história viria à tona. Mesmo que Caroline Adams fosse encontrada, demorariam pelo menos um dia, talvez mais, para fazer a conexão com Shepherd. Se alguém encontrasse o rascunho de minha carta para a infeliz senhorita Adams entre as coisas de O'Reilly, sem seu testemunho em relação ao local onde a encontrara não havia nada em seu conteúdo que pudesse ligá-la à mulher morta ou a Shepherd, e provavelmente seria ignorada. Era ainda mais improvável que alguém fizesse qualquer ligação entre a morte da senhorita Adams com um assassino condenado morto. Mas duas mulheres estranguladas no hospital poderiam soar o alarme na lembrança de um detetive do setor de homicídios.

Falei suavemente com a mulher, colocando-a de costas para a cadeira de restrição; tirei o casaco, deixando que caísse no chão. Desamarrei e tirei a camisa de força. Ela começou a balançar, sonolenta, feliz por estar livre. Então coloquei a mão em seu peito e a empurrei com força contra a cadeira de contenção; ela começou a se contorcer, mas eu a segurei com meu corpo e prendi-a na cadeira. Depois prendi cada um dos braços e por último o pescoço. Ela se contorceu o tempo todo como um cachorro louco, tentando me morder. Assim que terminei, afastei-me dela.

Eu estava suando frio e ela continuava se contorcendo, tentando ficar em pé. Fiquei com medo de que ela gritasse, o que chamaria a atenção, mas ela não fez isso. Percebi que a tira que a prendia pelo pescoço estava começando a machucá-la com toda aquela agitação, e ela se limitou a lutar para respirar. Por fim, parou de se mexer. Dei a volta por trás da cadeira, abaixei-me e peguei sua perna esquerda. Ela tentou chutar, mas eu a segurei com firmeza e prendi a perna com uma tira.

Com a perna esquerda presa, seus movimentos ficaram muito mais limitados. Virei-me para o outro lado e prendi a perna direita. Assim que ficou completamente imobilizada, peguei uma mordaça no armário e, depois de outra briga, consegui colocá-la entre seus dentes. Ela parecia uma galinha pronta para ir ao forno.

Embrulhei a camisa de força com o casaco, de forma que ninguém conseguiria dizer o que havia no embrulho. Caminhei até a porta e encostei o ouvido. Não ouvi nada. Abri uma fresta da porta e prestei atenção de novo. Nada. Enfiei a cabeça no vão. Os corredores estavam vazios. Saí e fechei a porta. Como não havia nenhum tratamento programado por causa do feriado – e, estando eu e O'Reilly ausentes, sem qualquer previsão de tratamento tão cedo –, era possível que a mulher ficasse ali por alguns dias. Pensei, bastante satisfeito, que não seria muito mais do que o castigo que Morgan havia imposto a algumas de suas pacientes.

Ele havia tentado o Tratamento Moral com sua esposa sem sucesso; talvez agora fosse a hora de dar a seus métodos normais uma chance de funcionar.

Subi a escada principal com o coração na boca pela possibilidade de encontrar alguém; apesar de que, desde que não fosse Morgan, que acreditava que eu estava com sua esposa e me preparando para partir assim que começasse a reunião, isso não teria tanta importância. Uma das atendentes poderia até ficar curiosa quanto ao pacote que eu estava carregando, mas não teria muita importância para ela.

Cheguei ao meu quarto em segurança, peguei a mala e corri para o quarto de Jane. Ela estava na poltrona e deu um pulo quando me viu entrar.

– Faça o que eu digo, não temos um minuto a perder – disse a ela, desembrulhando o casaco junto com a camisa de força. – Você precisa colocar isto.

Ela ficou transtornada ao ver a camisa de força, paralisada. Seus olhos brilharam, desconfiados.

– Não... não sei se consigo fazer isso – murmurou, enquanto eu estendia a mão para ela.

– Você deve. É sua única chance – eu disse a ela. – Se não vestir isto, ficará presa neste lugar para sempre. Não se preocupe, não vou amarrar as tiras com força, para que não fique desconfortável. Poderá tirá-la assim que estivermos do outro lado do rio, longe do barco.

Lentamente, ela ergueu os braços e coloquei as mangas da camisa de força. Depois apertei as tiras, bem frouxas, como havia prometido.

– Pronto, está bem frouxo. Se quiser, você poderá se soltar sozinha.

Ela mexeu os braços e girou o corpo para cá e para lá, até finalmente parecer satisfeita.

Coloquei o casaco em seus ombros e fechei o botão na altura da gola; depois coloquei o capuz em sua cabeça.

– Está certo – disse eu. – Faça o que eu mandar e não tente falar. Mantenha a cabeça baixa para que ninguém consiga ver seu rosto.

Abri a porta e espiei o corredor, que continuava vazio. Fiz um sinal para que ela me seguisse e fechei a porta. Caminhei rapidamente até a escada, com Jane atrás de mim, com um andar estranho, pois não podia mexer os braços. Fiquei preocupado com a possibilidade de Jane cair ao descer a escada. Não poderia me permitir outra tragédia desse tipo;

coloquei o braço em torno dela e ajudei-a a descer cada um dos degraus, alertando-a para não se apressar e se concentrar na descida em segurança. Uma vez no fundo, puxei-a para a porta da frente, que eu havia deixado aberta. Já íamos sair quando ouvi passos. Morgan estava saindo de seu escritório, a apenas seis metros de nós. Estava empurrando a garota para fora quando ele nos avistou. Congelei, incapaz de me mexer até ter certeza do que ele iria fazer. Eu estava certo de que ele se aproximaria de nós, incapaz de resistir a uma última despedida da esposa. Se fizesse isso, estaria tudo acabado para mim: meu plano estaria arruinado. Assim que descobrisse que a mulher sob o casaco era Jane Pomba e não sua esposa, sairia à procura dela. Quando a encontrasse amarrada na sala de contenção, era evidente que suspeitaria do meu envolvimento na morte de O'Reilly. Não demoraria para que encontrassem o corpo de Caroline Adams e minha duplicidade faria de mim o principal suspeito.

Meu coração quase parou de bater. Ele pareceu em dúvida sobre o que fazer e deu um passo em nossa direção. Recuperei o autocontrole e percebi que só havia uma coisa a fazer. Empurrei Jane para fora da porta, então acenei com um ar conspirador e também saí, fechando a porta atrás de mim. Pude sentir seu olhar penetrando nas minhas costas enquanto pegava Jane pelo braço e a levava até o barco. Enquanto descíamos pelo caminho que levava até o pequeno cais, fiquei esperando ouvir os passos de Morgan atrás de nós. Eu torcia para que sua disposição para não arruinar o plano fosse mais forte do que a vontade de olhar a esposa pela última vez.

Combinamos que ele diria que eu não estava me sentindo bem e por isso havia ficado na cama, assim ninguém saberia que eu havia deixado a ilha. Sua esposa seria levada para o continente sem que ninguém jamais soubesse de sua existência e não haveria necessidade de dar explicação alguma sobre a identidade da paciente que eu levaria para o barco. Não haveria como estabelecer nenhuma relação entre essas duas coisas.

Foi uma longa caminhada até o ancoradouro. Eu disse a Jane que agora ela devia correr. Agarrei-a pelo braço, com medo de puxar com muita força e fazê-la cair. Havíamos demorado demais; o barco não havia recebido nenhum aviso relativo ao embarque de passageiros e eu estava preocupado com a possibilidade de que partisse sem esperar por nós. Quando chegamos ao pequeno cais, vi fumaça saindo da chaminé do barco e um marujo soltando as cordas que o prendiam.

– Espere! – eu gritei.

Ele não ouviu e pulou para dentro do barco.

– Espere! – gritei novamente, mais alto. – Pelo amor de Deus, espere!

Dessa vez ele ouviu e, quando nos viu correndo, pulou para o cais e começou a puxar a corda para alinhar o barco no ancoradouro. Ele gritou para outro membro da tripulação, que pegou outra corda e também pulou para ajudar o colega a acertar o barco junto ao ancoradouro. Um homem que imaginei ser o capitão saiu na porta da cabine e, vendo a cena, desligou o motor para que o barco parasse de puxar as cordas no sentido oposto; os dois marujos finalmente conseguiram estabilizar o barco, e o capitão saiu da cabine para ver o que estava acontecendo.

Era um homem velho, um lobo-do-mar, com o chapéu de capitão e barba branca. Estendeu a mão e me ajudou a colocar Jane a bordo.

– Eu não fui avisado de que alguém embarcaria nesta manhã – disse ele, assim que conseguimos nos equilibrar no convés. – Onde está a senhora O'Reilly?

Abri a valise, peguei a autorização assinada por Morgan e entreguei a ele. Alguma coisa me dizia que era melhor não falar nada a respeito da morte de O'Reilly. Não queria que o homem ficasse alarmado com um acontecimento tão fora do comum, mas silenciei principalmente porque Jane Pomba ainda não sabia da morte da atendente-chefe. Não queria que ela pensasse na grande coincidência que era essa morte ter ocorrido logo quando decidimos fugir. Isso poderia despertar pensamentos desagradáveis em relação a mim.

– Está indisposta – murmurei. – Sou o doutor Shepherd. Estou levando esta paciente para o sanatório.

Ele pareceu satisfeito com a explicação e começou a examinar a autorização; demorou um tempo considerável nessa tarefa. Decidi olhar para a água, tentando parecer descontraído, para esconder a ansiedade. Meu receio era ver a qualquer momento alguém correndo no nosso encalço. Olhei para o capitão, que continuava concentrado em sua leitura. Eu não conseguia entender se a demora era causada por alguma dificuldade de entendimento – talvez não fosse tão instruído quanto queria fazer parecer – ou se, como sugeria sua aparência, tivera no passado uma posição importante e, tendo sido rebaixado ao comando de um barco humilde usado para abastecer um hospício, queria arrogar-se o máximo de importância possível.

Se estivesse realmente lendo, teve tempo para ler o documento inteiro pelo menos dez vezes, mexendo os lábios enquanto fazia isso. Demorou tanto que quase me resignei à captura. Por fim, o velho tirou os olhos do papel e disse:

– O senhor vai levá-la sozinho? Sem nenhuma assistente?

– Estamos com uma equipe reduzida por causa das festas, e a senhora O'Reilly estava indisposta. E esta aqui é muito dócil.

Ele olhou para Jane, que havia abaixado a cabeça, de forma que seu rosto estava escondido pela sombra do capuz.

– Dócil, hein? – disse ele, com um olhar desconfiado. – Então por que está indo para o sanatório da cidade, se é tão fácil de controlar?

Por que eu havia dito aquilo? Não tinha uma resposta pronta para a lógica de seu raciocínio. Fiquei parado, sem conseguir dizer uma palavra. Que estupidez a minha, depois de tanto planejamento, cair em uma armadilha criada por mim mesmo?

Então Jane decidiu me salvar. Soltou um gemido e começou a murmurar algo ininteligível, balbuciando as palavras e balançando. O capitão olhou para ela.

– Não consigo entender uma palavra do que está dizendo, querida – disse a ela, antes de virar-se para mim. – Ela parece estar bêbada.

Aproveitei a deixa, percebendo a intenção de Jane.

– Drogada – eu disse. – Quer dizer, profundamente sedada. Acredite, o senhor não iria querê-la em seu barco. Na verdade, eu ficaria grato se pudéssemos agilizar os procedimentos, pois precisaremos da ajuda de vários homens quando passar o efeito do sedativo; preciso deixá-la no sanatório antes que isso aconteça.

Ele sorriu.

– Não se preocupe com isso, senhor. Nós o deixaremos do outro lado num instante.

Então ele acenou para seus homens, que soltaram novamente as cordas antes de pularem a bordo. O capitão voltou para sua cabine e o barco saiu. Como não havia uma cabine para os passageiros, ajudei Jane a sentar-se em um dos bancos do convés. A água estava agitada, fazendo balançar o pequeno barco. O barulho do motor dificultava qualquer conversa. Ficamos sentados, observando a popa do barco, enquanto a ilha ia ficando cada vez mais longe. Tínhamos conseguido. Estávamos em segurança, longe dali.

O rio era largo naquele ponto e o pequeno barco demorou a chegar do outro lado. Durante todo o percurso, fiquei de olho em ambas as margens, e no próprio rio. Eu não sabia o que estava procurando, apenas sentia uma tensão subjacente. Pois enquanto estivéssemos no barco, estávamos em outro tipo de prisão, da qual não poderíamos fugir. Por mais irracional que pudesse parecer, estava convencido de que um barco com uma dezena de policiais poderia nos interceptar a qualquer momento. Eu não me sentiria seguro até colocarmos os pés em terra firme, tendo ao menos a possibilidade de sair correndo.

Mas a travessia foi feita sem incidentes e logo estávamos atracando no cais da cidade. Tão logo baixaram o passadiço, ajudei Jane a sair e já ia segui-la quando vi o capitão se aproximando.

– Aposto como está com medo de que o efeito desse remédio passe logo, não está, doutor?

Forcei um sorriso, antes de responder.

– Bem, eu não quero sofrer as consequências. Não me pagam o bastante para isso.

Ele soltou uma gargalhada, como se eu tivesse dito a coisa mais engraçada do mundo.

– Bom, então é melhor se apressar, senhor. Nós nos vemos amanhã de manhã.

Eu me virei para ele, surpreso.

– Amanhã?

Eu não tinha ideia do que o homem estava dizendo. Eu não tinha a intenção de vê-lo nunca mais na vida.

– Amanhã – ele disse, parecendo confuso. – De manhã, quando voltar para o hospital.

– Sim, é claro. Que cabeça a minha. Nos veremos amanhã.

Idiota! Eu estava deixando o homem desconfiado.

– E pode apostar que não vou estar com tanta pressa para sair do barco, capitão! – falei, tentando parecer animado.

Ele soltou outra gargalhada e eu me virei para descer o passadiço com Jane Pomba; minutos depois estávamos em terra firme, e eu pensei comigo mesmo: agora temos milhares de quilômetros para correr.

32

De repente, nós nos vimos em terra, em um cais usado por todos os tipos de embarcação. Não havia um terminal de passageiros ou instalações para viajantes. O barco da ilha era para fazer entregas e não para transportar pessoas. Precisei ajudar Jane porque ela não conseguia andar direito com os braços presos; além disso, as tábuas do cais estavam úmidas e escorregadias. Quando enfim conseguimos chegar a um terreno seco, ficamos olhando ao redor, completamente perdidos na periferia da cidade. Vendo nosso desamparo, um marinheiro que passava por ali parou e disse:

– Se forem por aquela rua, poderão pegar um táxi.

Eu agradeci e seguimos seu conselho. Soprava um vento frio vindo do rio e a rua estava coberta de lama. Como havia dito o homem, logo vimos um táxi. Verifiquei se o casaco de Jane estava bem fechado, para que ninguém percebesse a camisa de força, e fiz sinal para o táxi, pedindo que nos deixasse na estação ferroviária.

Dentro do táxi, coloquei a mão por dentro do casaco de Jane e soltei as tiras da camisa de força; depois enrolei bem e guardei a camisa de força na minha mala, junto com as minhas roupas.

– Não podemos deixá-la aqui – sussurrei para ela. – Seria percebida imeditamente pelo próximo passageiro e faria o motorista se lembrar de nós. Precisamos tomar cuidado para não deixar rastros que possam ser seguidos com facilidade.

Chegamos à estação em segurança e nos dirigimos ao saguão principal, onde havia um grande quadro com os horários das partidas e todos os destinos dos trens matutinos.

– Iremos para Saint Louis – disse a Jane. – Estaremos longe o bastante no oeste para que alguém nos alcance.

– Pretende me levar junto com o senhor? – perguntou ela. – Mas por quê? O senhor já me ajudou a escapar daquele lugar e para isso abriu mão do seu cargo. Se continuar comigo, arrisca-se a enfrentar mais problemas por me ajudar.

Eu sabia que ela estava certa. Uma vez despertado o clamor público, sairiam à procura de nós dois e ficaria mais difícil evitar que reparassem em nós. Mas a verdade era que eu não suportava a ideia de desistir dela por enquanto. Eu havia me afeiçoado a sua companhia, depois de ter estado sozinho com minha cabeça por tanto tempo. E no entanto, mesmo pensando assim, senti uma sombra passar por mim, aquele velho sentimento tão familiar que eu havia decidido enterrar de vez. Senti a pulsação acelerar e uma súbita sensação de fome na boca do estômago quando coloquei as mãos por baixo do casaco para soltar a camisa de força. Quase desmaiei ao tocar seu pescoço longo e esguio. Será que não teria deixado os dedos ali pousados por mais tempo do que o necessário?

– Vou levá-la para Saint Louis, onde estará fora de perigo; aí decidiremos o que você poderá fazer depois. Vamos ver qual é o próximo trem.

Nós dois examinamos o quadro de partidas.

– Ah, não tem nada em menos de uma hora – ela disse.

Olhei para ela e depois voltei a olhar o quadro. Ela tinha razão. Não havia nenhuma partida senão dali a uma hora. Por um instante não soube o que dizer. Minha cabeça estava girando e eu não conseguia pensar. Senti o sangue latejando nas têmporas. Olhei ao redor do saguão para ver se havia algum policial. Olhei de novo para Jane Pomba. Ela sorriu para mim, a personificação da inocência.

Que grande tolo eu havia sido! Durante todo aquele tempo, todas aquelas longas semanas, eu estivera na presença de uma grande atriz; ela havia me superado. Eu não tinha apreciado sua astúcia até então, quando ela cometeu seu primeiro, e único, erro.

Tentei não parecer perturbado. Entreguei-lhe a mala e disse:

– Cuide disto por um instante, enquanto vou comprar as passagens; depois iremos beber alguma coisa.

Foi com o coração pesado que caminhei até a bilheteria. As palavras ficaram presas na minha garganta quando o funcionário perguntou o que eu queria; tentei falar e ele teve de perguntar novamente.

– Uma passagem para Saint Louis – pedi finalmente.

Coloquei a passagem no bolso e fui ao encontro de Jane.

– Vamos beber alguma coisa – falei, e levei-a a um bar perto da estação. Encontramos uma mesa e nos sentamos. Perguntei o que ela queria e ela disse "chá". Fui até o balcão pegar o chá, junto com um grande copo de cerveja para mim. De repente, senti uma sede terrível e também precisava de coragem para o que tinha de fazer.

Jane Pomba ficou falando empolgada, nem sei a respeito do quê. Eu não estava prestando atenção ao que ela dizia, estava olhando e pensando que grande pena seria e, ainda assim, feliz por poder ceder àquela antiga sensação de forma consciente. Eu não poderia deixar que contasse a ninguém quem eu era e para onde estava indo. Jack Wells tinha de continuar morto. Esses pensamentos estavam zumbindo em minha cabeça quando percebi que ela estava perguntando alguma coisa.

– O quê?

– Acho que o senhor não ouviu uma palavra do que eu disse – falou, rindo. – Perguntei se poderia pegar açúcar para mim, por favor.

Fui até o balcão e pedi o açúcar; depois voltei para a mesa e Jane colocou um pouco de açúcar no chá.

– Assim fica melhor – disse ela, tomando um gole do chá. – No hospital eles nos davam chá sem açúcar.

Tomei um gole da cerveja. Seu rosto parecia iluminado. As olheiras haviam desaparecido.

Terminamos de beber em silêncio, cada um ocupado com seus próprios pensamentos. Olhei para o relógio da estação. Ainda tínhamos quarenta e cinco minutos até a saída do trem. Nesse instante um guarda da estação sentou na mesa ao lado.

Apontei para ele com um aceno de cabeça.

– Esse homem é um detetive da ferrovia – sussurrei para Jane. – Não gosto do modo como olha para nós. Acho melhor irmos embora.

Sem dar a ela uma chance para discordar, peguei a mala e me levantei; ela veio atrás de mim.

– É melhor evitarmos o saguão da estação. Não devemos chamar a atenção de ninguém até a hora de embarcarmos no trem. É melhor que as pessoas não vejam para onde fomos. Vamos encontrar um lugar tranquilo.

Meu coração começou a acelerar e eu podia sentir o suor na testa. Minha cabeça começou a girar e fui obrigado a buscar um apoio. Fizera coisas desse tipo tantas vezes, não podia fraquejar agora. Não podia permitir que meu comportamento me traísse.

Eu a levei até o fim das plataformas. A última delas parecia uma linha secundária. Na ponta havia uma espécie de galpão para os trens. O teto havia cedido e as janelas da lateral estavam quebradas. Parecia abandonado e sem uso. Minhas pernas estavam bambas e minha voz parecia pastosa quando eu disse:

– Vamos até lá, assim ficaremos longe da movimentação. Podemos voltar pouco antes do horário do trem.

Não havia ninguém por perto. A plataforma acabava ali, mas ainda estávamos em um espaço aberto.

– Ali – disse eu, apontando para os trilhos enferrujados que levavam até o galpão, evidentemente fora de uso. Podemos nos esconder ali.

– Não sei se devemos fazer isso, senhor – disse ela, desconfiada. – Este lugar parece tão abandonado. Está me assustando.

Desci e comecei a andar no meio dos trilhos. Senti o andar trôpego e a voz trêmula, mas tentei parecer confiante.

– Bobagem. Você estará perfeitamente segura. Está comigo.

Eu levava a mala em uma das mãos e segurei-a com a outra. Ela não fez menção de se mexer e tive de puxá-la. O galpão cheirava a madeira podre e era mal iluminado pela pouca claridade que entrava pelas janelas quebradas. Havia uma velha locomotiva enferrujada e pedaços de madeira abandonada.

De repente, senti uma grande fraqueza. Soltei a mão de Jane e peguei o lenço para limpar o suor da testa. Ela ficou olhando, os olhos desconfiados. Dei um passo em sua direção e ela recuou.

– Venha cá, Jane, não seja boba. Sou eu. Pensei que fôssemos amigos – falei, dando mais um passo à frente.

Ela recuou mais um pouco.

– O senhor está me assustando.

Olhei para seu longo pescoço branco. Lembrei-me do pescoço de Caroline Adams, do barulho dos ossos quebrando. Lembrei-me de todos aqueles pescoços pálidos, de todas as galinhas mortas. E então, inexplicavelmente, havia duas Janes diante de mim; não, três; mais, girando ao meu redor, minha cabeça girando como um pião.

– Tenho de admitir que você me enganou, Jane. Você me fez de bobo até hoje, até cometer seu único erro.

O silêncio foi quebrado pelo som distante de um apito de trem.

– O senhor está falando do quadro de partidas?

Eu sorri.

– Não foi um erro, senhor.

Dei mais um passo em sua direção, mas desta vez ela não saiu do lugar. De repente, a terra começou a afundar e pensei que fosse um terremoto; mas não era a terra que estava se mexendo, era eu.

Eu me curvei, estava passando mal. Caí de joelhos.

– Queria ver o que o senhor iria fazer. Ver se ia revelar o lado que o jornal mostrou. Ah, que homem malvado o senhor é.

– Não devia ter tentado me manipular, Jane. Agora você vai descobrir o quanto posso ser cruel. Esta febre maldita não irá me impedir.

– Não é uma febre, senhor. É o sedativo que peguei na mala enquanto o senhor foi buscar o açúcar. Coloquei na sua cerveja, senhor. Acha mesmo que eu o seguiria até um lugar deserto como este?

Ergui a cabeça. Ela estava olhando para mim como se eu fosse um cachorro. Caí aos seus pés, com o rosto no chão. Ela passou por cima de mim e pegou a mala. Ouvi quando abriu o fecho. Depois começou a mexer em mim. Eu não conseguia mover um músculo.

– Em que bolso o senhor colocou a passagem? O senhor comprou só uma passagem, não foi? Não iria gastar dinheiro com uma passagem que não pretendia usar.

Tentei falar, mas não consegui emitir som algum. Meus olhos estavam pesados e eu lutei para mantê-los abertos. Vi quando ela enfiou a passagem no vestido. Ela se inclinou sobre a mala, mas minha visão estava nublada e só consegui enxergar o contorno de sua figura. Senti suas mãos em mim, puxando-me e depois mais nada. Tudo ficou escuro.

Tive um daqueles sonhos em que você sabe que está em um sonho e mesmo assim não consegue sair. Estava no galinheiro do sítio do meu tio. Estava sentado no chão, com as costas apoiadas em uma coluna, sem conseguir me mexer. Estava olhando para Jane Pomba. Ela estava andando entre as aves; de vez em quando pegava uma delas e torcia seu pescoço. Tinha uma técnica tão perfeita que era impossível não admirar; eu queria aplaudir. Mas não conseguia mexer as mãos. Meus braços estavam completamente adormecidos. Então ouvi a voz de um homem e senti uma mão em meu ombro me sacudindo. Fiz um esforço enorme para abrir os olhos. Quando finalmente consegui erguer as pálpebras pesadas, vi dois policiais diante de mim. Tentei ficar em pé, mas os meus braços estavam presos. Olhei para baixo e vi que estava usando a camisa de força.

– Exatamente como dizia o bilhete – ouvi um dos policiais dizer. – Em uma camisa de força.

– Mas não tenho certeza se é ele, o tal do Wells – disse o colega. – Eu me lembro dos cartazes.

– É essa barba... é só tirar a barba e a aparência muda.

– Eu me chamo... meu nome é John Shepherd – disse eu. – Doutor John Shepherd. Fui amarrado desta maneira por uma paciente. Agora, por favor, me soltem.

O primeiro policial balançou a cabeça.

– Ah, não. Não, senhor. Acho que não podemos fazer isso. Precisamos levá-lo para a delegacia e ver o que o capitão tem a dizer a respeito de tudo isto.

Eles se inclinaram e me pegaram pelos ombros, colocando-me em pé.

– Irei com os senhores de bom grado, se tirarem esta coisa. Não sou maluco.

– Pode ser, senhor, mas se não se importa, acho que vamos deixar as coisas como estão por enquanto. Assim não precisamos usar as algemas.

Eles me levaram. Tive a sensação de que minha cabeça iria explodir quando ouvi subitamente o apito de um trem, mas talvez não fosse nada disso, talvez fosse apenas uma impressão.

QUER SABER MAIS SOBRE A LEYA?

Fique por dentro de nossos títulos, autores e lançamentos.

Curta a página da LeYa no Facebook, faça seu cadastro na aba *mailing* e tenha acesso a conteúdo exclusivo de nossos livros, capítulos antecipados, promoções e sorteios.

A LeYa está presente também no Twitter e Google +

www.leya.com.br

facebook.com/leyabrasil

@leyabrasil

google.com/+LeYaBrasilSãoPaulo

Este livro foi composto em

Adobe Garamond Pro para LeYa

em maio de 2014.